中国学术名著丛书

姚永朴

文学研究法　史学研究法

吉林出版集团股份有限公司

图书在版编目（CIP）数据

姚永朴：文学研究法　史学研究法 / 姚永朴著. ——长春：吉林出版集团股份有限公司, 2016.5
（中国学术名著丛书 / 杜小北主编）
ISBN 978-7-5581-0852-5

Ⅰ. ①姚… Ⅱ. ①姚… Ⅲ. ①中国文学—古典文学研究②史学—研究方法 Ⅳ. ① I206.2 ② K061

中国版本图书馆 CIP 数据核字（2016）第 107924 号

姚永朴：文学研究法　史学研究法

著　　者	姚永朴
出版策划	杜贞霞
责任编辑	齐　琳　王昌凤
封面设计	映象视觉
开　　本	710×1000mm　1/16
字　　数	187 千字
印　　张	12
版　　次	2016 年 10 月第 1 版
印　　次	2020 年 6 月第 2 次印刷
出　　版	吉林出版集团股份有限公司
电　　话	总编办：010-63109269
	发行部：010-51396619
印　　刷	三河市京兰印务有限公司

ISBN 978-7-5581-0852-5　　　　　定价：25.80 元

版权所有　侵权必究

目录

文学研究法

文学研究法卷一 / 3
文学研究法卷二 / 39
文学研究法卷三 / 73
文学研究法卷四 / 111

史学研究法

史　原 / 147
史　义 / 153
史　法 / 159
史　文 / 165
史　料 / 171
史　评 / 175
史　翼 / 181
结　论 / 185

目次

文学研究法

文學論叢

文学研究法卷一

起　源

昔《尚书》帝典云："诗言志，歌永言，声依永，律和声。"《诗·关雎序》云："诗者，志之所之也。在心为志，发言为诗。情动于中，而形于言；言之不足，故嗟叹之；嗟叹之不足，故永歌之；永歌之不足，不知手之舞之、足之蹈之也。情发于声，声成文谓之音。治世之音安以乐，其政和；乱世之音怨以怒，其政乖；亡国之音哀以思，其民困。故正得失、动天地、感鬼神，莫近于诗。"朱子（熹）《诗集传序》云："人生而静，天之性也；感于物而动，性之欲也。夫既有欲矣，则不能无思；既有思矣，则不能无言；既有言矣，则言之所不能尽而发于咨嗟咏叹之余者，必有自然之音响节奏，而不能已焉，此诗之所为作也。"然则文字之源，其基于言语乎；言语其发于声音乎；声音其根于知觉乎。大凡盈天地间者，皆物也。物之号有万，其由气而凝为质者为矿物，有生意者为植物，有知觉者为动物。动物之中，惟人也得五行之秀气而最灵。故鸟兽虽有知觉，而狭而不广，偏而不全；人则既广且全，广故大，全故周。自堕地以来，即呱呱而泣，盖已有所欲矣；继而解笑，又继而解言；至能言而思无不达、求无不遂矣。故不惟一己之欲可以表示；且人与人之欲，亦可以相为感通。然而能宣之于觌面者，究不能推之于万里，是行于近而隔于远也；能著之于一旦者，究不能求之于百年，是通于暂而滞于久也。使终古如斯，将思之达者仍有所不达，求之遂者仍有所不遂。有聪明睿智者出焉，于是作书契以易结绳之治，百官以理，万民以察。盖至是而人类之作用乃益宏，文字之功效，乃不可胜数矣。昔扬子云（雄）《法言·问神》篇云："言，心声也；书，心画也。"徐伟长（干）《中论·贵验篇》引子思云："事，自名也；声，自呼也。"孔冲远（颖达）《尚书·序·疏》云："言者，意之声；书者，言之记。"韩退之（愈）《送孟东野（郊）序》云："人声之精者为言。文辞之于言，又其精也。"程子（颐）《语录》云："凡物之名字，自与音义气理相通。天未名时，本亦无名，只是苍苍然也。何以便有此名？盖出自然之理，声音发于其气，遂有此名此字。"然则天地之元音发于人声，人声之形象寄于点画，点画之联属而字成，字之联属而句成，句之联属而篇成，文学起源，其在斯乎！其在斯乎！

粤稽"庖牺氏之王天下也，仰则观象于天，俯则观法于地，观鸟兽之文与地之宜，近取诸身，远取诸物，于是始作八卦。"（《易·系辞下》），又"因而重之"（《系辞传》），为六十四卦。盖天地万物之情状，已隐然括于其中矣。及黄帝时，史臣仓颉见鸟兽蹄迒之迹，知分理之可相别异，乃造书契。其初但依类象形，故谓之文；其后形声相益，而谓之字；著于竹帛，则谓之书。《周礼·地官·保氏》教国子有六书，所谓指事、象形、形声、会意、转注、假借是也。许叔重（慎）《说文解字序》云："指事，视而可识，察而见意，二二是也（二二即上下）。""象形者，画成其物，随体诘诎，日月是也。""形声者，以事为名，取譬相成，江河是也。""会意者，比类合谊，以见指撝，武信是也""转注者，建类一首，同意相受，考老是也。""假借者，本无其字，依声托事，令长是也。"《汉书·艺文志》又云："六书谓象形、象事、象意、象声、转注、假借，造字之本也。"大抵文字之义，总归六书，故同为造字之本，然序不可紊。其最先者为指事、象形；有指事、象形而后有形声、会意；有四者为体，而后有转注、假借为用。故《汉·志》于四者皆曰"象"，而二者缀于后，与许君小异而大同，但世运变迁，而文字随之。据《说文解字序》云：周宣王太史籀著大篆十五篇，已与古文或异。七国时以天下分裂，字尤异形。秦始皇时李斯乃奏同之，罢其不与秦文合者。斯作《仓颉篇》，中车府令赵高作《爰历篇》，太史令胡毋敬作《博学篇》，皆取大篆，或颇省改，所谓小篆者也。时大发吏卒兴戍役，官狱职务繁，初有隶书，以趋约易，古文由此绝。自尔秦书有八体：曰大篆，曰小篆，曰刻符，曰虫书，曰摹印，曰署书，曰殳书，曰隶书。汉兴有草书。孝平皇帝时，征沛人爰礼等百馀人，令说文字未央廷中，黄门侍郎扬雄采以作《训纂篇》。及新莽居摄，复改定古文，时凡六体，所谓古文、奇字、篆书、左书、缪篆、鸟虫者也。《隋书·经籍志》亦云："自仓颉讫于汉初，书经五变：一曰古文，仓颉所作；二曰大篆，史籀所作；三曰小篆，李斯所作；四曰隶书，程邈所作；五曰草书，汉初作。"秦废古文用八体；汉用六体，并稿书、楷书、悬针、垂露、飞白等二十余种之势，因事生变也。魏世复有八分书。然自晋以后，楷书独盛行，其后遂为世所循用。此字数逐代增加——古少而今多——与其体变易——古繁而今简——之大略也。自古书契，多编以竹简；其用缣帛者谓之纸。缣贵而简重，并不便于人。东汉元兴中（和帝年号）宦者蔡伦乃造意用树肤、麻头及敝布、鱼网以为纸。和帝善其能，自是莫不从用焉，谓之"蔡侯纸"（《后汉书·宦者列传》）。及唐末益州有墨版；蜀相毋斋请用以刻九经；宋景德中（真宗年号）又及于诸史（详见焦竑《笔乘》）。由是印刷之业兴而版本出。明中业复有活字版。此文籍流布、其术古拙而今巧之大略也。

若是，则今日宜文学发达，远迈古初矣。而考其实乃有大谬不然者，何也？间尝推寻其故，然后知今之字数孳乳而浸多，其体又视古日歧，迨至楷书通行，而去之也益远。凡古之浑浑灏灏噩噩之文，在当日不难家喻户晓者，今则虽老师宿儒，欲求其融洽贯通，非竭毕生之力，不能得其涯涘。故古者以同而易，今以歧而难。此其一也。今之缮写印刷，视古为便。凡古人之著于竹帛者，类皆众所宗仰之书；匪是，则杀青无日。职是之故，虽汉之贾（谊）、晁（错）、董（仲舒）、刘（向），其所纂述多者百余篇，少乃五六十篇，或十数篇，或数篇；今则村塾学究，坊市贾客，亦皆著书镂板，自命通才，虽拮扯饾饤，率尔成章，然以当于庸俗之心，遂致不胫而走，汗牛充栋，涉览殊艰。故古者以少而专，今以多而纷。又其一也。然则如之何而可？曰：欲由今溯古，以通其训诂，必自识字始。夫古者大篆且群以为异于古文，今虽小篆尚觉近古，故《说文》一书，自当与《尔雅》同资研究，庶几可知古人造字根源，若者为本义，若者为引申义，若者为假借义，而经典之奇字奥句，可以渐通矣。试观古今文家，如李斯有《仓颉》七章，司马长卿（相如）有《凡将》篇，扬子云有《训纂篇》八十九章，班孟坚（固）复续十三章，而段氏玉裁《说文注》引其中所载孔子以下数十家之说，皆深于文事者。唐韩退之尤兢兢于此，故其言曰："凡为文辞，宜略识字。"（《蝌斗书后记》）又曰："文从字顺各识职。"（《樊绍述墓志铭》）近世湘乡曾文正公（国藩）论文，亦以"训诂精确"为贵（《日记》）。可见欲文章之工，未有可不用力于小学者。曩时巴县潘季约（清荫）为永朴述南皮张文襄公（之洞）督学四川日，每谆谆以此训后进，以为小学乃经史词章之本。及任满旋京，成都门人武抑斋孝廉（谦）问："治《说文》如何致力？"公告以入门之法曰："试取许君五百四十字部首，记其形体，审其音读，究其训解，殚数十日之力，往复熟习，必期一睹其字。即能读为何音，辨为何义，并闭卷而能默写其字体，一一无讹，再与言第二事。"其论至为切实，可备学者之取资。若夫欲从数百千万卷中，撮其英华，去其糠秕，非知所抉择不可；欲知所抉择，非有真识不可；欲有真识，非有师承不可。盖有师承而后有家法，有家法而后不致如游骑之无归。昔吾家惜抱先生（鼐）尝谓己才弱，而《上刘海峰先生（大櫆）书》，则言"所赖者，在于闻见亲切，师法差真"，意正如此。夫古今集部，浩如烟海，究之足以名世者，每朝不过数人。六经、周秦诸子、《楚辞》、《文选》姑勿论；近世古文选本，莫善于姚氏《古文词类纂》、曾氏《经史百家杂钞》。二书自六朝以前人外，其以为圭臬者，惟唐荆川（顺之）、茅鹿门（坤）所定"唐宋八大家"。姚氏益以元次山（结）、李习之（翱）、张横渠（载）、晁无咎（补之）、归震川（有光）、方望溪（苞）、刘海峰数人；曾氏益以元次山、陆敬舆（贽）、李习之、范希文（仲淹）、司马君实（光）、周（敦颐）、程（灏、颐）、张（载）、朱四子、范茂名（浚）、马贵与（端临）、归震川、姚惜抱十余人。骈体文选本莫善于李申耆（兆洛）《骈体文钞》。其所录者，自秦以迄于隋而已。古今体诗选本，莫善于王阮亭（士祯）《古诗选》、《唐人万首绝句选》、姚氏《五七言今体诗钞》、曾氏《十八家诗钞》。王、姚所列入者较多。曾氏所谓"十八家"，曰曹子建（植），曰阮嗣宗（籍），曰陶渊明（潜），曰谢康乐（灵运），曰鲍明远（照），曰谢玄晖（朓），曰王右丞（维，官终尚书右丞），曰孟襄阳（浩然，襄阳人），曰李太白（白），曰杜工部（甫，晚依严武于蜀，表为工部员外郎），曰韩昌黎（愈，南阳人，先儒谓在修武，然文集每自称昌黎，盖祖居之地），曰白香山（居易，居东都履道里，构石楼香山，自称香山居士），曰黄山谷（庭坚，尝游皖潜山山谷寺石牛洞，乐其林泉之胜，因自号山谷道人），曰陆放翁（游为参议官于蜀，以与蜀帅范成大文字交，不拘礼法，人讥其疏放，因自号放翁），曰元遗山（好问）。盖鉴别皆极精审。吾人从事兹学，自当先取派正而词雅者师之，余则归诸涉猎之中。又其次者，虽不观可也。果如是，必不致损日力而堕入歧途矣。

或曰：文章特一艺耳，沾沾自喜何为？曰：否，不然。凡以文学为一艺者，不过本孔子"文莫，吾犹人也；躬行君子，则吾未之有得"（《论语·述而》）与"行有余力，则以学文"（《学而》）诸语耳。然孔子之意，盖以行为文之本，非谓有行即可无文也。使其如此，何以"四教"以文为首（《述而》），而畏于匡，且曰"文王既没，文不在兹乎"（《子罕》）？昔李习之《寄从弟正辞书》云："汝勿信人号文章为一艺。夫所谓一艺者，乃时世所好之文，或有盛名于近代者是也。其能到古人者，则仁义之辞也，恶得以一艺名之哉？"斯言可谓谛当。然则，北齐颜黄门（之推）谓"自古文人多陷轻薄"（《颜氏家训·文章》）、宋陈忠肃公（瓘）谓"一为文人便无足观"者，皆所谓时世所好之文耳；夫岂可漫无区别，而举古人所藉以继往圣、开来学者，一概轻视之耶？或又曰：当今时事孔亟，所应讨论者至多，奚暇及此？曰：否，不然。子独不闻"国与天地必有与立"之说乎？夫国之所藉以立，岂有过于文学者？匪惟吾国，凡在五大洲诸国，谁弗然？盖文字之于国，上可以溯诸古昔而知建立所由来，中可以合大群而激发其爱国之念，下可以贻万世而宣其德化政治于无穷。关系之重如此，是以英吉利人因其国语言文字之力，能及全球，时以自诩；吾国人反举国文蔑视之，殊不可解。夫武卫者，保国之形式也；文教者，保国之精神也。故不知方者不可与言有勇。且语言发于天籁；文字根于语言，则亦天籁也。既为中国人，举凡各种科学，非得有中国文字阐明之，乌能遍行于二十二行省？是故欲教育普及，必以文学为先；欲教育之有精神，尤必以文学为要。此理之必不可易者也。如曰"精深高古之文。势不能尽人皆知之、皆为之"，此则别有办法，盖分为普通学、专门学是也。何谓普通学？但求其明白晓畅，足以作书疏应社会之用可矣。何谓专门学？则韩退之《答李翊书》所谓"将蕲至于古之立言者"是也。大抵中小学校与夫习他种专科，能有普通文学，已为至善。若以中国文学为专科，岂可自画？昔王介甫（安石）《答孙长倩书》云："古之道废踣久矣。大贤间起废踣之中，率常位卑泽狭，万不救一二，天下日更薄恶，宦学者不谋道、主利禄而已。尝记一人焉，甚贵且有名，自言少时迷，喜学古文；后乃大悟，弃不学，治今时文章。夫古文何伤？直与世少合耳，尚不肯学，而谓学者迷；若行古之道于今世，则往往困矣，其又肯行耶？"惜抱先生《复鲁絜非书》亦谓古今才士，苟有为古文者，必杰士。今当斯文绝续之交，诸君负笈而来，有志兹学，是不以为迷也，使犹不以杰士相期，则吾岂敢！

根　本

《左传》云"言以足志，文以足言。不言，谁知其志？言之无文，行而不远。"（襄公二十五年）此孔子尚文之说也。然《论语》又云："质胜文则野，文胜质则史。文质彬彬，然后君子。"（《雍也》）夫质者，文之本也。《礼记》云："无本不立，无文不行。"（《礼器》）是文与本固相须为用也。而本尤为要。故《孟子》云："源泉混混，不舍昼夜，盈科而后进，放乎四海。有本者如是。"（《离娄》）呜呼！是岂独为立身行己言之哉！苟欲文之工，亦非此不办耳。此韩退之所以云："本深者末茂。"

（《答尉迟生书》）又云："根之茂者其实遂，膏之沃者其光晔。仁义之人，其言蔼如也。"（《答李翊书》）昔荀子（况）云："君子之学也，入乎耳，著乎心，布乎四体，形乎动静。端而言（端读为喘），蠕而动，一可以为法则。小人之学也，入乎耳，出乎口，口耳之间，则四寸耳，曷足以美七尺之躯哉！古人之学者为己，今之学者为人。君子之学也，以美其身；小人之学也，以为禽犊。"（《劝学》）扬子云《法言》云："古者之学，耕且养，三年通一；今之学也，非独为之华藻，又从而绣其鞶帨。"（《寡见》）王仲任（充）《论衡》云："有根株于下，有荣叶于上；有实核于内，有皮壳于外。文墨辞说，士之荣叶皮壳也。实诚在胸臆，文墨著竹帛，外内表里，自相副称。意奋而笔纵，故文见而实露。"（《超奇》）徐伟长（干）《中论》云："圣人因智以造艺，因艺以立事。艺者，德之枝叶；德者，人之根干也。二者不偏行，不独立。木无枝叶，则不能丰其根干，谓之瘣，人无艺，则不能成其德，故谓之野。若欲为君子，必兼之乎。"（《艺纪》）颜氏（之推）《家训》云："夫学者，犹种树也，春玩其华，秋登其实。讲论文章，春华也；修身利行，秋实也。"（《勉学》）凡此诸说，皆发明孔子文质相须之旨者也。要之此意，《易·贲卦》已详言之。案《贲》之"九三"曰："贲如濡如，永贞吉。"夫"贲者，饰也"（《序卦传》）。曰"濡如"，则饰之甚也。然而曰"永贞吉"，则惧其灭质也。故"上九"又曰："白贲无咎"。白者，无色之谓。（《杂卦传》）所以勉其敦本务实也。苟敦本务实，而文乃不为空言矣。古今鸿篇巨制，永垂不朽，端在乎此。夫岂有徒骋其词藻，而可以立诚居业者乎？

是故为文章者，苟欲根本盛大，枝叶扶疏，首在于明道。夫明道之旨，见于《中庸》，孔子所云"道之不明，我知之矣"是也。其后董子（仲舒）亦有"明道不计功"之语。（《汉书·董仲舒传》）盖自成周大司徒"以乡三物教万民，而宾兴之"，一曰六德，二曰六行，三曰六艺。而乡大夫、州长、党正以下，书而考之者，皆不外于德、行、道、艺四者。（并《周礼·地官》）德者，有诸身之谓；行者，著于事之谓；道为之本；而艺其末也。孔子讲授，一遵成周之旧，故曰："志于道，据于德，依于仁，游于艺。"(《述而》)降及周末，此风已微，然诸子中最醇者孟氏，次则荀卿，韩退之《送孟东野序》所谓"以道鸣"者也。他若杨朱、墨翟、管夷吾、晏婴、老聃、庄周、申不害、韩非、慎到、田骈、邹衍、尸佼、孙武、苏秦、张仪之属，退之谓为"以其术鸣"，是诚精确。然就其术之长者，要未尝不包于道之中，犹不致华而不实也。两汉以后，醇儒虽少，然亦各有所明，至魏晋乃弥衰矣。是以退之云：就其善鸣者，"其声轻以浮，其节数以急，其词淫以哀，其志弛以肆，其为言也乱杂而无章。"隋初遂有以华艳之词人章奏者，文帝以付有司治罪。而治书侍御史李谔上书曰：魏之三祖（魏武帝为太祖，文帝为高祖，明帝为烈祖）崇尚文词，遂成风俗。"江左齐梁，其弊弥甚"，竞一韵之奇，争一字之巧。连篇累牍，不出月露之形；积案盈箱，唯是风云之状。世俗以之相高，朝廷据兹擢士。以儒素为古拙，以词赋为君子。故文笔日繁，其政日乱。良由弃大圣之轨模，构无用以为用也。

王仲淹（通）告门人亦云："学者博诵云乎哉，必也贯乎道；文者苟作云乎哉，必也济乎义。"(《中说·天地》)盖皆灼见当时之弊。幸韩昌黎出，乃作《原道》、《原性》等篇，而八代之衰以起。其《答李翊书》云："能如是谁不乐告生以其道？道德之归也有日矣，况其外之文乎？"《答尉迟生书》云："愈所能言者，皆古之道。"《答李秀才书》云："愈之所志于古者，不唯其辞之好，好其道焉尔。读吾子之辞，而其得所用心，将复有深于是者，与吾子乐之，况其外之文乎？"《题欧阳生哀辞后》云："愈之为古文，岂独取其句读不类于今者耶？思古人而不得见，学古道则欲兼通其辞。通其辞者，本志乎古之道也。古之道不苟毁誉于人。"由是其门人李南纪（汉）作《昌黎集序》，遂有"文者贯道之器"之说。此外如柳子厚（宗元）《答韦中立论师道书》云："文者以明道，是固不苟为炳炳烺烺、务采色、夸声音而以为能也。"《报崔黯秀才书》云："圣人之言，期以明道；学者务求诸道而遗其辞；辞之传于世者，必由于书。道假辞而明，辞假书而传。"《报袁君陈秀才避师名书》云："秀才志于道。道苟成则勃然尔，久则蔚然尔。"宋柳仲涂（开）《应责》云："天生德于人，圣贤异代而同出，岂以汲汲于富贵，私丰于己之身也？将以区区于仁义，公行于古之道也？己身之不足，道之足，何患乎不足？道之不足，身之足，则孰与足？"穆伯长（修）《答乔适书》云："夫学乎古者所以为道，学乎今者所以为名。道者，仁义之谓也；名者，爵禄之谓也。然则，行道者有以兼乎名；守名者无以兼乎道。有其道而无其名，则穷不失为君子；有其名而无其道，则达不失为小人。与其为名达之小人，孰若为道穷之君子！矧穷达又各系其时遇，岂古之道有负于人耶？"欧阳永叔（修）《答吴充秀才书》云："圣人之文虽不可及，然大抵道胜者，文不难而自至也。"又苏子瞻《祭欧阳公夫人文》述公语云："我所为文，必与道俱；见利而迁，则非我徒。"曾子固（巩）《赠黎安二生序》云："有以合乎世，必违乎古；有以同乎俗，必离乎道。"又《答李治书》云："夫道之大归非他，惟欲其得诸心，充诸身，扩而被之国家天下而已，非汲汲乎辞也。"司马君实《迂书》云："君子有文以明道，小人有文以发身。"周子《通书》云："文所以载道也。轮辕饰而人弗庸，徒饰也，况虚车乎？文辞，艺也；道德，实也。笃其实而艺者书之，美则爱，爱则传焉。贤者得以学而至之，是为教。然不贤者虽父兄临之，师保勉之，不学也，强之，不从也。不知务道德而第以文辞为能者，艺焉而已，是皆以道为文之本之说也。

其次在于经世。自《易·屯卦》言"君子以经纶"，《庄子·齐物论》因有"《春秋》经世先王之志"之语。然"《诗》以道志，《书》以道事，《礼》以道行，《乐》以道和，《易》以道阴阳，《春秋》以道名分。"（《庄子·天下》）六经大义，何一不以经世为归？即其后九流十家，蜂出并作，各引一端，驰说于世。而据《庄子·天下》篇，论六艺云："其数散于天下而设于中国者，百家之学时或称而道之。"则亦圣人之道之支与流裔。是以《汉书·艺文志》谓儒家出于司徒之官，道家出于史官，名家出于礼官，阴阳家出于羲和之官，法家出于理官，墨家出于清庙之守，从横家出于行人之官，杂家出于议官，农家出于农稷之官，小说家出于稗官，而总论之曰："使其人遭明王圣主，得所折中，皆股肱之材已。"然则，学虽有纯有驳，要之大旨皆主于经世可知。两汉人才，无如贾、晁、董、刘、诸葛，其奏议固在于指陈时政，即相如之词赋，太史公以为"虽多虚辞滥说，然其要归引之节俭，此与《诗》之讽谏何异？"《史记·司马相如传》）则《子虚》、《上林》，实与《谏猎书》相表里，即《封禅文》亦然。先姜坞府君（讳范）所以谓"设意措辞，皆翱躅虚无，非诞妄贡谀者比也"，又何得谓无裨于世？唐宋之间，陆宣公固当首屈一指；他若韩退之，欧阳永叔、曾子固、苏子瞻、王介甫之文，李太白、杜子美（甫）、白乐天（居易）、黄山谷、陆务观（游）之诗，亦无一不以国利民福为兢兢。延及近代，如归、方、姚、曾辈，非有数篇关系天下万世文字，何以称作者？昔《论衡·自纪》篇云："为世用者，百篇何害？不为用者，一章无补。"王介甫《上人书》云："所谓文者，务为有补于世而已矣；所谓辞者，犹器之有刻镂绘画也。诚使巧且华，不必适用；诚使适用，亦不必巧且华。要之，以适用为本，以刻镂绘画为之容而已。"又《上邵学士书》云："某尝患近世之文，辞弗顾于理，理弗顾于事，以襞积故实为有学，以雕绘语句为精新。譬之撷奇花之英，积而玩之，虽光华馨采，鲜缛可爱，求其根柢济用，则蔑如也。"程子《答朱长文书》云："圣贤之言，不得已也。盖有是言则是理明，无是言则天下之理有缺焉。如彼耒耜陶冶之器，一不制，则生人之道有不足矣。圣贤之言，虽欲已，得乎？然其包涵尽天下之理，亦甚约也。后之人平生所为，动多于圣人，然有之无所补，无之无所缺，乃无用之赘言也。不止赘而已；既不得其要，则离真失正，反害于道必矣。"昆山顾亭林（炎武）《日知录》云："文之不可绝于天地间者，曰明道也，纪政事也，察民隐也，乐道人善也。若此者，有益于天下，有益于将来，多一篇多一篇之益矣。若夫怪力乱神之事，无稽之言，剿袭之说，谀佞之文，若此者，有损于己，无益于人，多一篇多一篇之损矣。"又云："张子有言：'民吾同胞'。今日之民，吾与达而在上位者之所共也。救民以事，此达而在上者之责也；救民以言，此穷而在下者之责也。"又《与友人书》云："昔人谓'载之空言，不如见之行事'。夫《春秋》之作，言焉而已，而谓之行事者；天下后世用以治人之书，将欲谓之空言而不可也。愚有见于此，故凡文之不关于六经之旨、当世之务者，一切不为。"如以上数条所言，庶几得文章之要领也欤!

　　要而言之,吾辈苟从事兹学,必先涵养胸趣。盖胸趣果异乎流俗,然后其心静;心静则识明而气自生,然后可以商量修、齐、治、平之学,以见诸文字,措诸事业。否则,虽告以文章为"经国之大业,不朽之盛事",彼乌从而知之?即知之,乌能允蹈之?然欲涵养纯粹,非用力于退之《答李翊书》"无望其速成,无诱于势利"二语不可。考黄山谷《答秦少章书》云:"二十年来,学士大夫有功于翰墨者为不少,卓尔名家者则未多。盖深思其故,病在欲速成耳。夫四时之运天德也,不能即冬而为春,断可识矣。"窃谓此可作"无望其速成"句注脚。苏东坡《与李方叔书》云:"私意冀足下积学不倦,落其叶而成其实。深愿足下为礼义君子,不愿足下丰于才而廉于德也。若进退之际,不甚静慎,则于定命不能有毫发之益,而于名节有邱山之损矣。"此可作"无诱于势利"句注脚。若夫惜抱先生《答鲁宾之书》云:"《易》曰:'吉人之辞寡。'夫内充而后发者,其言理得而情当;理得而情当,千万言不可厌,犹之其寡矣。气充而静者,其声闳而不荡;志章以检者,其色耀而不浮。邃以通者,义理也;杂以辨者,典章名物。凡天地间之所有也,闵闵乎聚之于锱铢,夷怪以善虚,志若婴儿之柔,若鸡伏卵,其专以一,内候其节而时发焉。夫天地之间莫非文也。故文之至者通乎造化之自然,然而骤以几乎合之则愈离。今足下为学,在于涵养而已。声华荣利之事,曾不得以奸乎其中,而宽以期乎岁月之久,其必有以异乎今而达乎古也。"此则更融会韩、柳之旨而总论之,开示后人,尤为周密。又歙县吴殿麟(定)《与友人论文书》云:"为文章者,若不于六经诸史根本是求,而惟末之务,乃欲无一言一字见疵于人,自古及今,盖未之见也。"嘉兴钱衎石(仪吉)《与弟警石(泰吉)书》云:"凡为文章者必先有'知言'、'养气'工夫。若制行动辄乖谬,而谈理欲其切实,出言不免杂乱,而操笔欲其简净,岂不大难!"曾文正公《日记》云:"杜诗、韩文所以能百世不朽者,彼自有'知言'、'养气'工夫。惟其知言,故常有一二见道语,谈及时事,亦甚识当世要务;惟其养气,故无纤薄之响。"语皆亲切有味,汇录于此,以为好学深思者之一助焉。

范 围

　　文学之范围，有广义焉，有狭义焉。自义之广者言之，如《论语》言："夫子之文章，可得而闻也。"（《公冶》）又曰："焕乎其有文章。"（《泰伯》）先儒谓凡言语、威仪、事业之著于外者皆是，盖所包括者众矣。即专以文字之成为书者而论，如《汉书·艺文志》之"七略"：曰辑略，曰六艺，曰诸子，曰诗赋，曰兵书，曰术数、曰方伎，何一不在文学之中？但古人文教盛行，虽野人女子，犹且词条丰蔚，映照古今；而况居士大夫之列！是以七者之文，莫不炳然可观，垂声千载，虽尤著者莫如诗赋，然未尝独擅其名。他如《太史公书》第附见"六艺略·春秋"中；贾董诸篇，第附见"诸子略·儒家"中；晁错则附见"法家"中。及西汉之末，迄于东京，乃有专集，然犹出后人追录。观汉武帝命所忠求司马长卿遗书；魏文帝亦诏天下上孔北海（融）文章，而《与吴质书》太息徐、陈、应、刘之逝，复言撰其遗文，都为一集；陈承祚（寿）当晋世又奏上《诸葛忠武侯集》：此其尤彰明较著者也。其自制名者，始于张融《玉海集》。其区分部帙，则江淹有"前集"，有"后集"；梁武帝有"诗赋集"，有"文集"，有"别集"，梁元帝有"集"，有"小集"；谢朓有"集"，有"逸集"；与王筠之一官一集；沈约之"正集"百卷，文别选"集略"三十卷。此等体例，大抵始于齐梁，盖集之盛自此始。至总集莫古于《楚辞》，盖刘子政（向）尝裒集屈、宋以降诸篇，至己所作《九叹》而止；王叔师（逸）为章句，更以己之《九思》益之。及梁昭明太子（萧统）之《文选》出而渐盛。隋唐之际，其流益繁。是以开元总所藏之书，分为经、史、子、集四类，而集部遂专为历代文章之总汇。然而珠砾同传，妍媸各别，欲工兹事，非正其涂辙，何由有登堂咮哜之时！然则于猥滥之中，而择义精词卓者，以为后人程式，其义之由广而狭，宁非势使之然欤！

　　今综群书论之，文学家之别出于诸家者有四焉。

一异于性理家。何以言之？性理家所讲求者，微之在性命身心，显之在伦常日用，其学以德行为主，而不甚措意于词章。考其最善者，莫如周子《通书》、张子《正蒙》，曾文正公《答刘孟容书》尝以为"醇厚正大，邈焉寡俦"。《西铭》篇，惜抱先生《古文词类纂序目》亦谓"岂独其意之美耶？其文固未易几也。"他若程子《四箴》，朱子《六先生画像赞》，曾氏皆录于《经史百家杂钞》中。而朱子《语类》论文之语，先姜坞府君《援鹑堂笔记》且叹其深得古人秘钥。无如宗旨与文学家异，而流风渐被，其文既域于语录之中而不能振，诗亦但以《击壤集》为宗。夫邵子（雍）之诗，非无佳者也，然而无意为诗，即偶与风雅之旨合，不过出于性灵，故妙者极妙，而俗者极俗。奉为圭臬，流弊实多，而况语录之俚乎！故杨用修（慎）云："文，道也；诗，言也。语录出而文与道判矣，诗话出而诗与言离矣。"惜抱先生《复曹云路书》云："言之无文，行而不远。出词气不能鄙远，曾子戒之；况于说圣经以教学者，遗后世，而杂以鄙言乎？当唐之世，僧徒不通于文，乃书其师语，以俚俗谓之"语录"。宋世儒者弟子，盖过而效之。然以弟子记先师，惧失其真，犹有取尔也。明世自著书者，乃亦效其辞，此何取哉？"又同治中刘孟容（蓉）为文喜谈性道，曾氏遗之书云："欲发明义理，则当法经说理窟，及语录、札记；欲学为文，则当扫去一副旧习，赤地新立，将前此所业，荡然若丧其所有，乃始别有一番文境。未宜两下兼顾。"其《致吴南屏书》且云："仆尝谓古文之道，无施不可，但不宜说理耳。夫孔子高（穿）理胜于辞，公孙龙辞胜于理。而平原君（赵公子胜）以为辞胜于理，终必受绌。苏子美（舜钦）亦谓"李文公不逮韩，而理过于柳"。黄山谷《与王观复书》云："好作奇语，自是文章病。"但当以理为主。理得而辞顺，自然出类拔萃。焉有文章必不可谈理者？"曾氏此论，得无虑陈义之人于腐、措辞之流于俗耶？使果如退之《原道》，永叔《本论》，子固《学记》，固彬彬然足继六经诸子；即东坡《赤壁赋》与平生书札、诗歌，亦时时有见道语。盖由胸襟高旷，而文章又足以润色之，故信手祜来，皆有仙气，其境遂为所独有。吾但见推陈出新耳，何尝堕入理障也？

二异于考据家。大抵考据家宗旨，主于训诂名物。其派有二：在经学者为注疏家，如辅嗣（王弼）注《易》，毛公（大毛公、小毛公）传《诗》，子国（孔安国）解《书》，康成（郑玄）说《礼》，词皆简约。然观《汉书·艺文志》云："后世经传既已乖离，博学者又不思'多闻缺疑'之义，而务碎义逃难，便辞巧说，破坏形体，说五字之文，至于二三万言（注引桓谭《新论》云："秦近君能说《尧典》，'篇目'两字至十余万言，但说'曰若稽古'三万言"），后进弥以驰逐。"徐伟长《中论》亦云："鄙儒博学，务于物名，长于器械，考于训诂，摘其章句，而不能统其大义之所极，以获先王之心。此无异乎女史诵诗、内竖传命也。"（《治学》）汉魏儒者，解经繁碎、即此可知。至于疏家，尤为冗蔓，且入主出奴，不如是则以为落叶不归根、狐死不正邱首，亦一病矣。在史学者为典制家，如杜君卿（佑）《通典》，马贵与（端临）《文献通考》，各门总序，元元本本，殚见洽闻，诚不可谓非经世之作；然综其大体，多采掇群书，加以论断，与文学家实分道扬镳。而况郑渔仲（樵）《通志》之近于丛杂乎！而况《唐会要》、《五代会要》之纷纷乎！昔福州梁苣林（章钜）《退庵随笔》云："余尝考古官制，检搜群书，不过两月之久，偶作一诗，觉神思滞塞，亦欲与故纸堆中求之，方悟著作与考订两家鸿沟界限，非亲历不知。"又云："著作始于三代，考据起于汉唐注疏，考其先后，知所优劣矣。著作如水，自为江海；考据如火，必附柴薪。作者之谓圣，词章是也；述者之谓明，考据是也。"吾邑吴挚甫先生（汝纶）与永朴书云："说道说经，不易成佳文。道贵正而文者必以奇胜，经则经疏之流畅，训诂之繁琐，皆与文体有妨。"两家并深有所见。但文学家读书议礼，亦未尝不用考据，是以惜抱先生与新城陈硕士（用光）书云："以考证累其文，则是弊耳；以助文之境，正有佳处，夫何病哉！"又硕士《太乙舟集》述先生之言云："《史记·周本纪赞》所谓'周公葬我毕——毕在镐东南杜中。'此太史公之考证也，何其高古，岂似后人之剌剌不休乎？"

三异于政治家。夫政治家宗旨，主于事功。惟唐、虞、三代之《典》、《谟》、《诰》、《誓》、《命》，春秋、战国士大夫之词令，最为古雅；

秦汉以迄魏晋，犹有遗意；南北朝乃伤绮靡，然不可谓言之无文也；唐宋之际，粲然可观者，已可屈指而数；南宋陈同甫（亮）、叶水心（适）两家，则条达有余，简练不足。自是而后，名臣之奏议，循吏之公牍，遂与文学家判若两途。所以然者，固由后世入官之人，不必皆精文事；亦以聆其言者，程度至为不齐，非明白浅显，难以共喻。是以明天启中礼科给事中王志道请：凡奏疏中艰深要眇之句，隐语猜谜之习，悉行禁止。且引先正韩文之论曰："谏草毋太文；文，上弗省也。毋太多；多，上弗竟也。"（《熹宗实录》）而近世萧山汪龙庄（辉祖）《学治臆说》云："申上之文，必须措辞委曲，叙事显明，上官阅之，自然依允。"又云："告示谕绅士者少，谕百姓者多。百姓类不省文义，必意简词明，方可入目。或用四言五六言韵语，繕写既便，观览亦易，庶几令行禁止。"然则其意固在适用也。但文学家未尝无此等文字，而一出名手，于轩豁呈露之中，自有雅人深致。观惜抱先生《与陈硕士书》云："西汉人文传者，大抵官文书耳，而何其雄骏高古之甚！昌黎官中文字，止用当时文体，而即得汉人雄古之意。欧、曾、荆公官文字，雄古者鲜矣；然词雅而气畅，语简而事尽，固不失为文家好处矣。熙甫于此体，乃时有伤雅不能简当之病。"古今文家官文字，此条可括其略。惟苏东坡于此种尤雅畅，不独奏疏而已也。

　　四异于小说家。据《汉书·艺文志》，小说家盖摈于九流之外，以为"街谈巷语，道听途说者之所造"。然就其善者言之：或述见闻，智者得之，可以集思广益；或谈祸福，愚者得之，可以振聩发聋。故子夏虽曰"小道""致远恐泥"，而未尝不以为"必有可观"（《论语·子张》）然及其蔽也，情钟儿女，入于邪淫；事托鬼狐，邻于诞妄。又其甚者，以恩怨爱憎之故，而以忠为奸，以佞为圣，谀之则颂功德，诋之则发阴私，伤风败俗，为害甚大。且其辞纵新颖可喜，而终不免纤佻。是以曾文正公宗仰昌黎，而独于《试大理评事王君墓志铭》评之云："此等已失古意。能者游戏，无所不可；末流效之，乃堕恶趣。"案此文末幅，叙王君取他人告身以诳侯处士而得妻。其事本无关劝惩，幸昌黎文气高古，犹足自立；使后人为之，与小说家纪述，何以异哉！吾弟叔节（永概）亦评《蓝田县丞厅壁题名记》

云："此文用意诡谲，下字生创，造句矜峭。有韩公雄古之笔运之，故无匠气，无俗韵；不然，未有不落小说家派者也。其后孙可之辈为之，便觉不大方矣。"夫《史记·萧相国世家》载高祖繇咸阳，"吏皆送奉钱三，何独以五"。及后益封二千户，复云："以帝尝繇咸阳时，何送我独赢奉钱二也。"《外戚世家》载管夫人、赵子儿笑薄姬及窦广国上书自陈小时常与姊采桑堕等事。《汉书·东方朔传》载朔恐侏儒射覆、拔剑割肉等事。《朱买臣传》载买臣妻求去，及拜会稽太守，衣故衣、怀印绶步归郡邸等事。班、马为史家宗祖，亦何尝不叙琐事以助文澜？而与小说家不同者，则以其意存言外，非第尽于言中也。盖《萧相国世家》所以著其为高帝故人，而犹岌岌不免，此帝之所以为雄猜也；《外戚世家》则著汉家妃后所出皆微，大抵由于色升爱选，不可与周之任姒比；《东方传》著贤者之不得志，有《邶风·简兮》篇之意；《买臣传》又著世态之炎凉。笔虽灵妙，而义归正大，故不嫌于纤巧。后来归太仆用以叙家庭间事，亦得斯秘。此其异同之际，差之毫厘，谬以千里，欲精文事，乌得不明辨之？

吾尝论古今著作，不外经、史、子、集四类。约而言之，其体裁惟子与史二者而已。盖诸子中，《管》、《晏》、《老》、《墨》、《列》、《庄》、《扬》、《韩非》、《吕览》、《淮南》，皆说理者也；屈、宋则述情者也；《左》、《国》、马、班以下诸史，则叙事者也。经于理、情、事三者，无不备焉，盖子、史之源也。如子之说理者本于《易》，述情者本于《诗》；史之叙事者，本于《尚书》、《春秋》，三《礼》。此其大凡也。集于理、情、事三者，亦无不备焉，则子、史之委也。自鄙夫小生，以肤辞浅说，附诸大雅之林，于是四部之书，惟此一类为杂。苟欲罄刘厄言，别裁伪体，使不明其范围所在，何由振雅而祛邪哉？大抵集中，如论辩、序跋、诏令、奏议、书说、赠序、箴铭，皆毗于说理者；词赋、诗歌、哀祭，则毗于述情者；传状、碑志、典志、叙记、杂记、赞颂，皆毗于叙事者。必也质而不俚，详而不芜，深而不晦，琐而不亵，庶几尽子史之长，而为六经羽翼。骤观之，其义若狭；实按之，乃所以为广耳。

纲　领

　　文学之纲领，以义法为首。此二字出于《史记·十二诸侯年表序》，所谓"孔子明王道，干七十余君，莫能用，故西观周室，论史记旧闻，兴于鲁，而次《春秋》，上记隐，下至哀公之获麟，约其文辞，治其烦重，以制义法，王道备，人事浃"是也。夫"王道备、人事浃"，有义以主之也；若"约其文辞，治其烦重"，则有法以裁之也。故孔子曰："其义则丘窃取之矣。"（《孟子·离娄》）而范武子（宁）论《春秋》云："一字之褒，荣于华衮之赠；片言之贬，辱过市朝之挞。"（《谷梁传序》）韩退之亦云："《春秋》严谨。"（《进学解》）夫褒贬严谨，非所谓法欤？《孔子世家》所以云"笔则笔，削则削"，而游夏"不能赞一辞"也。其后方望溪用力于《春秋》者深，故独喻此旨。其论文遂揭此二字以示人。且评司马氏此篇云："《春秋》之制义法，自太史公发之，而后之深于文者亦具焉。必义以为经，而法纬之，然后为成体之文。"其论精且切矣。吾友行唐尚节之（秉和）《古文讲授谈》云："近世古文，自方望溪始讲义法，而此二字出于太史公《十二诸侯年表序》。此篇说《春秋》，实即说《史记》也。《春秋》之刺、讥、褒、讳、挹、损，不可以书见，故制义法，约其文辞，治其繁重，口授其传指于七十子之徒。而《史记》之忌讳尤甚。忌讳甚而又不能不有所刺讥，刺讥不可以书见也，故义愈微而词常隐。自后人不明此旨，而淮阴、淮南诸人遂真同叛逆矣。他若语褒而意讥、责备而心痛其人者，更微妙而难识。太史公盖预伤之，故说《春秋》以寓《史记》义法也。"观此又可见古人文章，其为义有隐显之不同；而其法亦极变化难测，特终归于有条不紊耳。要之，此意诸经已言之，如《易·家人卦》大象曰"言有物"，《艮》六五又曰"言有序"。"物"即义也。"序"即法也。《书·毕命》曰："辞尚体要。""要"即义也，"体"即法也。《诗·正月》篇曰："有伦有脊。""脊"即义也，"伦"即法也。《礼记·表记》曰："情欲信，辞欲巧。""信"即义也，"巧"即法也。左氏襄二十五年《传》曰："言以足志，文以足言。""志"即义也，"文"即法也。夫"离娄之明，公输子之巧，不以规矩，不能成方圆；师旷之聪，不以六律，不能正五音"。使为文而不讲义法，则虽千言立就，而散漫无纪，曷足贵哉！

顾世之为文章者，固不能必其义之精当，然而未敢倡言排之；独于所谓法者，或逞其才气，或诩为性灵，辄思叛而去之以为快。就其中持之有故、言之成理者，莫如宁都魏氏（禧），其《答计甫草书》云："今之文士，奉古人之法度，犹贤有司奉朝廷律令，循循缩缩，守之而不敢违。今夫石所以量物，衡所以称物；天下有日蚀星变，山崩水涌，衡之所不能称，石之所不能量者矣。是故春生、夏长、秋杀、冬藏者，天地之法度也；哀、乐、喜、怒中其节，圣人之法度也。然且春夏之间，草木有忽枯槁，秋冬有忽萌芽。子之武城，闻弦歌之声，笑曰：'割鸡焉用牛刀！'遇旧馆人之丧而出涕。是有过乎喜与哀者矣。盖天地之生杀，圣人之哀乐，当其元气所鼓动，性情所发，亦间有其不能自主之时；然世不以病天地、圣人，而益以见其大。文章亦然。古人法度，犹工师规矩不可叛也；而兴会所至，感慨、悲愤、愉乐之激发，得意疾书，浩然自快其志，此一时也，虽劝以爵禄不肯移，惧以斧钺不肯止，又安有左氏、司马迁、班固、韩、柳、欧阳、苏在其意中哉！至传志之文，则非法度必不工，此犹兵家之律，御众分数之法，不可分寸恣意而出之；生动变化，则存乎其人之神明，盖亦法中之肆焉者出也。"此论不可谓无见，然所谓得意疾书者，正神来气来之候，此种酣嬉淋漓境况，古人恒有之，虽未尝兢兢然求合于法，而卒未有与法背驰者。且彼谓传志之非有法不能工，固矣；曾亦思议论之文，亦非有命意，有布局，不可以成篇。况后生入门，多不能为传志，所能为者论说而已。若遽导之以自快其意，岂必喻立论之精微，势将简者失之晦，而不能条畅以伸所见；繁者失之冗，而不能的当以明所宗。其为弊有不可胜言者。

夫文之有法，犹室之有户也。谁能出不由户，而文顾可无法哉？昔者扬子云有言："女恶丹青之乱窈窕也，书恶淫辞之淈法度也。"（《法言吾子》）韩退之作《柳子厚墓志铭》云："衡湘以南为进士者，皆以子厚为师，其经承子厚口讲指画为文辞者，皆有法度可观。"《唐书·文艺传》云："韩愈、柳宗元、李翱、皇甫湜等，法度森严。"《宋史·欧阳修传》云："修之为文，丰约中度。"唐荆川《董中峰侍郎文集序》云："汉以前之文未尝无法，而未尝有法，法寓于无法之中，故其为法也，密而不可窥。唐与近代之文，不能无法，而能毫厘不失乎法，以有法为法，故其为法也，严而不可犯。密则疑于无所谓法，严则疑于有法而可窥。然而文之必有法，出乎自然而不可易者，则不异也。且夫不能有法，而何以议于无法？有人焉，见夫汉以前之文，疑于无法，而以为果无法也，于是率然而出之，决裂以为体，饾饤以为词，尽去自古以来开阖、首尾、经纬、错综之法，而别为一种臃肿、佶涩、浮荡之文，以为秦与汉之文如是，然乎否耶？"长洲汪尧峰（琬）《答陈霭公书》云："大家之有法，犹弈师之有谱，曲工之有节，匠氏之有绳度，不可不讲求而自得者也。后之作者，唯其知字而不知句，知句而不知篇，于是有开而无阖，有呼而无应，有前后而无操纵顿挫，不散则乱，譬如驱乌合之市人，而思制胜于天下，其不立败者几希。古人之于文也，扬之欲其高，敛之欲其深，推而远之欲其雄且骏。其高也如垂天之云，其深也如行地之泉，其雄且骏也，如波涛之汹涌，如万骑千乘之奔驰；而及其变化离合，一归于自然也，又如神龙之蜿蜒而不露其首尾，盖凡开阖、呼应、操纵、顿挫之法，无不备焉。则今之所传唐宋诸大家。举如此也。前明二百七十余年，其文尝屡变矣，而中间最卓卓知名者，亦无不学于古人而得之。"惜抱先生《与张阮林书》云："文章之事，能运其法者才也，而极其才者法也。古人文有一定之法，有无定之法。有定者，所以为严整也；无定者，所以为纵横变化也。二者相济而不相妨。故善用法者，非以窘吾才，乃所以达吾才也。夫思之深、功之至者，必其能见古人纵横变化所以为严整之理。思深功至而见之矣；而操笔而使吾手与吾所见之相副，尚非一日事也。"凡此诸说，皆发明法不可废之理。大抵古人之文，愈奇变不可测，愈有法以经纬其间。试观《庄子》内七篇，其词至俶诡，太史公所谓"洸洋自恣以适已"者也。（《老庄申韩列传》）而黄山谷乃称其"法度甚严"，意正如此。

虽然，不善用法，或反为所拘。拘则迫，迫则葸，葸则气馁，气馁则笔呆蹇而不活，其病亦巨。是以归震川评《史记》云："他人文字亦好，但如一个人面目具完，只无生气。"刘海峰《论文偶记》云："古人文章可告人者惟法耳。然不得其神，徒守其法，则死法而已。"惜抱先生《答翁学士书》云："鼐闻今天下之善射者，其法曰"平肩臂，正胭，腰以上直，腰以下反句磬折，支左诎右。其释矢也，身如槁木。苟非是不可以射。"师弟子相授受，皆若此而已。及至索伦蒙古人之射，远贯深而命中，世之射者常不逮也。然则，射非有定法亦明矣。夫道有是非，而技有美恶。诗文皆技也。技之精者必近道。故诗文美者，命意必善。文字者，犹人之言语也。有气以充之，则观其文也，虽百世而后，如立其人而与言此；无气则积字焉而已。意与气相御而为辞，然后有声音、节奏、高下、抗坠之度，反复、进退之态，彩色之华。故声色之美，因乎意与气而时变者也，是安得有定法哉！"凡此诸说，则又所以防不善用法而以窘其才者之弊，正可与魏说参观。昔太史公言："非好学深思，心知其意，固难为浅见寡闻道也。"（《史记·五帝本纪赞》）苟心知其意，则魏说未始不足取。非然者即导以方氏之说，而彼亦汲汲焉以法度为急，终不过形存而君形者亡，与木偶无异。是故善学者闻古人之说，必相悦以解，若不善学，虽师友穷日夜之力，旁征曲喻，而只如扶醉人，持左则倾右，持右则倾左，如此而欲相与赏奇析疑，其可得乎？

且夫义法虽文学家所最重，而实不足以尽文章之妙。是以惜抱先生《与陈硕士书》云："得书谓震川论文深处，望溪尚未见，此论甚是。望溪所得，在国朝诸贤为最深，较之古人则浅。其阅太史公书，似精神不能包括其大处、远处、疏淡处及华丽非常处。止以义法论文，则得其一端而已。"而作《古文辞类纂序》，遂云："凡文之体十三，而所以为文者八，曰神、理、气、味、格、律、声、色。神、理、气、味者，文之精也；格、律、声、色者，文之粗也。然苟舍其粗，则精者亦胡以寓焉。学者之于古人，必始而遇其粗，中而遇其精，终则御其精者而遗其粗者。"又《与陈硕士书》云："夫文章之事，所以为美之道非一端，命意、立格、行气、遣辞，理充于中，声振于外，数者一有不足，则文病矣。作者每意专于所求。而遗于所忽，故虽有志于学，而卒无以大过乎凡众。故必用功勤而用心精密，兼收古人之具美，融合于胸中，无所凝滞，则下笔时自无得此遗彼之病也方植之（东树）《昭昧詹言》云："诗文以气脉为上。气所以行也，脉绾章法而隐焉者也。章法形骸也，脉所以细束形骸者也。章法在外可见，脉不可见。气脉之精妙是为神至矣。"曾文正公《答许仙屏书》云："来示询及古文之法，仆本无所解，近更荒浅，不复措意。古文者，韩退之氏厌弃魏晋六朝骈骊之文，而反之于六经两汉，从而名焉者也。名号虽殊，而其积字而为句，积句而为段，而为篇，则天下之凡名为文者一也。国藩以为欲著字之古，宜研究《尔雅》、《说文》小学训诂之书，故尝好观近人王氏、段氏之说，欲造句之古，宜仿效《汉书》、《文选》，而后可砭俗而裁伪；欲分段之古，宜熟读班、马、韩、欧之作，审其行气之短长、自然之节奏；欲谋篇之古，则群经诸子以至近世名家，莫不各有匠心，以成章法，如人之有股体，室之有结构，衣之有要领。大抵以力去陈言、戛戛独造为始事，以声调铿锵、包蕴不尽为终事。仆学无师承，冥行臆断，所辛苦而仅得之者，如是而已。"武昌张廉卿（裕钊）《答吴挚甫书》云："古之论文者，曰：文以意为主，而辞欲能副其意，气欲能举其辞，譬之车然，意为之御，辞为之载，而气则所以行也。欲学古人之文，其始在因声以求气，得其气，则意与辞往往因之而并显，而法不外是矣。是故契其一而其余可以绪引也。盖曰意、曰辞、曰气、曰法，之数者，非判然自为一事；常乘乎其机，而绳同以凝于一，惟其妙之一出于自然而已。自然者，无意于是，而莫不备至，动皆中乎其节，而莫或知其然，日星之布列，山川之流峙，是也。宁惟日星山川？凡天地之间之物之生而成文者，皆未尝有见其营度而位置之者也，而莫不蔚然以炳，而秩然以从。夫文之至者，亦若是焉而已。观者因其既成而求之，而后有某者之可言耳。夫作者之亡也久矣，而吾欲求至乎其域，则务通乎其微。以其无意为之，而莫不至也，故必讽诵之深且久，使吾必与古人沂合于无间，然后能深契自然之妙，而究极其能事。若夫专以沉思力索为事者；固时亦可以得意；然与夫心凝形释、冥合于言议之表者，则或有间矣。"故姚氏暨诸家"因声求气"之说，为不可易也。学者合观之，庶几于文学纲领，十得八九矣。

门 类

　　欲学文章，必先辨门类。门者，其纲也；类者，其目也。总集古以《文选》为美备。故王厚斋（应麟）《困学纪闻》云："李善精于《文选》，为注解因以讲授，谓之'文选学'。少陵有诗：'续儿学《文选》'又训其子云：'熟精《文选》理。'盖'选学'自成家。"陆放翁《老学庵笔记》亦云："宋初此书盛行，士为之语曰："《文选》烂，秀才半。"然其中录文既繁，分类复琐。"苏子瞻题之云："恨其编次无法，去取失当。"亦不可谓尽诬。盖文有名异而实同者，此种只当括而归之一类中，如骚、七、难、对、问、设论、辞之类，皆辞赋也；表、上书、弹事，皆奏议也；笺、启、奏记、书，皆书牍也；诏、册、令、教、檄、移，皆诏令也；序及诸史论赞，皆序跋也；颂、赞、符命，同出褒扬；诔、哀、祭、吊，并归伤悼。此等昭明皆一一分之，徒乱学者之耳目。自是以后，或有以时代分者，或有以家数分者，或有以作用分者，或有以文法分者，众说纷纭，莫衷一是。自惜抱先生《古文辞类纂》出，辨别体裁，视前人乃更精审。其分类凡十有三：曰论辩，曰序跋，曰奏议，曰书说，曰赠序，曰诏令，曰传状，曰碑志，曰杂记，曰箴铭，曰赞颂，曰词赋，曰哀祭。举凡名异实同与名同实异者，罔不考而论之。分合出人之际，独厘然当于人心。乾隆、嘉庆以来，号称善本，良有以也。上元梅伯言（曾亮）约之，有《古文辞略》之选，而增诗歌类。曾文正公又选《经史百家杂钞》，其门有三，著述门凡三类：曰著述，曰词赋，曰序跋；告语门凡四类：曰诏令，曰奏议，曰书牍，曰哀祭；记载门凡四类：曰传志，曰叙记，曰典志，曰杂记。其异于姚氏三端：如分类外更揭出三门，此所以示学者最为明白；至于杂记类外更益以典志、叙记两类，此则姚氏非不知之，第以其例既不选经史，则其他著作能合于此两类者寥寥，故括之于杂记类，而不别出两类之目耳；若夫并赠序于序跋，附箴、铭、赞、颂于词赋，此则姚氏之意，特以赠序与序跋，箴、铭、赞、颂与词赋，其用本不同而然，但文正或并或附，亦犹姚氏之以对策合于奏议，檄、移之合于诏令，夫亦何为不可！惟梅氏以诗歌入古文辞中，意在得文学之大全，然止录古体而无今体，与其合之而不备，诚不若别选之为愈矣。今就姚氏所分十三类，详论于后。

论辩类者，刘彦和（勰）《文心雕龙·论说》篇云："圣哲彝训曰经，述经叙理曰论。论者，伦也。伦理无爽，则圣意不坠。昔仲尼微言，门人追记，故仰其经目，称为《论语》。盖群论立名，始于兹矣。"又云："论也者，弥纶群言，而研精一理者也。是以庄周《齐物》，以论为名；不韦《春秋》，六论昭列。"姚氏亦云："盖原于古之诸子，各以所学著书诏后世。孔、孟之道与文至矣。自老、庄以降，道有是非，文有工拙。"综兹两说，可以知所由来。其曰辨者，字本作辩，《说文》："辨，治也，从言在辩之间。"故他传注或曰"明也"，或曰"分也"，或曰"别也"。曾氏云："诸子曰篇、曰训、曰览，古文家曰论、曰辨、曰议、曰说、曰解、曰原，皆是。"惟《伯夷颂》姚氏亦人此类，盖以其名异实同，且未用韵，与诸家之颂不同也。

序跋类者，《经典释文》云："序，次也。又与叙通。叙，亦次也。盖次作者之指而道之也。"姚氏云："昔前圣作《易》，孔子为作《系辞》、《说卦》、《文言》、《序卦》、《杂卦》之《传》，以推论本原，广大其义。《诗》、《书》皆有序，而《仪礼》篇后有记，皆儒者所为。其余诸子，或自序其意，或弟子作之，《庄子·天下》篇、《荀子》末篇是也。据此则古人之序，多缀于末。《诗》、《书》序旧别为一卷，附本书以行；其冠之每篇首，特后所移耳。太史公自序、《汉书叙传》亦缀于末，惟诸表序冠于首。班氏作《两都赋》，前为之序，左太冲《三都赋》因之，而郑氏《诗谱》亦以序居前，此其滥觞欤！至乞人作序，起于太冲为赋成，自以名不甚著，求序于皇甫谧，由是后人文集莫不皆然；甚有两序或三四序者，顾亭林《日知录》深讥其非体。自有前序，乃谓缀末者为后序，亦谓之跋尾，或谓之书后。跋，《说文》："蹟，跋也。从足，发声。"《尔雅释言》："躐也。"《汉书》注："蹋也。"盖本从足取义，引申之，处后皆曰跋。

此类之原，曾氏广以《礼记》之《冠义》、《昏义》，而谓《后世曰序、曰跋、曰引、曰题、曰读、曰传、曰注、曰笺、曰疏、曰说、曰解，皆是"。

奏议类者，其异名尤多。姚氏云："唐、虞、三代圣贤陈说其君之辞，《尚书》具之矣。周衰，列国臣子为国谋者，谊忠而辞美，皆本《谟》、《诰》之遗。汉以来有表、奏、疏、议、上书、封事之异名，其实一类，惟对策体少别。"曾氏亦云："凡后世曰书、曰疏、曰议、曰奏、曰表、曰劄子、曰封事、曰弹章、曰笺、曰对策，皆是。"而《文心雕龙》言之尤详。《章表》篇云：七国言事，"皆称上书。秦初定制，改书曰奏。汉定四品：一曰章，二曰奏，三曰表，四曰议；章以谢恩，奏以按劾，表以陈请，议以执异。章者，明也。表者，标也。"《奏启》篇云："奏者，进也。言敷于下，情进于上也。自汉以来，奏事者或称上疏。""启者，开也。孝景讳启，故两汉无称。至魏国笺记，始云'启闻'，奏事之末，或云'谨启'。自晋盛启，用兼表奏，陈政言事，既奏之异条；让爵谢恩，亦表之别干。自汉置八仪，密奏阴阳，皂囊封板，故曰封事。晁错受书，还上便宜"，"多附封事，慎机密也。"《议对》篇云："议之言宜，审事宜也。昔管仲称轩辕有明台之议，其来远矣"。汉立驳议。"驳者，杂也。杂议不纯，故云驳也。""又对策者，应诏而陈政也；射策者，探事而献说也。言中理准，譬射侯中的。二名虽殊，即议之别体也。"案唐以后有状，宋以后有劄子，近世有题本，有奏本，有附片。其名之异，亦以义各有主焉耳。

书说类者，姚氏云："昔周公之告召公，有《君奭》之篇。春秋之世，列国士大夫或面相告语，或为书相遗，其义一也。"曾氏谓"凡后世曰书、曰启、曰移、曰牍、曰简、曰刀笔、曰帖，皆是"。《文心雕龙·书记》篇云："书者，舒也。舒布其言，陈之简牍。战国以前，君臣同书"。"秦汉始有表奏，王公国内，亦称奏书。迄至后汉稍有名品：公府奏记，而郡将奏笺。记之言志，进己志也；笺者，表也，表识其情也。"曾氏名此类曰书牍，而姚氏则曰："书，说也。"盖因其中多载战国游士说异国之君之辞而然。至说之为言，《文心雕龙·论说》篇云："说者，悦也。兑为口舌，故言资悦怿；过悦必伪，故舜惊谗说。"得其旨矣。

赠序类者，姚氏云："《老子》曰：'君子赠人以言。'颜渊、子路之相违，则以言相赠处；梁王觞诸侯于范台，鲁君择言而进，所以致忠爱、陈忠告之谊也。唐初赠人始以序名，作者亦众。至于昌黎乃得古人之意，其文冠绝前后作者。苏明允之考名序，故苏氏讳序，或曰引，或曰说。"而迁安郑东甫（杲）语永朴云："《诗·崧高》'吉甫作颂，其诗孔硕，其风肆好，以赠申伯。'即赠序之权舆。"富阳夏伯定（震武）亦云："《燕燕序》'庄姜送归妾'，《谓阳》'我送舅氏'，皆有赠序之义。"据此可知其来远矣。至欧阳《郑荀改名序》，明允《仲兄文甫字说》、《名二子说》，归震川《张雄字说》、《二子字说》，此则因《仪礼·士冠礼》有字辞，且既冠而字之，以见于乡大夫、乡先生，又各有训戒，观《国语·晋语》载栾武子、范文子、韩献子之告赵文子即其证，亦不可谓无本。惟明时寿序盛行，其弊或入于谄谀，有道君子多耻为之。方望溪及曾氏咸有斯论，而两家集中终不能免。然则，择人而作，且所称无溢于实，庶乎可也。诏令类者，姚氏云："原于《尚书》之《誓》、《诰》。而檄、令皆谕下之辞，亦当附入。"曾氏谓"凡后世曰诰、曰诏、曰谕、曰令、曰教、曰敕、曰玺书、曰檄、曰策命，皆是。"而《文心雕龙》言之尤详。《诏策》篇云："昔轩辕、店、虞，同称曰命。其在三代，事兼诰、誓，誓以训戒，诰以敷政，命喻自天，故授官锡胤。降及七国，并称曰令。令者，使也。秦并天下，改命曰制"。汉初"命有四品：一曰策书，二曰制书，三曰诏书，四曰戒敕。敕戒州部，诏诰百官，制施赦命，策封王侯。策者，简也；制者，裁也；诏者，告也；敕者，正也。"又云："戒者，慎也。君父至尊，在三罔极。汉高祖之敕太子，东方朔之戒子，亦顾命之作也。教者，效也，言出而民效也。故王侯称教。"《檄移》篇云：檄之称自七国始。"檄者，皦也。皦然明白也。或称露布，播诸视听也。""移者，易也。移风易俗，命往而民随者也。"盖刘氏判诏、策、檄、移为二，而以教、戒附于诏策；姚氏则合檄、令于诏中；至曾氏悉贯为一条，尤完密矣。

传状类者，刘子元（知幾）《史通·六家》篇云："传者，传也，所以传示来世。"《补注》篇云："传者，转也，转授于无穷。"此传之意也。《文心雕龙·书记》篇云："状者，貌也。体貌本原，取其事实。"此状之义也。曾氏云："经则《尧典》、《舜典》，史则本纪、世家、列传，皆记载之公者也。后世记人之私者，曰家传、曰行状、曰事略、曰年谱，皆是。"但彼合传、志为一，故更数及墓表、墓志铭、神道碑。姚氏分而出之，引刘海峰之言曰："古之为达官、名人传者，史官职之；文士作传，凡为圬者、种树之流而已。其人既稍显，即不当为之传；为之行状，上史氏而已。"案《日知录》云："列传始于太史公，"盖史体也。不当作史之职，无为人立传者。梁任昉《文章缘起》言传始于东方朔作《非有先生传》，是以寓言而谓之传。《韩文公集》传三篇，《柳子厚集》传六篇，皆微者与游戏之作，比于稗官；若段太尉则曰逸事状，而不曰传。"方望溪《答乔介夫书》亦云："家传非古也，必陋穷隐约，国史所不列，文章之士，乃私录而传之。独宋范文正公、范蜀公（镇）有家传，而为之者，张唐英、司马温公耳。此两人故非文家，于文律或未审；若八家则无为达官私立传者。"此两说实海峰所本。至传末评语，其名诸家不同。据《史通·论赞》篇云："《左传》发论，假君子以称之，二《传》云公羊子、谷梁子，《史记》云太史公，班固曰赞，荀悦曰论，《东观》曰序，谢承曰诠，陈寿曰评，王隐曰议，何法盛曰述，扬雄曰撰，刘昞曰奏，袁宏、裴子野自显姓名，皇甫谧、葛洪列其所号，而史官通称史臣。其名万殊，其归一揆，必取道于时者，则总归论赞焉。"此虽论史，其可以资文家之取裁乎。

碑志类者，《文心雕龙·诔碑》篇云："碑者，埤也。上古帝皇纪号封禅，树石埤岳，故曰碑也。又宗庙有碑，树之两楹，事止丽牲，未勒勋绩。而庸器渐缺，故后代用碑，以石代金，同乎不朽。自庙徂坟，犹封墓也。"姚氏云："其体本于《诗》，歌颂功德，其用施于金石。周之时有石鼓刻文：秦刻石于巡狩所经过；汉人作碑文，又加以序。序之体盖秦刻琅琊具之矣。茅顺甫（坤字）讥韩文公碑序异史迁，此非知言。金石之文，自与史家异体，如文公作文，岂必以效司马氏为工耶？志者，识也，或立石墓上，或埋之圹中，古人皆曰志。为之铭者，所以识之辞也。然恐人观之不详，故又为序。世或以石立墓上曰碑、曰表，埋乃曰志，及分志、铭二字，独呼前序曰志者，皆失其义，盖自欧阳公不能辨矣。"又《与陈硕士书》云："墓表自与神道碑同类，与埋铭异类。神道碑有铭，似墓表用铭亦可通，然非体之正也。吾谓文章体制，当准理决之；不得以前贤有此，便执为是，如赠序中用'不具某顿首，'与书同，此颜鲁公（真卿）《送蔡明远序》体也，直当断以为不是耳，安可法之耶？"又评韩公《殿中少监马君墓志铭》云："古者书旌柩前，即谓之铭，故不必有韵之文始可称铭。"案：《礼记·檀弓》云："铭，明旌也。以死者为不可别已，故以其旗识之，爱之斯录之矣'敬之斯尽道焉耳，"《祭统》云："夫鼎有铭。铭者，自名也。自名以称扬其先祖之美，而明著之后世者也。"又云："铭者，论撰其先祖之有德善，功烈勋劳庆赏声名列于天下，而酌之祭器，自成其名焉，以祀其先祖者也。"左氏襄二十九年《传》云："夫铭，天子令德，诸侯言时计功，大夫称伐。"据此则铭之义至广，凡树之山岳，勒之宗庙，无论为金为石，有韵无韵，皆可称之，不独揭之墓道与埋诸幽室也。姚说固非无稽。余姚黄太冲（宗羲）《金石要例》云："墓志而无铭者，盖叙事即铭也。所谓志铭者，通一篇而言之，非以叙事属志，韵语属铭。犹作赋者末有'重曰''乱曰'，总之是赋，不可谓重是重、乱是乱也。"又云："柳州《葬令》曰：'凡五品以上为碑，龟趺螭首；降五品为碣，方趺圆首。'此碑碣之分。凡言碑者，即神道碑也。后世则碣亦谓之碑矣。"又云："今制：三品以上神道碑，四品以下墓表。铭藏于幽室，碑、表施于墓上。虽名不同，其实一也。故墓表之书子姓与有铭，不可谓非。"先姜坞府君《援鹑堂笔记》云："志止是立石为辞以志之，铭即志耳。故或称志铭，或称铭志。刘显卒，友人刘之遴启皇太子为之铭志，今《梁书》载其词。观前人石刻，有'有序'二字，以目其散文，《文选》谢朓《和伏武昌诗》，善注引徐冕《伏曼容墓志序》云云是也。若后无韵语，则即散文亦可谓之志，唐宋诸公集皆有之。欧公论《尹师鲁墓志铭》云：'志言云云，铭言云云，是以志铭分为二，以序独为志，盖是误也。'"两家之论，皆惜翁所本。

杂记类者，姚氏云："亦碑文之属。碑主于称颂功德，记则所纪大小事殊，取义各异，故有作记序与铭诗全用碑文体者，又有为纪事而不以刻石者。"曾氏云:"如《礼记》、《投壶》、《深衣》、《内则》、《少仪》,《周礼》之《考工记》皆是。"后世修造宫室有记,游览山水有记,以及记器物、记琐事皆是。

箴铭类者,姚氏云:"三代以来有其体矣。圣贤所以自戒警之义,其辞尤质而意尤深。"案:箴如轩辕《舆》、《几》之箴(《皇王大纪》),辛甲之"命百官官箴王阙"(左氏襄四年传)。铭如汤之《盘铭》(《礼记·大学》),武王《户》、《席》诸铭(《大戴礼·武王践阼》),皆其原也。

颂赞类者,姚氏云:"亦《诗·颂》之流,而不必施之金石者也。"《文心雕龙·颂赞》篇云:"颂者,容也,所以美盛德而述形容也。""赞者,明也,助也。昔虞舜之祀,乐正重赞,(《尚书·六传》)盖唱发之辞。及益赞于禹(《书·大禹谟》)、伊陟赞于巫咸(《史记·封禅书》),并飏言以明事,嗟叹以助辞也。"

词赋类者,《汉书·艺文志》云:"《传》曰:'不歌而诵谓之赋。登高能赋,可以为大夫。'言感物造端,材智深美,可与图事,故可以为列大夫也。古者诸侯卿大夫交接邻国,以微言相感,当揖让之时,必称诗以谕其志,盖以别贤不肖而观盛衰焉。故孔子曰:'不学《诗》,无以言'也。春秋之后,周道浸坏,聘问歌咏,不行于列国,学诗之士,逸在布衣,而贤人失志之赋作矣。"《两都赋序》云:"赋者,古诗之流也。"《文心雕龙·诠赋》篇云:"诗有六义,其二曰赋,赋者,铺也。铺采摛文,体物写志也。"赋与诗体虽异,"总其归途,实相枝干。赋也者,受命于诗人,拓宇于楚辞也。"姚氏云:"赋者,风雅之变体也,楚人最工为之,盖非独屈子而已。余尝谓《渔夫》及楚人以弋说襄王、宋玉对王问遗行,皆设辞无事实,皆词赋类耳,太史公、刘子政不辨,而以事载之,盖非是。词赋固当有韵,然古人亦有无韵者,以义在托讽,亦谓之赋耳。"综诸说观之,然则赋之发源在于诗,无可疑者。至其异名,曾氏云:"后世曰赋、曰辞、曰骚、曰七、曰设论、曰符命、曰歌,皆是。"盖得其实。

哀祭类者,姚氏云:"《诗》有《颂》,《风》有《黄鸟》、《二子乘舟》，皆其原也。"曾氏更广以《书》之《武成》、《金縢》祝辞，《左传》荀偃、赵简子祝辞，而谓"后世曰祭文、曰吊文、曰哀辞、曰诔、曰告祭、曰祝文、曰愿文、曰招魂，皆是。"《文心雕龙·诔碑》篇云：周时"大夫之材，临丧能诔。诔者，累也，累其德行，旌之不朽也。"《哀吊》篇云："哀者，依也。悲实依心"，"以辞遣哀，盖不泪之悼。""吊者，至也。君子命终定谥，事极理哀。故宾之慰主，以至到为言也。"观其所论，可知三者当归一类。刘氏以诔合碑，又别出哀吊，岂非矛盾耶？

若夫典志之名，《尔雅释诂》、《书传》并云："典，常也。"《仪礼·士昏礼》注："典，常也，法也。"《说文》："典，五帝之书也。从册在丌上，尊阁之也。"庄都说："典，大册也。"志与识通，记也。诗歌之名，《诗谱序》孔《疏》云："诗有三训：承也，志也，持也，作者承君政之善恶，述己志而作诗，所以持人之行，使不失坠也。"《礼记·乐记》："歌，咏其声也。"《诗·传》："曲合乐曰歌。"合而观之，亦可以知两类发生之所由。

至记叙类，其义易明，兹不赘释。

功　效

昔陆士衡（机）《文赋》云："伊兹文之为用，固众理之所因。恢万里而无阂，通亿载而为津。俯贻则于来叶，仰观象乎古人。济文武于将坠，宣风声于不泯。涂无远而不弥，理无微而弗纶。配霑润于云雨，象变化乎鬼神。被金石而德广，流管弦而日新。"此总论其功效也。使为文而无功效可言，虽雕琢其辞，与《礼记·曲礼》所谓"鹦鹉能言，不离飞鸟；猩猩能言，不离禽兽"者何以异？与欧阳子《送徐元党南归序》所谓"草木荣华之飘风，禽兽好音之过耳"者又何以异？兹更即共彰明较著者分而论之，盖大端有六。

一曰论学。学也者，本己之所得，以救之世所失者也。韩退之《进学解》云："觝排异端，攘斥佛老。补苴罅漏，张皇幽眇。寻坠绪之茫茫，独旁搜而远绍。障百川而东之，回狂澜于既倒。"张子《语录》云："为天地立心，为生民立命，为往圣继绝学，为万世开太平。"意正指此。但文章不工，虽有此志此学，何由宣其所见，以觉当世而诏来兹？故程子读张子《西铭》，以为"无子厚笔力发不出"。黄东发（震）《日抄》云："朱子为文，其天才卓绝，学力宏肆，落笔成章，殆于天造。其剖析性理之精微，则日精月明；其穷诘邪说之隐遁，则神搜霆击；其感慨忠义，发明《离骚》，则苦雨凄风之变态；其泛应人事，游戏翰墨，则行云流水之自然。"太仓陆桴亭（世仪）《思辨录》云："古文须少年时及早为之。王阳明（守仁）未遇湛甘泉（若水）讲道时，先与同辈学作诗文。故讲道之后，其往来论学书及奏疏，皆明白透快，吐言成章，动合古文体格，虽识见之高，学力之到，然其得力，未始不在平日一番简练揣摩也。"据此可见文章发挥道妙，其功效之见于论学者，固当首及之矣。

二曰匡时。古人以《禹贡》行河；以《洪范》察变；以《春秋》断狱，或以之出使；以《甫刑》校律令条法；以《三百五篇》当谏书；以《周官》致太平；以《礼》为服制，以兴教化。圣贤经典，无不与政治有关。是以为文章者，必有陈古风今之思，本其心之沉郁，而达以笔之委婉，乃可以动人，可以救世。顾亭林《日知录》云："舜曰：'诗言志。'此诗之本也。《王制》：'命太师陈诗以观民风。'此诗之用也。《荀子》论《小雅》曰：'疾今之政以思往者，其言有文焉，其声有哀焉。'此诗之情也。故诗者，王者之迹也。"唐白居易《与元微之书》曰："年齿渐长，阅事渐多，每与人言，多询时务；每读书史，多求理道。始知文章合为时而著，诗歌合为事而作。"又自叙其诗关于美刺者谓之讽谕诗，自比于梁鸿《五噫》之作。而谓好其诗者邓鲂、唐衢俱死，"吾与足下又困踬。岂六义、四始之风，天将破坏不可支持耶？又不知天意不欲使下人病苦闻于上耶？"嗟乎，可谓知立言之旨者矣。案《杜工部集》中，如《北征》、《自京赴奉先咏怀》、"三吏"、"三别"、前后《出塞》、《兵车行》、《悲陈陶》、《悲青坂》、《哀江头》、《哀王孙》诸篇，其闵时愤俗之怀，沈郁悲壮，往往足以继变风变雅，故当时号为"诗史"。苏东坡亦评其诗云："古今诗人众矣，而杜子美为首。岂非以其流落饥寒，终身不用，而一饭未尝忘君也欤？"然则，因历遭之时，或颂其美，或刺其失；当王泽浸衰，犹思匡面正之，追而复之，近救一时，远垂万世，斯又文章之功效也。

三曰纪事。夫立乎千百世之后，而追溯千百世以前，其为时也远矣。乃举凡贤君相之丰功骏业，名儒之至德要道，莫不可以穷源竟委，历历言之，非有高文为之叙述，何以臻此？昔韩退之《答崔立之(斯立)书》，自言"将耕于宽闲之野，钓于寂寞之滨，求国家之遗事，考贤人哲士之所终始，作唐之一经，垂之于无穷，诛奸谀于既死，发潜德之幽光。"虽《答刘秀才论史书》有"仆虽呆，亦粗知自爱，实不敢率尔为之"之语，而柳子厚遗之书云："若退之如此，则唐之史述，卒无可托。明天子、贤宰相得史才如此，而又不果，甚可痛哉！"此可见其文不高，不能为史；即为之，亦必不能令人传习而脍炙之也。是以退之进《撰平淮西碑文表》，历陈二《典》、《禹贡》、《盘庚》五《诰》、《元鸟》、《长发》、《清庙》、《臣工》、大小二《雅》，以为"皆由辞事相称，善并美具，乃号以为经，从始至今，莫敢指斥；向使撰次不得其人，文字暧昧，虽有美实，其谁观之？"李习之《答皇甫湜书》云："仆以为西汉十一帝，高祖起布衣，定天下，豁达大度，东汉所不及；其余惟文、宣二帝为优。自惠、景以下，亦不皆明于东汉明、章二帝；而前汉事迹灼然传在人口者，以司马迁、班固叙述高简之功，故学者悦而习焉，其读之详也。足下读范晔《汉书》、陈寿《三国志》、王隐《晋书》生熟，何如左邱明、司马迁、班固之温习哉？故温习者事迹彰，而罕读者事迹晦。读之疏数，在词之高下，理必然也。"欧阳永叔跋《唐田布碑》云："今有道史汉时事，其人伟然甚著，而市儿俚妪，犹能道之；自魏晋以下，不为无人，而其显赫不及于前者，无左邱明、司马迁之笔以起其文也。"曾子固《寄欧阳舍人书》，又谓"非畜道德而能文章者，不可以作铭"，且申之云："人之行，有情善而迹非，有意奸而外淑，有善恶相悬而不可以实指，有实大于名，有名侈于实，犹之用人，非畜道德者恶能辨之不惑、议之不徇？不惑不徇，则公且是矣。而其辞之不工，则世犹不传，于是又在其文章兼胜焉。故曰：'非畜道德而能文章者，无以为也'，岂非然哉！"虞道园（集）《跋张方先生传后》云（案：方字未详）："史臣书事，惟战功、文学、治术则易书，隐君子之为德则难言也。太史公书《伯夷传》，载许由之冢；《东汉书·黄叔度传》，其文虽不及于司马氏，而能使后世拟叔度为颜子，而人信而不疑，亦文章之难事乎！"呜呼！欧阳公有言：盛衰生死之际不足道，"惟为善者能有后，而托于文字者可以无穷。"（《河南府司录张君墓表》）然则，使古今事业磊磊轩天地者不致沉没，斯又文章之功效也。

四曰达情。昔人云：未免有情，谁能遣此？情之在人，正所以灵于万物者也。《诗·七月·毛传》云："春女悲，秋士悲，感其物化也。"《文心雕龙物色》篇云："春秋代序，阴阳惨舒，物色之动，心亦摇焉。盖阳气萌而元驹步，阴律凝而丹鸟羞。（元驹、丹鸟，并见《夏小正》。元驹，蚁也；丹鸟，萤也。）微虫犹或入感，四时之动物深矣。若夫珪璋挺其惠心，英华秀其清气，物色相召，人谁获安！是以献岁发春，悦预之情畅；滔滔孟夏，郁陶之心凝；天高气清，阴沈之志远；霰雪无垠，矜肃之虑深。岁有其物，物有其容；情以物迁，辞以情发。一叶且或迎意，虫声有足引心，况清风与明月同夜，白日与春林共朝哉！"钟仲伟（嵘）《诗品》云："春风春鸟，秋月秋蝉，夏云暑雨，冬日祁寒，斯四候之感诸咏者也。嘉会寄诗以亲，离群托诗以怨。至于楚臣去境，汉妾辞宫。或骨横朔野，魂逐飞蓬；或负戈从戎，杀气雄边。塞客衣单，孀闺泪尽。或士有解佩出朝，一去忘返；女有扬娥入宠，再盼倾城。凡斯种种，感荡心灵，非陈诗何以展其义，非长歌何以骋其情？故曰：《诗》，'可以群，可以怨'。"由此观之，古人性情，未有不见于文字者，故《文赋》云："思涉乐其必笑，方言哀而已叹。"退之《送孟东野序》云："其歌也有思，其哭也有怀。"然此犹言情之在一己者耳。若夫由己及人，而使彼此之间，洞然无阂，如汉文帝之《与南越王赵佗书》、光武之《与窦融书》，皆以一纸定边陲，力量视十万劲兵，有过之无不及。唐德宗兴元大赦诏，感人之捷亦然。而历代词令施于邻国者，可类推矣。然则情之所及，无论近远，放之皆准，感而遂通，斯又文章之功效也。

五曰观人。《礼记乐记》云："宽而静、柔而正者，宜歌《颂》；广大而静、疏达而信者，宜歌《大雅》；恭俭而好礼者，宜歌《小雅》；正直而静、廉而谦者，宜歌《风》；肆直而慈爱者，宜歌《商》；温良而能断者，宜歌《齐》。"魏文帝《典论》云："夫人善于自见；而文非一体，鲜能备善。"惜抱先生《与陈硕士书》云："作诗者，苟天才与其体性不近，不必强之。大抵其才驰骋而炫耀者，宜七言；深婉而淡远者，宜五言。虽不可尽以此论拘，而大概似之矣。"据此，则人之性情、才气、志操、学业，固各有所宜。惟然，故观其文可以知其人也。昔孔子言："始吾与人也，听其言而信其行；今吾与人也，听其言而观其行。"（《公冶》）又曰："论笃是与，君子者乎？色庄者乎？"（《先进》）又曰："不以言举人。"（《卫灵》）此特就苟以欺人于一时者言之耳。若其平生所著，则心术隐微，必有流露于字里行间而不能掩者。试观子厚谓"慷慨自为正直，行行焉如退之"（《与韩愈论史书》），故退之之文，莫不奇崛；而如《祭郑夫人文》、《祭十二郎文》、《韩滂墓志铭》、《女挐圹铭》，乃至性缠绵，读之令人涕下，故李习之又谓其"孝友慈祥"（《外姑韦夫人墓志》）。苏子由（辙）谓欧阳公"议论宏辨，容貌秀伟"（《上枢密韩太尉书》），故永叔之文，莫不深婉；而如与范司谏（仲淹）、高司谏（若讷）两书，乃凛然有不可犯之色，故王介甫又谓其"果敢之气，刚正之节，至晚而不衰"（《祭欧阳文忠公文》）。虞道园《跋欧曾二公帖》云："欧阳公著书，所以资僚友之考订者，谦至而周悉；曾公家书，所以告语其嫂者，忠爱而敦笃。所谓盛代之德人、文学之师表也。学者因翰墨而想象其词气，因词气而涵泳其德业，所得不既多乎？"此正见文章可以得人之真相与其全量也。不然，何以《书》言。"敷奏以言"（《尧典》）《礼》言"或以言扬"（《文王世子》）哉！是以《日知录》云："末世人情弥巧，文而不惭，固有朝赋《采薇》之篇，而夕有捧檄之喜者，苟以其言取之，则车载鲁连、斗量王蠋矣。曰：是不然，世有知言者出焉，则其人之真伪，即以其言辨之，而卒莫能逃。《黍离》之大夫，始而'摇摇'，中而'如噎'，既而'如醉'，无可奈何而付之苍天者，真也。汨罗之宗臣，言之重，词之复，心烦意乱，而其词不能以次者，真也。栗里之征士，淡然若忘于世，而感愤之怀，有时不能自止，而微见其情者，真也。其汲汲然自表曝而为言者，伪也。"方望溪《与刘言洁书》云："道之不闻，而其言传，自古及今，未有一得者也。身则无是，而强为闻道之言，则其出也，不能如其心，而其传也，人能知其伪。"夫人藏其心，不可测度也；然而观其所言，即可以知其所蕴，斯又文章之功效也。

六曰博物。夫博物之书，莫如《尔雅》。今观所述，不外《诗》、《书》、《礼》、《乐》四端，盖皆宇宙之大文也。自兹而降，莫如屈、宋、扬、马之词赋，是以《文心雕龙·物色》篇云："诗人感物，联类不穷；流连万象之际，沈吟视听之区。写气图貌，既随物以宛转；属采附声，亦与心而徘徊。故'灼灼'状桃花之鲜，'依依'尽杨柳之貌，'杲杲'为日出之容，'瀌瀌'拟雨雪之状，'喈喈'逐黄鸟之声，'喓喓'学草虫之韵。'皎日''彗星'，一言穷理；'参差'、'沃若'，两字穷形。并以少总多，情貌无遗矣。虽复思经千载，将何易夺？及《离骚》代兴，触类而长，物貌难尽，故重沓舒状，于是'嵯峨'之类聚，'葳蕤'之群积矣。及长卿之徒，诡势瑰声，模山范水，字必鱼贯，所谓诗人丽则而约言，辞人丽淫而繁句也。"又云："山林皋壤，实文思之奥府。屈平所以能洞鉴风骚之情者，抑亦江山之助乎！"及韩退之出，乃更以诗赋所长，入于散体文中，是以《上兵部李侍郎书》云："凡自唐、虞以来，编简所存，大之为河海，高之为山岳，明之为日月，幽之为鬼神，纤之为珠玑华实，变之为雷霆风雨，奇辞奥旨，靡不通晓。"至《送高闲上人序》云："往时张旭善草书，不治他伎，喜怒、窘穷、忧悲、愉快、怨恨、思慕、酣醉、无聊、不平，有动于心，必于草书焉发之；观于物，见山水、崖谷、鸟兽、虫鱼、草木之花实、日月、列星、风雨、水火、雷霆、霹雳、歌舞、战斗，天地事物之变，可喜可愕，一寓于书。"此虽论草书，而行文之妙，亦犹是矣。柳子厚《愚溪诗序》云："余虽不合于俗，亦颇以文墨自慰。漱涤万物，牢笼百态，而无所避之。"欧阳公《六一诗话》载梅圣俞论诗云："必状难写之景，如在目前；含不尽之意，见于言外。"因引严维诗"柳塘春意漫，花坞夕阳迟"，以为"天容时态，融和骀荡，岂不如在目前乎？又若温庭筠'鸡声茅店月，人迹板桥霜'，贾岛'怪禽啼旷野，落日恐行人'，则道路辛苦，羁愁旅思，岂不见于言外乎？"苏子瞻评诗人写物云："'桑之未落，其叶沃若'，他木殆不可以当此。林逋《梅花》诗云：'疏影横斜水清浅，暗香浮动月黄昏。'决非桃李诗。皮日休《白莲花》诗云：'无情有恨何人见，月晓风清欲堕时。'决非红莲诗。此乃写物之工。若石曼卿（延年）《红梅》诗云：'认桃无绿叶，辨杏有青枝，至陋语，盖村学中体也。"又书参寥（僧道潜）论杜诗云："老杜诗'楚江巫峡半云雨，清簟疏帘看奕棋'，此句可画。但恐画不就尔。"叶少蕴（梦得）《石林诗话》云："老杜'细雨鱼儿出，微风燕子斜'，此十字殆无一字虚设。细雨著水面为沤，鱼常上浮而淰；若大雨则伏而不出。燕体轻弱，风猛则不能胜；惟微风乃受以为势。至'穿花蛱蝶深深见，点水蜻蜓款款飞'，'深深'字若无'穿'字，'款款'字若无'点'字，皆无以见。"其精微如此。自文学家有此境，于是赋物之工，诚如《文赋》所谓"笼天地于形内，挫万物于笔端"者，斯又文章之功效也。

以上所陈六者，皆彰明较著之大端。自今以往，世局日新，人事日多，而所以助文章而生其波澜意态者日广，则其功效必日著，是在有志兹学者扩而充之、神而明之耳。

文学研究法卷二

运　会

　　《文心雕龙·时序》篇云："昔在陶唐，德盛化钧，野老吐'何力'之谈，郊童含'不识'之歌。有虞继作，政阜民暇，'薰风'诗于元后，'烂云'歌于列臣。尽其美者何？乃心乐而声泰也。至大禹敷土，"九序"咏功；成汤圣敬，'猗欤'作颂。逮姬文之德盛，《周南》勤而不怨；太王之化淳，《豳风》乐而不淫。幽、厉昏而《板》、《荡》怒，平王微而《黍离》哀。故知歌谣文理，与世推移，风动于上，而波震于下者也。春秋以后，角战英雄，六经泥蟠，百家飚骇。方是时也，韩、魏力政，燕、赵任权；五蠹六虱，严于秦令；唯齐、楚两国，颇有文学，齐开庄衢之第，楚广兰台之宫，孟轲宾馆，荀卿宰邑；故稷下扇其清风，兰陵郁其茂俗，邹子（衍）以谈天飞誉，驺奭以雕龙驰响，屈平联藻于日月，宋玉交彩于风云。观其艳说，则笼罩《雅》、《颂》，故知炜烨之奇意，出乎纵横之诡俗也。爰至有汉，运接燔书，高祖尚武，戏儒简学。虽礼律草创，《诗》、《书》未遑；然《大风》、《鸿鹄》之歌，亦天纵之英作也。施及孝惠，迄于文、景，经术颇兴，而辞人勿用，贾谊抑而邹、枚沉（邹阳、枚乘），亦可知已。逮孝武崇儒，润色鸿业，礼乐争辉，辞藻竞鹜：柏梁展朝宴之诗，金堤制恤民之咏，征枚乘以蒲轮，申主父（偃）以鼎食，擢公孙（宏）之对策，叹倪宽之拟奏，买臣负薪而衣锦，相如涤器而被绣；于是史迁、寿王（吾邱氏）之徒，严（安）、终（军）、枚皋（乘子）之属，应对固无方，篇章亦不匮，遗风余采，莫与比盛。越昭及宣，实继武绩，驰骋石渠，暇豫文会，集雕篆之轶材，发绮縠之高喻，于是王褒之伦，底禄待诏。自元暨成，降意图籍，美玉屑之谈，清金马之路，子云锐思于千首，子政雠校于六艺，亦已美矣。爰自汉室，迄至成、哀，虽世渐百龄，辞人九变，而大抵所归，祖述《楚辞》，灵均（《离骚》："名余曰正则兮，字余曰灵均。"）馀影，于是乎在。自哀、平陵替，光武中兴，深怀图谶，颇略文华。然杜笃献诔以免刑，班彪参奏以补令，虽非旁求，亦不遐弃。及明、章叠耀，崇爱儒术，肆礼璧堂，讲文虎观。孟坚珥笔于国史，贾逵给札于瑞颂，东平（宪王苍）擅其懿文，沛王（献王辅）振其通论，帝则藩仪，辉光相照矣。自和、安已下，迄至顺、桓，则有班（固）、傅（毅）、三崔（骃、瑗、寔），王（延寿）、马（融）、张（衡）、蔡（邕），磊落鸿儒，才不时乏，而文章之选，存而不论。然中兴之后，群才稍改前辙，华实所附，斟酌经纬，盖历政讲聚，故渐靡儒风者也。降及灵帝，时好辞制，造皇羲之书，开鸿都之赋；而乐松之徒，招集浅陋，故杨赐号为驩兜，蔡邕比之俳优，其馀风遗文，盖蔑如也。自献帝播迁，文学蓬转，建安之末，区宇方辑。魏武以相王之尊，雅爱诗章；文帝以副君之重，妙善辞赋；陈思以公子之豪，下笔琳琅。并体貌英逸，故俊士云蒸。仲宣（王粲字）委质于汉南，孔璋（陈琳字）归命于河北，伟长从宦于青土，公干（刘桢字）徇质于海隅，德琏（应玚字）综其斐然之思，元瑜（阮瑀字）展其翩翩之乐，文蔚（路粹字）、休伯（繁钦字）之俦，于叔（邯郸淳字）、德祖（杨修字）之侣，傲雅觞豆之前，雍容衽席之上，洒笔以成酣歌，和墨以藉谈笑。观其时文，雅好慷慨，良由世积乱离，风衰俗怨，并志深而笔长，故梗概而多气也。至明帝纂戎，制诗度曲，征篇章之士，置崇文之观，何（晏）、刘（劭）群才，迭相照耀。少主相仍，唯高贵（高贵乡公髦）英雅，顾盼含章，动言成论。于时正始（魏主芳年号）馀风，篇体轻淡，而嵇（康）、阮（籍）、应（璩）、缪（袭），并驰文路矣。逮晋宣始基，景、文克构，并迹沈儒雅，而务深方术。至武帝维新，承平受命，而胶序篇章，弗简皇虑。降及怀、愍，缀旒而已。然晋虽不文，人才实盛，茂先（张华字）摇笔而散珠，太冲（左思字）动墨而横锦，岳（潘氏）、湛（夏侯氏）曜联璧之华，机、云（并陆氏）标二俊之采，应（贞）、傅（咸）、三张（载、协、亢）之徒，孙（绰）、挚（虞）、成公（绥）之属，并结藻清英，流韵绮靡。前史以为运涉季世，人未尽才，诚哉斯谈，可为叹息。元皇中兴，披文建学，刘（隗）、刁（协）礼吏而宠荣，景纯（郭璞字）文敏而优擢。逮明帝秉哲，雅好文会，升储御极，孳孳讲艺，练情于诰策，振采于辞赋；庾（亮）以笔才逾亲，温（峤）以文思益厚，揄扬风流，亦彼时之汉武也。及成、康促龄，穆哀短祚，简文勃兴，渊乎清峻，微言精理，函满玄席，澹思浓采，时洒文囿。至孝武不嗣，安、恭已矣；其文史则有袁（宏）、殷（文仲）之曹，孙（盛）干（宝）之辈，虽才或浅深，珪璋足用。自中朝贵玄，江左称盛，因谈余气，流成文体。是以世极迍邅，而辞意夷泰，诗必柱下（《法轮经》：老子在周武王时为柱下史。）之旨归，赋乃漆园（《史记》庄子传：'周尝为蒙漆园吏。'）之义疏。故知文变染乎世情，废兴系乎时序，原始以要终，虽百世可知也。自宋武爱文，文帝彬雅，秉文之德；孝武多才，英采云构。自明帝以下，文理替矣。尔其缙绅之林，霞蔚而飙起；王（僧达）、袁（淑）联宗以龙章，颜（延之）、谢（灵运）重叶以凤采；何（逊）、范（云）、张（邵）、沈（约）之徒，亦不可胜数也。"案所论于晋宋以前文学兴废，已得其概；惟末于齐语焉不详，岂有所讳而然欤！兹故弗录，而撮钞诸史续之。

盖《文苑传》起于《后汉书》而无序。《三国志》无《文苑传》。《晋书·文苑》、《南史·文学》两传序亦略。据《北史·文苑传序》云："永明（南齐武帝年号）、天监（梁武帝年号）之际，太和（魏孝文帝年号）、天保（北齐文宣帝年号）之间，洛阳江左，文雅尤盛。江左宫商发越，贵于清绮；河朔词义贞刚，重乎气质。气质则理胜其词，清绮则文过其意。理深者便于时用，文华者宜于歌咏。此南北词人得失之大较也。梁自大同（武帝年号）之后，雅道沦缺，渐乖典则，争驰新巧，简文、湘东启其淫放，徐陵、庾信分路扬镳，其意浅而繁，其文匿而彩，词尚轻险，情多哀思，格以延陵之听，盖亦亡国之音也。隋文初统万几，每念斲雕为朴，发号施令，咸去浮华。然时俗词藻，犹多淫丽，故宪台执法，屡飞霜简。炀帝初习艺文，有非轻侧；暨乎即位，一变其体。《与越公书》、《建东都诏》、《冬至受朝》诗及《拟饮马长城窟》，并存雅体，归于典则，虽意在骄淫，而词无浮荡，故当时缀文之士，遂得依而取正焉，所谓能言者未必能行，盖亦君子不以人废言也。"《唐书·文艺传序》云："唐有天下三百年，文章无虑三变：高祖、太祖，大难初夷，沿江左馀风，缔章绘句，揣合低昂，故王（勃）、杨（炯）为之伯。元宗好经术，群臣稍厌雕琢，索理致，崇雅黜浮，气益雄浑，则燕（张说）、许（苏颋）擅其宗。是时唐兴已百年，诸儒争自名家，大历（代宗年号）、贞元（德宗年号）间，美才辈出，擩哜道真，涵泳圣涯，于是韩愈倡之，柳宗元、李翱、皇甫湜等和之，排逐百家，法度森严，抵铄晋、魏，上轧汉、周，唐之文章，焕然为一王法，此其极也若侍从酬奉，则李峤、宋之问、沈佺期、王维；制册则常衮、杨炎、陆贽、权德舆、王仲舒、李德裕；言诗则杜甫、李白、元稹、白居易、刘禹锡；谲怪则李贺、杜牧、李商隐，皆卓然以所长为一世冠，其可尚矣。"《五代史》无文苑传。《宋史·文苑传序》云："艺祖革命，首用文吏，而夺武臣之权，宋之尚文，端本乎此。太宗、真宗在藩邸，已有好学之名；及其即位，弥文日增，自时厥后，子孙相承，上之为人君者，无不典学；下之为人臣者，自宰相以至令录，无不擢科，海内文士，彬彬辈出焉。国初杨亿、刘筠，犹袭唐人声律之体；柳开、穆修，志欲变古而力弗逮；庐陵欧阳修出，以古文倡，临川王安石、眉山苏轼、南丰曾巩起而和之，宋文日趋于古矣。南渡文气不及东都，岂不足以观世变欤！"《辽史·文学传序》云："辽起松漠，太祖以兵经略方内，礼文之事，固所未遑。及太宗入汴，取晋图书礼器而北，然后制度渐以修举。至景、圣（景宗贤，圣宗隆绪）间，则科目聿兴，士有由下僚擢升侍从，骎骎崇儒之美；但其风气刚劲，三面邻敌，岁时以蒐狝为务，而典章文物，视古犹阙。"《金史·文艺传序》云："金初未有文字。世祖以来渐立条教。太祖既兴，得辽旧人用之，使介往复，其言已文。太宗继统，乃行选举之法；及伐宋取汴经籍图书，宋士多归之。熙宗款谒先圣，北面如弟子礼。世宗、章宗之世，儒风丕变，庠序日盛，士由科第位至宰辅者接踵。当时儒者虽无专门名家之学，然而朝廷典策，邻国书命，粲然可观。金用武得国，无以异于辽；而一代制作，能自树立唐宋之间，非辽世所及。"《元史》无文苑传，特附于《儒学传》中。大抵自南宋而文学已衰，其时，文惟朱子及吕成公（祖谦），诗则陈简斋（与义）、曾茶山（几）、陆放翁、杨诚斋（万里）为之最。其后，金则元遗山，元则刘静修（因）、虞文靖（集）、揭文安（傒斯）、杨仲宏（载）、范德机（椁）、吴立夫（莱）、黄文献（溍）、柳道传（贯），皆有名于时，而开明初风气。故《明史·文苑传序》云："明初文学之士，承元季虞、柳、黄、吴之后，师友讲贯，学有本原，宋濂、王祎、方孝孺以文雄，高（启）、杨（维桢）、张（以宁）、徐（一夔）、刘基、袁凯以诗著。其他胜代遗逸，风流标映，不可指数，盖蔚然称盛。永、宣（永乐，太宗年号；宣德，宣宗年号）以还，作者递兴，皆冲融演迤，不事钩棘，而气体渐弱。弘、正（弘治，孝宗年号；正德，武宗年号）之间，李东阳出入宋元，溯流唐代，擅声馆阁；而李梦阳、何景明倡言复古，文自西京、诗自中唐而下，一切吐弃，操觚谈艺之士，翕然宗之，明之诗文，于斯一变。迨嘉靖（世宗年号）时，王慎中、唐顺之辈，文宗欧、曾，诗仿初唐；李攀龙、王世贞辈，文主秦汉，诗规盛唐。王、李之持论，大率与梦阳、景明相倡和也。归有光颇后出，以司马、欧阳自命，力排李、何、王、李；而徐渭、汤显祖、袁宏道、钟惺之属，亦各争鸣一时，于是宗李、何、王、李者稍衰。至启、祯（天启，熹宗年号；崇祯，怀宗年号）时，钱谦益，艾南英准北宋之矩镬，张溥、陈子龙撷东汉之芳华，又一变矣。"此皆前史所载之可考而知者。至于清室二百七十余年之间，人才亦不少。古文则有侯方域，魏禧、汪琬、姜宸英、方苞、刘大櫆、姚鼐、管同、梅曾亮、恽敬、张惠言、曾国藩、张裕钊、吴汝纶；骈文则有胡天游、邵齐焘、孔广森、洪亮吉；诗则有龚鼎孳、吴伟业、王士禛、施闰章、宋琬、朱彝尊、赵执信、查慎行，而大櫆及鼐之诗亦最胜，其末造有莫友芝、郑珍。此其大略也。

今综而观之，虽历代英才，应运而出，然元、明、清文学逊于宋，宋逊于唐，唐逊于周、秦、两汉，岂不能不为时代所限欤！昔朱子读《唐志》，谓"自孟子没，天下之士，不求知道养德，以充其内，而文章遂无实。东京以后，迄于隋、唐，愈下愈衰。韩愈氏出，始追六艺而作《原道》诸篇。然读其书，出于诡谀戏豫放浪者自不少。若夫所原之道，则徒能言其大体，而未见有探讨服行之效。故其论古人，直以屈原、孟轲、马迁、相如、扬雄为一等，而不及董、贾；其论当世之弊，但以'词不己出'，遂有神徂圣伏之叹。则师生传受，未免裂道与文以为两物。自是以来，又数百年，而后有欧阳子，其病亦同。"唐荆川《与茅鹿门书》亦谓"作文必洗涤心源，然后有真精神。即以诗论：陶彭泽未尝较声律、雕句文，但信手写出，便是宇宙间第一等好诗，何则？其本色高也。自有诗以来，其较声律、雕句文、用心最苦而立说最严者，无如沈约，苦却一生精力，使人读其诗，只见其捆缚龌龊满卷累牍，竟不曾道出一两句好话，何则？其本色卑也。本色卑，文不能工也，而况非其本色者哉！"两家所论，实洞于古今文章升降之由，非率尔操觚者所能窥见。

虽然，荆川谓休文不及渊明是矣；而朱子之讥韩、欧，则未免已甚。何以言之？昌黎游戏之文本不多，其有之，亦别寓深意，固与道术无妨。苏子瞻《答扬康功》诗云："退之仙人也，游戏于斯文。"可谓深知文章之趣。至干乞乃少年事，观《上贾滑州书》云："愈年二十有三。"《上崔虞部书》云："愈今二十有六矣。"《上宰相书》云："今有人生二十有八年矣。"即其明证。其后德成行尊，则不屑为之。故《答李习之书》云："仆在京城八九年，无所取资，日求于人，以度时月。当时行之不觉也，今而思之，如痛定之人，思当痛之时，不知何能自处也。今年已加长矣，复驱之使就其故地，是亦难矣。"若夫《答崔立之书》以孟子与诸家并言，特即文章一端论之耳。其于道术，《原道》固云："轲之死，不得其传焉。"《读荀子》又云："孟氏醇乎醇者也。荀与扬，大醇而小疵。"未尝以为一等。董、贾虽《集》中未言及，而李南纪作《昌黎集序》云："秦汉以前其气浑然。迨乎司马迁、相如、董生、扬雄、刘向之徒，尤所谓杰然者也。"柳子厚《与杨京兆凭书》又有"明如贾谊"之语，是师友讲论之际，必及二子可知。况"辞必己出"本《礼记·曲礼》"毋剿说，毋雷同"而来，尤足为文家针砭，而何讥焉？是以程子尝推韩公为豪杰之士。黄东发《日抄》云："临川王氏为诗讥昌黎曰：'纷纷易尽百年身，举世无人识道真。力去陈言夸末俗，可怜无补费精神。'夫世更八代，异端肆行，昌黎始出而正之，以六经之文为诸儒倡，论者谓功不在孟子下，今讥其'无补'，不足服昌黎也。且王氏亦不过费精神以从事文墨，正欲学昌黎而未至者，奈何身自为之，而反以讥人耶！晦庵先生校昌黎文，乃取此诗附于后，殊所未晓。"曾文正公《答刘孟容书》："朱子讥韩、欧裂道与文为二物，而欧公《送徐无党序》，亦以修之于身、施之于事、见之于言分为三等，其意深慕立德之徒，而以功与言为不足贵。朱子岂忘此说，奚病之若是哉？"

案苏子由《欧阳公神道碑》云："自魏晋以来，历南北，文弊极矣，虽唐贞观、开元之盛，卒不能振。惟韩退之一变复古，阏其颓波。东注之海，遂复西汉之旧。其后五代相承，天下不知所以为文，及公之文出，乃复无愧于古。呜呼！千数百年，文章废而复兴，惟得二人焉，夫岂偶然哉？"方望溪《赠方文辀序》云："文章之传，代降而卑，以为古必不可复者，惑也。百物伎巧，至后世而益精，竭心焉以求其善耳。然则道德文术之所以衰者，其故可知矣。周时人无不达于文，见于传者，隶卒厮舆，亦能雍容辞令。苏秦既遂，代、厉始脱市籍，驰说诸侯，而文辞之雄，后世之宿学不能逮也。盖三代盛时，无人而不知学，虽农工商贾，其少也固尝与于塾师里门之教矣。至秀民之能为士者，则聚之庠序学校，授以《诗》、《书》六艺，使究切于三才万物之理，而渐摩于师友者，常数十年，故深者能自得其性命，而飚流馀焰之发于文辞者亦充实光辉，而非后世所能及也。汉之文，终武帝之世而衰，虽有能者，气象萧然，盖周人遗学老师宿儒之所传，至是而扫地尽矣。自是以降，古文之学，每数百年而一兴，唐宋所传诸家是也。汉之东，宋之南，其学者专为训诂，故义理明而文章则不能兼胜焉。而其尤衰则在有明之世。盖唐宋之学者，虽逐于诗赋论策之末，然所取尚博，故一旦去为古文，而力犹可籍也；明之世一于五经、四子之书，其号则正矣，而人占一经，自少而壮，英华果锐之气，皆蔽于时文，而后用其余以涉于古，则其不能自树立也宜矣。由是观之，文章之盛衰，一视乎上之所以教，下之所以学，各有由然，而非以时代为升降也。夫自周之衰以至唐，学芜而道塞，近千岁矣。及昌黎韩子出，遂以掩迹秦汉，而继武于周人，其务学属文之方，具于其书者，可按验也。然则今之人苟能学韩子之学，安在不能为韩子之文哉？"窃谓两家所论较为持平。

派　别

唐、虞、三代，人居一官，世修其业，譬如宫商之相应，水火之相资，初无彼此怨怒不相通晓之事。道术之裂，其在东周以后乎？然其时虽诸子各自标异，而文章犹未尝以流派名也。文学之裂，其在东汉以后乎？魏文帝《典论》云："文人相轻，自古已然。傅毅之于班固，伯仲之间耳；而固小之，与弟超书曰：'武仲以能属文为兰台令史，下笔不能自休。'"盖门户之争，由此起矣。自后骈俪之文日盛。及唐韩昌黎出，乃复于古，而古文辞之名立。又唐多诗人，能文者较少，于是诗与文为二派。文之中，古文与骈文复为二派。考当时诸派中巨子，犹未有判若鸿沟之意，故洪景卢（迈）《容斋随笔》云："王勃等四子之文，皆精切有本原，其用骈俪作记、序、碑碣，盖一时体格如此，而后来颇议之。杜诗云：'王杨卢骆当时体，轻薄为文哂未休。尔曹身与名俱灭，不废江河万古流，正谓此耳。'身名俱灭'以责轻薄子；'江河万古'指四子也。"韩公《滕王阁记》云："江南多游观之美，而滕王阁独为第一，及得三王所为《序》、《赋》、《记》等，壮其文词。"又云："中丞命为《记》，窃喜载名其上，词列三王之次，有荣耀焉。"（三王者，勃作《序》，绪作《赋》，仲舒前为从事，作《记》，今为中丞。）则韩之所以推勃者，亦为不浅矣。今案白乐天诗与退之有难易之不同，而作《老戒》诗云："我有白头戒，闻于韩侍郎。"李义山于文第长于骈体，而称韩公《平淮西碑》，乃以二《典》与《清庙》、《生民》诗为比。古人不以己之所能，愧人之不能，以己之不能，忌人之能，其宅心宽厚，为何如哉！派之别由末流而生，实根于党同伐异之见。夫人之精力有限，势不能兼众美。故杜子美之文掩于诗，曾子固之诗掩于文。昔宋邵博《闻见后录》云："李习之与韩退之、孟东野善。习之于文，退之所敬也；退之与东野唱酬倾一时，习之独无诗，退之不议也。尹师鲁（洙）与欧阳永叔，梅圣俞善。师鲁于文，永叔所敬也；永叔与圣俞唱酬倾一日时，师鲁独无诗，永叔不议也。"叶少蕴《石林诗话》云："李翱、皇甫湜，皆退之高弟，而不传其诗。不应散亡无存者，计或非所长故不作耳。以非所长而不作，贤于世之不能而强为之者也。"顾亭林《日知录》云："古人之会君臣朋友，不必人人作诗。人各有能有不能，不作诗何害？"惜抱先生与先大父石甫府君（讳莹）书云："大抵古文深入难于诗，故古今作者少于诗人。然亦有能文不能诗者，此亦自由天分耳。"

诸家所言，盖有见于此。然不兼为之可也；或主之，或奴之，则不可也。

吾尝论有韵之文与无韵之文之发生，必有韵之文居乎先。观尧之戒、舜之歌可见。若《典》、《谟》不尽用韵，乃出夏之史臣，盖在其后。《日知录》云："古人之文，化工也，自然而合于音，则虽无韵之文，而往往有韵。苟不其然，则虽有韵之文，而时亦不用韵，终不以韵害意也。《三百篇》之诗，有韵之文也，乃一章之中，有二三句不用韵者，如'瞻彼洛矣，维水泱泱'之类是矣；一篇之中有全章不用韵者，如《思齐》之四章、五章、《召旻》之四章是矣；又有全篇无韵者，《周颂》、《清庙》、《维天之命》、《昊天有成命》、《时迈》、《武》诸篇是矣。说者以为当有馀声。然以馀声相协，而不入正文，此则所谓'不以韵而害意'者也。孔子赞《易》十篇，其《彖》、《象》传、《杂卦》五篇用韵，然其中无韵者，亦十之一；《文言》、《系辞》、《说卦》、《序卦》五篇不用韵，然亦间有一二，如'鼓之以雷霆，润之以风雨；日月运行，一寒一暑；乾道成男，坤道成女。''君子知微知彰，知柔知刚，万夫之望。'此所谓'化工之文，自然而合'者，固未尝有心于用韵也。《尚书》之体本不用韵，而《大禹谟》'帝德广运，乃圣乃神，乃武乃文'以下，《伊训》'圣谟洋洋，嘉言孔彰'以下，《太誓》'我武惟扬，侵于之疆'之下，《洪范》'无偏无陂，：遵王之义'以下，诸语皆用韵。又如《曲礼》'行前朱鸟而后元武，左青龙而右白虎'以下，《礼运》'元酒在室，醴醆在户，粢醍在堂，澄酒在下'以下，《乐记》'夫古者天地顺而四时当，民有德而五谷昌'以下，《中庸》'故君子不可以不修身，思修身不可以不事亲'以下，《孟子》'师行而粮食，饥者弗食，劳者弗息'以下，诸语亦然。此类秦汉诸子书并有之。太史公作赞亦时一用韵，而汉人乐府诗反有不用韵者。"据此则文之有韵无韵，皆顺乎自然，诗固有韵，而文亦未必不用韵。东汉以降，乃以无韵属之文，有韵属之诗，判而二之，文章日衰，未始不因乎此。而况诗之造句隶事虽与文异，然如李、杜之五七言古诗，与杜公之五言长律，其中章法笔法，何尝不与文相通？至韩、欧、苏、王诸家本长于古文，其诗即以古文法为之经纬。必谓诗与文两道，何啻痴人说梦哉！

若夫偏于用奇之文与偏于用偶之文之发生，则用奇者必居乎先，观伏羲画卦、先《乾》后《坤》可见。但有奇即当有偶，此亦顺乎自然而不可以已者。昔李申耆（兆洛）《骈体文钞序论》云："天地之道，阴阳而已，奇偶也，方圆也，皆是也。阴阳相并俱生，故奇偶不能相离，方圆必相为用，道奇而物偶，气奇而形偶，神奇而识偶。孔子曰：'道有变动故曰爻，爻有等故曰物，物相杂故曰文。'又曰：'分阴分阳，迭用柔刚。'故《易》六位而成章，相杂而迭用。文章之用，其尽于此乎！六经之文，班班具在。自秦迄隋，其体递变，而文无异名。自唐以来，始有古文之目，而目六朝之文为骈俪，而为其学者，亦自以为与古文殊路。既歧奇与偶为二，而于偶之中，又歧六朝与唐与宋为三。夫苟第较其字句、猎其影响而已，则岂徒二焉三焉而已，以为万有不同可也。夫气有厚薄，天为之也；学有纯驳，人为之也；体格有迁变，人与天参焉者也；义理无殊途，天与人合焉者也。得其厚薄纯杂之故，则于其体格之变，可以知世焉，于其义理之无殊，可以知文焉。文之体至六代而其变尽矣，沿其流极，而溯之以至乎其源，则其所出者一也。吾甚惜夫歧奇偶而二之者之毗于阴阳也。毗阳则躁剽，毗阴则沉膇，理所必至也，于相杂迭用之旨，均无当也。"曾涤生《周荇农序》云："天地之数，以奇而生，以偶而成。一则生两，两则还归于一，一奇一偶，互为其用，是以无息焉。物无独必有对。太极生两仪，倍之为四象，重之为八卦，此一生两之说也。两之所该，分而为三，彀而为万，万则几于息矣，物不可以终息，故还归于一。天地絪缊，万物化醇，男女构精，万物化生，此两而致于一之说也。一者阳之变，两者阴之化，故曰一奇一偶者，天地之用也。文字之道何独不然？六籍尚已。自汉以来，为文者莫善于司马迁。迁之文其积句也奇，而义必相傅，气不孤伸，彼有偶焉者存焉。其他善者，班固则毗于用偶，韩愈则毗于用奇。蔡邕、范蔚宗以下，如潘、陆、沈、任等比者，皆师班氏者也；茅坤所称八家，皆师韩氏者也。转相祖述，源远而流益分，判然若黑白之不类，于是刺议互兴，尊丹者非素。而六朝隋唐以来，骈偶之文，亦已久王而将厌，宋代诸子乃承其敝，而倡为韩氏之文，而苏轼遂称曰'文起八代之衰'。非直其才之足以相胜，物穷则变，理固然也。豪杰之士，所见类不甚远。韩氏有言：'孔子必用墨子，墨子必用孔子，不相用不足为孔、墨。'由是言之，彼其于班氏相师而不相非，明矣。耳食者不察，遂附此而抹杀一切。又其言多根六经，颇为知道者所取，故古文独尊，而骈偶之文乃屏而不得于其列。夫适王都者，或道晋，或道齐，要于达而已。司马迁文家之王都也。为骈偶之文者，进而不已，则且达于班氏而不为韩氏所非，则王都矣。"据此，则用奇与用偶，其流异，其源同，彼此訾謷，亦属寡味。

至于近世张文襄公《书目答问》，于古文中又析之曰"'桐城派'古文家"，"'阳湖派'古文家"、"不立宗派古文家"，尤不足据。韩退之《答刘正夫书》云："文无难易，惟其是尔。"惜抱先生《古文辞类纂序》云："夫文无所谓古今也，惟其当而已。"苟知其是与当。尚何派别之可言？考"桐城派"之名所由生，曾文正《欧阳生文集序》尝言之云："乾隆之末，桐城姚姬传先生鼐，善为古文辞，慕效其乡先辈方望溪侍郎之所为，而受法于刘君大櫆及其世父编修君范。三子既通儒硕望，姚先生治其术益精，历城周永年书昌为之语曰：'天下之文章，其在桐城乎？'，由是学者多归向'桐城'，号'桐城派'，犹前世所称'江西诗派'者也。"夫"江西诗派"，由唐末温飞卿（庭筠）、李义山，以缛丽之体，为后进倡。迨宋杨大年（亿）、刘子仪（筠）辈沿其馀波，作《西昆酬唱集》，诗家遂有"西昆体"，致伶官有"挦撦"之讥。元祐诸人矫之，盖起于欧阳公，而盛于黄山谷。山谷弟子最著者为陈后山（师道）。及吕居仁（本中）作《江西诗派图》列后山以下二十五人，以己殿于末（二十五人，据王厚斋《小学绀珠》所定，乃陈师道、饶节、汪革、江经本、潘大观、潘大临、祖可、李錞、杨符、王直方、谢逸、徐俯、韩驹、谢迈、善权、洪朋、林敏修、李彭、夏倪、高荷、洪刍、洪炎、晁冲之、林敏功、吕本中），名由是起。虽末流学之者或至生硬，然山谷要不得不谓之大家，且其传颇久，南宋陈简斋、曾吉甫、杨诚斋皆其后劲，而茶山授陆剑南，遂为南渡后大宗。桐城之文，末流亦失之单弱；然自方氏以来，气体清洁，与庞杂者自不同，故《四库全书总目》于《望溪集》称之云："源流极正。"大抵方、姚诸家论文诸语，无非本之前贤，固未尝标帜以自异也，与居仁之作《图》殊不类。当是时阳湖亦多为古文者。据陆祁孙（继辂）《七家文钞序》云："我朝自望溪方氏，别裁诸伪体，一传为刘海峰，再传为姚惜抱。桐城一大县耳，而有三君子接踵辉映其间，可谓盛矣。吾常谓自荆川没，此道中绝。乾隆间钱伯坰鲁斯亲受业于海峰之门，时时诵其师说于其友恽子居（敬）张皋文（惠言），二子者始尽弃其考据骈俪之学，专志以治古文。"而皋文《送鲁斯序》亦云："余学为古辞赋，乾隆戊申示鲁斯，鲁斯大喜，顾而谓余：'吾尝受古文法于桐城刘海峰先生，顾未暇以为，子倘为之乎？'余愧谢未能。已而余游京师，思鲁斯言，乃尽屏置曩时所习诗赋不为，而为古文，三年乃稍稍得之。"又文稿《自序》云："余友王悔生（灼）见余《黄山赋》而善之，劝余为古文，语余以所受于其师刘海峰者，为之一二年，稍稍得规矩。"然则"阳湖"之古文，其源实出"桐城"，诸先辈亦未尝有角立门户之见也。故惜抱先生《与陈硕士书》亦称子居为作手。两派合而不分，即此可见。善乎长沙王益吾（先谦）《续古文辞类纂序》云："立言之道，义各有当而已。愚柔者仰企而不及，贤智者则务为浩侈，不肯自抑其才。姚氏见之真，守之严，其撰述有以人乎入人之心，如规矩准绳不可逾越，乃古今天下之公言，非姚氏私言也。"宗派之说，起于乡曲竞名者之私，播于流俗之口，而浅学者据以自便，有所作弗协于轨，乃谓吾文派别焉耳。近人论文，或以"桐城"、"阳湖"离为二派，疑误后来，吾为此惧。更有所谓"不立宗派之古文家"，殆不然欤！

【校记】

吕本中作《江西诗社宗派图》，于黄庭坚以下"列陈师道、潘大临、谢逸、洪刍、饶节、僧祖可、徐俯、洪朋、林敏修、洪炎、汪革、李錞、韩驹、李彭、晁冲之、江端本、杨符、谢薖、夏倪、林敏功、潘大观、何觊、王直方、僧善权、高荷，合二十五人，以为法嗣"。《苕溪渔隐丛话》所列江西诗派图，人名与次第，与《小学绀珠》所列，略有不同。

著 述

著述门之文，就姚、曾二家所定合观之，有四类：其无韵者曰论辩；而有韵者曰词赋，曰箴铭；至自述著作之意，或述他人所作者，曰序跋。大抵论辩、箴铭，毗于说理与事者为多；词赋则毗于述情者为多；序跋兼而有之。试评于后。

论辩类莫古于《论语》、《孟子》。程子《语录》云："孔子之言如玉然，自是温润含蓄气象；孟子如冰与水精，有许多光耀。"此论诚然。但《论语》中长篇，如论正名，论兵食民信，论伐颛臾，词气刚劲，已开《孟子》先声。且《孟子》光明俊伟中，自有简严易直者存，韩退之《进学解》称其"吐辞为经"，柳子厚《报袁君陈秀才避师名书》，亦与《论语》并云"皆经言"，正以此。先姜坞府君《援鹑堂笔记》云："庄周之文，如飞天仙人，绝世聪明语，不容第二人道得。《列子》较之便平。"又云："《列子·周穆王》篇前路绝世之文，《列》之逸，于此篇可见。"又云："《扬子》须得其章法简古、句字生新处；《荀子》当得其一段洋洋洒洒、畅所欲言之致。"吴挚甫先生尝据《史记·韩非列传》之录《说难》一篇，谓"韩公子文当以此篇为第一"。愚观此传又载秦王见《孤愤》、《五蠹》

之书，曰："嗟乎，寡人得见此人与之游，死不恨矣。"《太史公自序》亦云："韩非囚秦，《说难》、《孤愤》。"然则此数篇皆司马氏所心折可知。唐宋八家惟退之约六经之旨以为文，而神似《孟子》，然方望溪评《原毁》云："管、荀、韩非之文，排比而益古，惟退之可与抗行。自宋以后，有对语则酷似时文，以所师法者自汉唐而止也。"惜抱先生评《争臣论》云："其风格出于《左》、《国》，是诸子之长，实兼而有之。子厚廉悍似韩非，欧、曾晓畅似荀子，三苏得力《战国策》为多。"惜翁《古文辞类纂序目》谓"子瞻间亦取之《庄子》"。又评诸策云："笔势多学《庄子》外篇。"而曾文公《日记》则谓"苏公虽学《庄子》，实则恢诡处不逮远甚《援鹑堂笔记》亦云："凡文字轻利快便，多不入古，才说仙才，便有此病。李太白诗，苏东坡文，皆有此患。庄周亦间有之。"方植之《昭昧詹言》云：宋人流易，不及汉唐人厚重；东坡尤甚，"如所云'笔所未到气已吞'，'高屋建瓴'，'悬河泄海'，皆其所擅场；但嫌太尽，一往无馀，故当济以顿挫之法。顿挫之说，如所云'有往必收，无垂不缩'，'将军欲以巧胜人，盘马弯弓惜不发'，此惟杜诗、韩文最绝，太史公书亦如此，六经、周、秦诸子亦如此。"盖文章欲求深入，最忌剽滑。虽以退之之深古，而《讳辨》一篇，稍近驰骋，曾文正已谓其太快利，非韩公上乘文字，而况三苏之文，明爽俊快。老泉尤踔厉风发，其笔力坚劲，虽能倾倒一时，然专以此种为法，去古人浑穆高古之境，岂不辽绝哉！是以东坡晚年亦知之，《与张嘉父书》云："凡人为文，至老多有所悔，仆尝悔其少作矣。"又《与王庠书》云："仆少时好议论古人，既老涉世更变'往往悔其言之过。"而作《子由新修汝州龙兴寺吴画壁诗》亦云："始知真放本精微，不比狂花生容慧。"然则在南海所为《志林》十三首，虽笔势卓荦，而意之谨慎，词之严重，与平生不同，宜矣。茅鹿门云："公于时经历世途已久，故上下古今处，所见尤别。"方望溪评《鲁隐公》篇云："事核而理当，直达所见，不用反覆以为波澜，于子瞻诸论中，更觉峣然而出其类。"又评《始皇扶苏》篇云："钩深索隐，实人情物理之自然，是以可贵。"惜翁亦评《鲁隐公》篇云："此与论周东迁，皆杂引古事，错综成篇。而此篇尤为奇肆飘忽,其神气益近《孟子》。是不可以貌论也。"读苏氏论者,宜分别观之。虽然,曾氏《经史百家杂钞》于苏论抉择颇慎,而策则未录;惜翁录之乃极多者,盖为初学计耳。昔东坡《与侄帖》云:"凡文字,少小时须令气象峥嵘,彩色绚烂;渐老渐熟,乃造平淡。其实不是平澹,乃绚烂之极也。汝只见我而今平澹,何不取旧日应举时文字看,高下抑扬,如龙蛇捉不住,且当学此。"据此则初入门者,于此等文固不得不加一番揣摩也。

词赋类以屈原为鼻祖。盖周衰《诗》熄,屈氏因崛起于楚。自淮南子称之云:"《国风》好色而不淫,《小雅》怨诽而不乱,若《离骚》者可谓兼之。"太史公取此语入屈氏传,由是藻丽之士咸师之,厥制益繁。近世张皋文《七十家赋钞序》云:"谲而不觚,尽而不縠,肆而不衍,比物而不丑,其志洁,其物芳,其道杳冥而有常,此屈平之为也。与《风》、《雅》为节,涣乎若翔凤之运轻輗,洒乎若元泉之出乎蓬莱而往渤澥。及其徒宋玉、景差为之,其质也华然,其文也纵而后反。虽然,其与物椎拍宛转,泠汰其义,縠輗于物,芬芬乎古之徒也,刚志决理,輢断以为纪,内而不污,表而不著,则荀卿之为也。其原出于《礼》经,朴而饰,不断而节。及孔臧、司马迁为之,章约句制,冔不可理,其辞深而旨文,确乎其不颇者也。其趣不两,其于物无犟;若枝叶之附其根本,则贾谊之为也。其原出于屈平,断以正谊,不由其曼,其气则引费而不可执。循有枢,执有庐,颉滑而不可居,开决宦突,而与万物都,其终也苏莫,而神明为之橐,则司马相如之为也。其原出于宋玉。扬雄恢之,胁入窾出,缘督以及节,其超轶绝尘而莫之控也,其波骇石咢,而没乎其无垠也。张衡盱盱,块若有馀,上与造物为友,而下不遗埃墟。虽然,其神也充,其精也荼。及王延寿、张融为之,杰格桔捺,钩子蔽牾,而俶傀可睹,其于宗也无蜕也。平敞通洞,博厚而中,大而无瓠,孙而无弧,指事类情,必偶其徒,则班固之为也。其原出于相如,而要之使夷,昌之使明。及左思为之,博而不沉,赡而不华,连犿焉而不可止。言无端厓,傲倪以为质,以天下为郭廓,入其中者,眩震而谬悠之,则阮籍之为也。其原出于庄周。虽然,其辞也悲,其韵也迫,忧患之词也。涂泽律切,夸蘝纷悦,则曹植之为也。其端自宋玉,而桍其角,摧其牙,离其本，而抑其末。浮华之学者相与尸之，率以变古，曹植则可谓才士矣。撊撊乎改绳墨，易规矩，则佞之徒也。不撊于同，不独于异，其来也首首，其往也曳曳，动静与适，而不为固植，则陆机、潘岳之为也。其原出于张衡、曹植，矫矫乎振时之俊也。以情为里，以物为襮，镵雕风云，琢削支鄂，其怀永而不可忘也；垄乎其气，煊乎其华，则谢庄、鲍照之为也。江淹为最贤；其原出于屈平《九歌》。其掩抑沉怨，泠泠轻轻，其纵脱浮宕，而归太常，鲍照、江淹，其体则非也，其意则是也。逐物而不反，骀荡而驳舛，俗者之囿而古是抗。其言滑滑，而不背乎涂奥，则庾信之为也。其规步镂骤，则扬雄、班固之所引衔而控辔，惜乎拘于时而不能骋，然而其志达，其思哀，其体之变则穷矣。"此条于六朝前为兹体者之得失，言之详备。但其体之变既穷，势不能不归于清真古朴，是以刘彦和《文心雕龙·辨骚》篇，以屈宋为"惊采绝艳"，而叹"《九怀》以下，莫之能追"。洪景卢《容斋随笔》云："枚乘作《七发》，创意造端，丽旨腴词，上薄《骚》些，盖文章领袖，故为可喜。其后继之者，如傅毅《七激》，张衡《七辨》，崔骃《七依》，马融《七广》，曹植《七启》，王粲《七释》，张协《七命》之类，规仿太切，了无新意。傅玄又集之以为《七林》，使人读未终篇，往往弃诸几格。柳子厚《晋问》，乃用其体，而超然别立新机抒，汉晋文士之弊，于是一洗矣。东方朔《答客难》，自是文中杰出。扬雄拟之为《解嘲》，尚有驰骋自得之妙。至于崔骃《达旨》，班固《宾戏》，张衡《应间》，皆屋下架屋，与《七林》同。及韩退之《进学解》出，于是一洗矣。"由是说推之，韩、柳外如欧阳子《秋声赋》，虽曰小品，而情致未尝不缠绵。至东坡《赤壁》两赋，清旷夷犹，方望溪评之云："所见无绝殊者，而文境邈不可攀。良由身闲地旷，胸无杂物，触处流露，斟酌饱满，不知其所以然而然。岂惟他人不能摹仿，即使子瞻更为之，亦不能如此调适而邕遂也。"学者参观，庶于兹体正变，可以综括靡遗乎！

箴铭类据曾文正《家训》云："凡箴以《虞箴》为最古，乃官箴也。如韩公《五箴》，程子《四箴》，朱子各箴，范浚《心箴》之属，皆失本义。"愚谓《诗·庭燎序》"美宣王也，因以箴之"，《国语·周语》载邵穆公言，亦有"师箴瞍赋"之语，是不特官箴，而下亦得箴其上也。至《宾之初筵》、《抑戒》二诗，虽曰"刺时"，亦兼"自警"，则箴之义广矣。韩公以下诸箴未必不合。

序跋类莫古于《易》之《十翼》，其辞至为古茂。自《彖》、《象》两传外，大率孔门诸弟子所为，观《系辞》称"子曰"凡二十有四、《文言》称"子曰"凡六，可见。他若《诗·关雎序》、郑康成《诗谱序》，气味渊雅，亦足嗣之。后世此类分数种。有曰"读"者，以韩、柳为最。故曾文正评韩公读《仪礼》、《荀子》、《墨子》、《鹖冠子》四首云："矜慎之至，一字不苟。"方望溪评《读荀子》云："止如槁木。自周以后，惟太史公、韩退之有此，以所读皆周人之书也。"又《书柳文后》云："柳子厚文，惟读鲁论辩诸子、记柳州近治山水诸篇，纵心独往，一无所依藉，乃信可肩随退之，而峣然于北宋诸家之上。退之称子厚文必传无疑，以其久斥后为断，正谓诸篇。"又评《鲁论辨》云："此二篇意绪风规，退之所未尝有。乃苦心深造，忽然而至此境。"又云："标然若秋云之远，使人可望而不可即。如出自宋以后人，即所见到此，文境亦不能如此清深旷邈。"有为史序者，自太史公诸年表外，惟欧阳公《唐书》、《五代史记》诸序为最。故茅鹿门评《五代史·职方考序》云："数十年之间，易世者五，其所当州郡分割画次如掌。"方望溪评《唐书·艺文志序》云："求其承接变换浑然无迹处，始知其笔妙而法精。"有为校书所上之序者，自刘子政《战国策序》外，莫如曾子固。故望溪云："南丰之文长于道古，故序古书尤佳，而《战国策》、《列女传》、《新序》诸目录序为之最，纯古洁净，所以与欧、王并驱，而争先于苏氏也。"有上其自撰之书而为之序者，莫如王介甫《三经义序》。故望溪称其文"清深高雅"。又云："指意虽未能尽于义理，而词气芳洁，风味邈然，于欧、曾、苏氏诸家外，别开户牖。"有为他人文集作序者，莫如欧阳公，而《二释序》尤胜。故望溪云："古之能文事者，必绝依傍。韩子《赠浮屠文畅序》，以儒者之道开之；《赠高闲上人序》，以草书起之，而亦微寓箴石之意。若更袭之，览者惟恐卧矣。故欧公别出义意，而以交情离合缨络其间，所谓各据胜地也。"若夫退之《张中丞传后序》，夹叙夹议，望溪谓其"生气奋动处，不学《史记》而自与之相近。"然于诸序中，盖又为一格云。

大抵诸类之体虽殊，然必命意、布局、行气、遣词则一。是故忌平铺直叙，须有反正，有开合，有宾主，凡题之正面，不宜絮衍，盖所谓反与开与宾，无非托出正面也。又有恐意不明而用譬喻者，《战国策》及《孟》、《庄》、《韩非》诸子最工，其短者一两句，不嫌于短；而长者数行或十数行，亦不觉烦。此莫贵于新颖亲切。惟新颖乃有趣；惟亲切乃能使读者当下豁然。故《论语》曰："能近取譬。"（《泰伯》）《礼记》曰："罕譬而喻。"（《学记》）若但用习见语为之，岂复有味？洪景卢《容斋三笔》云："韩、苏两公为文章，用譬喻处，重叠有至七八者，韩公《送石洪序》云：'论人高下、事后当成败，若河决下流东注；若驷马驾轻车就熟路，而王良、造父为之先后也；若烛照数计而龟卜也。'《盛山诗序》云：'儒者之于患难，其拒而不受于怀也，若筑河堤以障屋；其容而消之也，若水之于海，冰之于夏日；其玩而忘之以文辞也，若奏金石以破蟋蟀之鸣、虫飞之声'。苏公《百步洪》诗云：'长洪斗落生跳波。轻舟南下如投梭。水师绝叫凫雁起，乱石一线争磋磨。有如兔走鹰隼落，骏马下注千丈坡。断弦离柱箭脱手，飞电过隙珠翻荷'之类是也。"愚谓韩公《原道》引夏葛、冬裘、渴饮、饥食以诘老氏，茅鹿门谓"正譬杂遝，各无数语，笔力天纵。"他若《争臣论》云："圣贤者，时人之耳目也；时人者，圣贤之身也。"《守戒》既引猛兽、穿窬为强藩之喻，末又云："贲育之不戒，童子之不抗，鲁鸡之不期，蜀鸡之不支。"下复接之以鹿之于豹一喻。《进学解》以匠氏、医师陪山宰相之用才。《送穷文》云："携持琬琰，易一羊皮，饫于肥甘，慕彼糠粃。"语皆奇警。苏氏父子造句不及韩公之古，而构想亦妙，或更引古语古事为证。盖经营惨澹，各具匠心，非熟读深思，乌能穷其变化哉！

告　语

告语门之文，就姚、曾二家所定合观之，有五类：其上告下者曰诏令，下告上者曰奏议,同辈相告者曰书牍,曰赠序,人告于鬼神者曰哀祭。前四类毗于说理说事者为多,而述情亦存乎其中;后一类毗于述情者为多,而理与事亦存乎其中。试评于后。

诏令类莫古于《尚书》誓、命、诰三体。今观《甘誓》、《汤誓》、《文侯之命》等篇,何其简而明也!《吕刑》之哀矜恻怛,《盘庚》、《大诰》、《多士》、《多方》之委曲详尽,亦极其胜。《费誓》可以见周公家学。《秦誓》意沉痛而语亦骏迈。后世帝王,惟汉初诏为之冠。故惜抱先生云:"秦最无道而辞则伟。汉至文、景,意与辞俱善矣,后世无及焉。光武以降,人主虽有善意,何其衰薄也!"然愚观《光武赐窦融书》,犹可与文帝《赐南越王书》比美;章帝《诏三公》,亦不减文帝《除肉刑》、宣帝《令二千石察官属》诸诏。特晋以后尤逊耳,就中惟陆敬舆《拟奉天改元大赦制》与欧、曾所拟诸制,能存典则而协机宜。若夫檄文,未有善于司马长卿《谕巴蜀檄》、韩退之《祭鳄鱼文》者,盖一则雄深,一则矫健也。至陈孔璋为袁檄曹、为曹檄孙,文非不妙,而丑诋之辞,或至失实;以钟士季(会)《伐蜀檄》较之,似彼尚持平。若家教,则马伏波(援)、郑康成、诸葛武侯(亮)为最优矣。

奏议类莫古于《尚书·皋陶谟》。此篇自当从《今文尚书》与《益稷》合为一篇。盖皋陶言"思日赞赞"与禹言"思日孜孜"正相衔接,禹所陈即申皋陶之旨。末载赓歌,君臣交儆,千载下如闻其声。厥后召公作《召诰》,周公作《无逸》、《立政》,词意亦同。三代下,惟路长君(温舒)《尚德缓刑》、匡稚圭(衡)《戒妃匹劝经学威仪之则》两疏、诸葛公《出师表》,足以嗣之。但此等非酝酿深纯不能为,故学者所当法者惟三家,曾文正公言之矣。其评贾长沙《陈政事疏》云:"奏疏以汉人为极轨,而气势最盛、事理最显者,尤莫善于《治安策》,故千古推为绝唱。贾生为此疏,当在文帝七年,年仅三十岁耳,于三代及秦治术,无不贯澈,汉家中外政事,无不通晓,盖有天授。奏疏以明白显豁、人人易晓为要。后世读此文者,疑其称名甚古,其用字甚雅,若仓卒不能解者。不知在汉时乃人人共称之名,人人惯用之字,即人人所能解也。然则居今日而讲求奏章,亦用今日通称之名、通用之字，可矣。"其评《陆宣公集》云："骈体文为大雅所羞称，以其不能发挥精义，并恐以芜累伤气也。陆公文则无一句不对，无一字不谐平仄）无一联不调马蹄。而义理之精，足以比隆濂、洛；气势之盛，亦堪方驾韩、苏。退之本为宣公所取士；子瞻奏议，终身效法陆公。而公之剖晰事理精当，则非韩、苏所能及。"其评苏子瞻《代张方平谏用兵书》云："东坡之文，其长处在征引史事，切实精当；又善设譬喻，凡难显之情，他人所不能达者，坡公辄以譬喻明之。此文以屠杀膳羞，喻轻视民命；以箠楚奴婢，喻上忤天心，皆巧于构想，他人所百思不到者，既读之而适为人人意中所有。古今奏议，推贾长沙、陆宣公、苏文忠三人为超前绝后。余谓长沙明于利害，宣公明于义理，文忠明于人情。陈言之道，纵不能兼明此三者，亦须有一二端明达，庶无格格不吐之态。"又评《上皇帝书》云："奏疏总以明显为要。时文家有典、显、浅三字诀；奏疏能备此三字，则尽善矣。典字最难，必熟于前史之事迹，并本朝掌故，乃可言典。至显、浅二字。则多本于天授，虽有博学多闻之士，而下笔不能显豁者，多矣。浅字与雅字相背。白香山诗务令老妪皆解，而细求之，皆雅伤而不失之率。吾尝谓奏疏能如白诗之浅，则君上易感动。此文虽不甚浅，而典、显二字则千古所罕见也。"又黄东发《日抄》于长沙云："贾生论汉事，如分王诸侯等"后卒如其说，真洞识天下之大势者也。"于东坡云："苏氏之文，尤长于指陈世事；述叙民生疾苦，发越恳到，能使岩廊崇高之地，如亲见闾阎哀痛之情。"所见亦同。

　　书说类自《尚书·君奭》外，莫古于《左传》、《郑子家与赵宣子书》、《子产告范宣子书》、《叔向贻子产书》。其后乐毅《报燕惠王书》、太史公《报任安书》、刘子骏（歆）《移让太常博士书》，皆大文也。而孔文举《论盛孝章》、魏文帝《与吴质》、曹子建《与杨德祖》、邱希范（迟）《与陈伯之》诸篇，气韵亦美。曩阅曾文正《日记》有云："古文中唯书牍一门，竟鲜佳者。八家中韩公差胜，然亦非书简正宗。唯诸葛武侯、王右军（羲之）书翰，风神高远，最惬吾意，然患太少，且乏大篇。"颇不喻其旨。后取其所评韩公诸篇绎之，盖于《与孟尚书书》云："此为韩公第一等文字。"于《与鄂州柳中丞书》云："文气绝劲。"于第二书云："论事之文，不逊贾、晁。"于《答崔立之书》云："前半述已隐忍就试之由，中间鸣其悲愤，后幅写其怀抱，视世绝卑，自负绝大，极用意之作。"于《与崔群书》云："'自古贤者少不肖者多'节，悲感交集。'人固有薄卿相之官'节，愤极出奇想，沉痛至矣。'仆无以自全活'节，绝沉痛。"于《答吕毉山人书》云："绝兀傲自负。"于《答李秀才书》云："义深而文淡永。"于《与孟东野书》云："真气足以动千岁以下人。韩公书札不甚矜意者，其文尤至。"于《答尉迟生》云："傲兀自喜。"《与李翱书》云："'今而思之，如痛定之人思当痛之时'数句，能达难白之情。"于《与冯宿论文书》云："自负语绝沉著。"此皆其所推服者也。于《上襄阳于相公书》云："谀辞累牍，固不能工。"于《上宰相书》云："连用三'抑又闻'，义层出不穷。然究是少年才思横溢欠裁炼处，故文气不遒也。"于后二书云："皆可不作。"于《重答李翊书》云："韩公文如主人坐于堂上，而与堂下奴子言是非。然不善学之，恐长客气"。于《与少室李拾遗书》云："敦谕隐士之文，以六朝骈文为雅；若散文则三四行已足，如两汉中渚小简可也。"此则其所不甚满意者。由此推之，欧、曾、苏、王四家，可诵者多不过三四篇，少止一二篇，而苏氏或过驰骋而少馀味，曾说未可谓诬。

　　赠序类之在古人者言多简，故仅存记事文中。及退之为之乃多，或深嗜屈曲，如《送董邵南》之属；或生动飞扬，如《送杨少尹》之属；或奇奥，如《送郑尚书》之属；或滑稽，如送温、石二处士之属，先姜坞公《援鹑堂笔记》云："宋人作序，前多有冒头，序其原由。惟昌黎不然，辟头涌来，是其雄才独出处。"又云："昌黎于作序原由，每能简洁，而文法硬札高古。欧、曾以下无之。"而曾文正评《送温处士赴河阳军序》首"伯乐一过冀北之野而马群遂空"句，乃云："此种起法，创自韩公。然不善为之，譬若唐人为官韵赋，往往起四句峭健壁立，施之于文家，则于立言之体大乖。汉文无起笔峭立者，按之固自有序也。"按曾氏之旨。盖恐人学之而成空套，与彼评《朝散大夫赠司勋员外郎孔君墓志铭》首"昭义节度使卢从史有贤佐曰孔君"句云："此等起法，惟韩公笔力警耸矫变，无所不可；若他手为之，恐偾张而长客气。"同一用意。

哀祭类自《诗》之《颂》、《楚辞》之《九歌》、《招魂》外，莫如韩公。故《祭河南张员外》文，茅鹿门谓"奇崛战斗鬼神处，令人神眩。"先姜坞府君亦云："凄丽处独以健倔出之，层见叠耸，而笔力坚净。"《祭柳子厚文》曾文正云："峻洁直上，语经百炼，此种宋惟介甫与之近，欧、曾、苏皆不能为，其用四言少，用长短句多以此。"

大抵告语之文，体裁自与论著异；而所同者，则开合、呼应、操纵、顿挫之法也。试观短者如司马长卿《谏猎书》，《援鹑堂笔记》云："此篇真圣于文者！下面方似有说话，忽然止却，插入他说，忽然而接，变怪百出，而神气浑涵不露，虽以昌黎《师说》较之，且多圭角矣。"长者如司马子长《报任安书》，方望溪评之云："如山之出云，如水之赴壑，千态万状，变化于自然，由其气之盛也。"李申耆亦云："厚集其阵，郁怒奋势，成此奇观。"而譬喻之妙，曾氏于苏公奏议详评之。引证处吾最爱苏代《约燕昭王书》，通篇皆引秦往事，笔力奇肆，只末句说明事秦之为大患，以为结穴。刘子政《论甘延寿》等疏，亦历引古事汉事，而于末比较之曰："故言威武勤劳，则大于方叔、吉甫；列功覆过，则优于齐桓、贰师；近事之功，则高于安远、长罗。而大功未著，小恶数布，臣窃痛之。"洪景卢《容斋随笔》云："当时匡衡、石显出力沮害，非此一疏援据明白，岂能与之亢哉！"若夫哀祭间有用词赋体者，贾谊《吊屈原》，汉武帝《悼李夫人》，是其例也。

记　载

文章必有义法，而记载门尤重。无论所录者，或关一代，或系一人，面事必有首尾，人必有精神。倘不知所剪裁，何由首尾昭融、精神发越乎？兹就姚、曾二家合观之，凡六类：一曰典志，二曰叙记，三曰杂记，四曰纪传，五曰碑志，六曰赞颂。试评于后。

典志类莫古于《尚书》之《禹贡》。其发端"禹敷土"三句，总冒全篇，继分叙九州，继合论大山大水，末及五服与境之四至。以盖世奇功，不过寥寥数字，何其约也！其中于地理、水道、物产、贡赋、封建，略无缺漏，而复及于土色之黄、白、黑、赤、青、黎，质之壤、坟、垆、埴、泥、涂，草木之繇、条、夭、乔、渐、包，与"桑土既蚕，篠簜既敷，阳鸟攸居"，盖趣之逸如此。自"导河积石"以下至"九州攸同"，才二百馀字，而用"南至"、"东至"、"北至"等凡数十，连属重垒，读之不觉其烦，又何其奇也！《周礼》五官，《仪礼》十七篇，文、武、周公致太平之迹具于是，其文之精密，亦无以加。太史公八《书》，以感时愤俗之怀，运于纵横变化之中，气之雄奇，非班固十《志》所能及；而固之详赡过之。是后惟欧阳子《唐书》诸《志》、《五代史》诸《考》，差可颉颃。若文家，则自曾子固《越州赵公救灾记》、《序越州鉴湖图》二篇外，无闻焉。

叙记类莫古于《尚书》、《金縢》、《顾命》两篇。《金縢》自"既克商二年"至"王翼日乃瘳"为一大段，叙周公祷神事，以为后半张本。自"武王既丧"至末，又叙周公遭流言事。及"启金縢"乃回缴前半，笔力何等斩截！《顾命》自当从《今文尚书》，合《康王之诰》为一篇，前幅乃其起源，中段则传成王之命也，后幅则受命后见诸侯之事也。其间叙陈设之物与仪节，何等详细，又何等简质！初不知行事在何地，至"出庙门"句，始知其在庙中，此倒点法。末言"王释冕，反丧服"，又回缴前"王麻冕黼裳"句"通篇浑穆庄重，岂后人所能及！《左传》一书，旧依经以行。自章茂深（冲）就事联属之，为《春秋左氏传事类本末》。近世邹平马宛斯（骕）有《左传事纬》。吾友吴辟疆（闿生）复有《左传文法读本》。辟疆与李右周书云："《左传》记事，最长在总挈列国时势，纵横出入，无所不举。故局势雄远，包罗闳丽，二百馀年，天子诸侯盛衰得失，具见其中。"其体格与《尚书》同。至文法之奇，约有数端：一曰逆摄。吉凶未至，辄先见败征。此犹其易识者矣。至城濮之役，犹未战也，而蒍贾质责子文，以痛子玉之败。三郤之难，犹未兆也，而范文子怒逐其子，以忧晋国之亡。此皆凭空特起，无所附著，荡骇心目，莫此为尤。故重耳之奔走流离，一亡公子耳，而所如皆有得国之气象。楚灵、夫差，方其极盛，踔厉中原，而势已不能终日。若此者，皆其逆摄之胜也。一曰横接。必然之势，无可避免，而语意所趋，未尝径落。惠公之擒也，先之以小驷；齐侯之败也，先之以辇蛇；共王之伤也，先之以射月；督戎之死也，先之以焚丹书。有所藉而后入，必有所附而后伸。若此者，皆其横接之胜也。一曰旁溢。蹇叔哭师，知其败之必于崤耳；而二陵风雨、后皋之墓，羣然有凭高吊古之思焉。徐关之入，勉保者以慎守耳；而子女之辟、锐司徒之问，殷然有家人父子之谊焉。推之华元"蟠腹"之讴，以著其雅量；叔展"麦曲"之问，以极其艰穷；叔仪"佩蕊"之歌，以彰其匮竭，皆假轶事小文，肆为异彩，则其横溢而四出者也。一曰反射。庄公之不子，则以颍考叔之孝彰之；齐豹之不臣，则以公孙青之谨形之；季孟之怯奚纵敌，则以冉有之义、公叔务人、林不狃之节形之；臧孙之无罪，则以东门遂、叔孙侨如之盟首形之；推之崔、庆、栾、高之乱齐，而以晏子正君臣之义；昭公之亡国，而以子家子主反正之策。言出于此，义涉于彼，如汤沃雪，如镜鉴幽。若此者，皆以相反而益著者也。先姜坞府君《援鹑堂笔记》亦云："左氏之文，须看其摹画点缀，千古情事如睹，而天然葩艳，照映古今。"此外如《国策》叙次亦工。《援鹑堂笔记》谓其文凡有数种，如苏秦之辩，则形容炫耀；《齐宣王见颜斶》、《触詟说赵太后》等，则淡远高妙。大抵此种书后世罕有逮者，惟《通鉴》剪截旧史，犹有法度可观耳。

杂记类莫古于《礼记》、《檀弓》、《深衣》、《投壶》三篇。《檀弓》记杂事；二篇则存古之遗制。《周礼·考工记》亦然。后世惟韩退之《画记》体与近之，故方望溪评之云："周人以后无此种格力。欧公自谓不能为，所谓晓其深处；而东坡以所传为妄，于此见知言之难。"后晁无咎《捕鱼图记》又学《画记》，《援鹑堂笔记》评之云："虽错综变化，一齐读去，较之昌黎体势似缓，然自工。"柳子厚山水记，又一变词赋家富丽，而以华妙之笔，纳之古澹之中。故惜抱先生评之云："子厚间用《水经注》兴象，然岂郦道元所能逮？"黄东发《日抄》云："《柳集》惟晚年纪志人物，寄其嘲骂，模写山水，抒其抑郁，皆峻洁精奇，如明珠夜光，见辄夺目。"曾文正公《与吴南屏书》云："陶公及韦、白、苏、陆闲适之诗，雕刻物态，逸趣横生，读之栩栩焉神愉而体轻，惜古文家少此种。独柳子厚山水记，破空而游，并物我纳诸大适之域，非他家所有。若欧、苏、曾、王，以议论入之，或就情韵为文，于兹类盖为变调。

纪传类于古惟《尚书》帝典为本纪发源；《中庸》昭明圣祖之德，为传状发源。《尧典》自当《今文尚书》，合《舜典》为一，而南齐姚方兴后得之二十八字不足信。盖《尧典》末言帝以二女妻舜，文气未终，与"慎徽五典"相接，"序"所谓"历试诸艰"也。尧以"曰若稽古"起，以"殂落"终。舜以"有鳏在下"起，以"陟方"终，前后相承，如天衣之无缝，岂可从中截断？若夫《中庸》篇首自"性"、"道"、"教"说来，以千古率性、修道、立教，莫孔子若也。其后历引孔子论舜之大知，颜子之择乎中庸，子路之强，及舜之大孝，武王、周公之达孝，皆为仲尼作宾。至篇末至诚至圣，乃赞孔子，为一篇之归宿。及司马子长撰《史记》，而《纪》以年分，《传》以人分，遂为史家二体，其文章尤高妙。故归震川《史记总评》云："《史记》起头处，往往来得勇猛。"又云："事迹错综处，太史公叙得来如大塘上打绎，千船万船不相妨碍。"又云："《史记》只实实里说去，要紧处多跌宕，跌宕处多要紧。"又云："虽跌宕又不是放肆。"又云："跌宕如在峡中行，忽然跃起。"又云："《史记》叙事时有捱几句似闲的说话，最妙！"又云："叙事或追前说，或带后说，此是周到。"又云："《史记》重垒处正不见重垒。"又云："《史记》多旁支。凡旁支处只点景说，不是这等死煞说。"又云："旁支如江水一直去，又有旁支，不是正论。"又云："《史记》如人说话，本说他事，又带别样说。"又云："太史公但至热闹处，就露出精神来了。如今人说平话者然，一拍手又说起，只管任意说去，又云："如说平话者，有兴头处，就歌唱起来。"又云："《史记》如水平平流去，忽遇石激起来。"又云："《史记》如两人说话堂上，忽撞出一人来，即挽入在内。"又云："《史记》如平地忽见高山。"又云："《史记》如画然，连山断岭，峰峦参差。"又云："《史记》如地高高下下相因，乃去得长。"又云："《史记》如作游山记然，本是说本处景致，乃云前有某山、后有某水等，乃为大家文字。他人文是一条鞭的。"又云:"他人之文,如临小画,非不工致;子长之文,如画《长江万里图》。"顾亭林《日知录》云:"秦楚之际,兵所出人之途,曲折变化,惟太史公序之如指掌。以山川郡国不易明,故曰东、曰西、曰南、曰北。一言之下,而形势了然。以关塞江河为一方界限,故于项氏则曰'梁乃以八千人渡江而西',曰'羽乃悉引兵渡河',曰'羽将诸侯兵三十馀万行略地至河南',曰'羽渡淮',曰'羽遂引东欲渡乌江'。于高帝则曰'出成皋玉门北渡河',曰'引兵渡河复取成皋'。盖自古史书兵事地形之详,未有过此者。太史公胸中固有一天下大势,非后代书生之所能几也。"《援鹑堂笔记》云:"太史公至处,班固不能到。即如《萧相国世家》'以帝尝繇咸阳时,何送我独赢奉钱二也'一句,太史公自语未了,忽入高帝口气,摹画玲珑,而文法奇绝。又如《平准书》叙文、景后,方入'至今上即位数岁',忽说'汉兴'云云,皆奇绝。且于文、景亦不说其盛处,至此方摹画之。如此乃可谓之涵蓄深远。"又云:"文字精神,至太史公方人神妙,班史但可谓旺相耳。"方望溪评《绛侯周勃世家》云:"绛侯安刘之功,具吕后、孝文《本纪》,故首叙战功,承以可属大事。其后独载惧祸遭诬事。条侯亦首叙将略,后独载争栗太子、抑王信二事。其父子久任将相,岂他无可言者乎?盖所纪之事,必与其人规橅相称,乃得体要。子厚以'洁'称太史,非独辞无芜累也;明于义法,而所称之事不杂,故气体为最洁也。"曾文正评《老庄韩非列传》云:"太史公传庄子曰:'大率皆寓言也。'余谓《史记》亦然。列传首《伯夷》,一以寓天道福善之不足据,一以寓不得依圣人以为师,非自著书,则将无所托以垂于不朽。次《管晏传》,伤己不得鲍叔者为之知己,又不得知晏子者为之荐达。此外如子胥之愤,屈、贾之枉,皆借以自鸣其郁耳,非以此为古来伟人计功簿也。"又评《李将军列传》云:"'初,广之从弟李蔡'至'此乃将军所以不得侯者也'十馀行中,专叙广之数奇,已令人读之短气;此下接叙从卫青出击匈奴徙东道迷失道事,愈觉悲壮淋漓。若将从卫青出塞事叙于前,而以广之从弟李蔡一段议论叙于后,则无此沉雄矣。故知位置之先后,剪裁之繁简,为文家第一要义也。"凡此诸条,皆得要领。至《汉书》,则惜抱先生《与陈硕士书》所谓佳篇皆在昭、宣以后"者，亦足尽所长。后代文家大抵书微者，或骨肉亲旧，少有大篇；然各有熔裁，未可忽也。

　　碑志类之可诵者，自李斯《泰山》、《琅邪》、《芝罘》、《碣石》、《会稽》诸刻文始，厥后惟班孟坚《封燕然山铭》、元次山《大唐中兴颂》，庶足继之。而韩退之《平淮西碑》，尤为杰作。其庙碑、墓碑，在东汉者，大抵以高简之笔，行于俪语中。魏晋以降，乃渐轻靡。及退之变偶为奇，而谋篇变化，造句奇崛，遂为第一大手笔。宋诸家惟欧公有其情韵不匮处，故《授鹈堂笔记》云："欧文黄梦升、张子野墓志最工。而黄志尤风神发越，兴会淋漓。然皆从昌黎《马少监》出。而瑰奇绮丽，欧未之及也。"王有其法度谨严、笔力简峻处，故惜抱先生评退之《太原王君墓志铭》云："此文已开荆公志铭文法。"曾氏亦云："此篇先将官阶叙毕，然后申叙居某官、为某事，此等蹊径，介甫多学之。"要之两家各得一节，而未能尽其全量。况馀子乎？

　　赞颂类自《鲁颂》外，如《汉书》所载《房中》、《郊祀》等歌，寓规于颂；其叙传则评骘古人，词皆深雅。他若扬子云、蔡伯喈（邕）、陆士衡、袁伯彦（宏）诸篇，亦称杰作。唐以后可诵者惟韩退之《子产不毁乡校颂》、柳子厚《伊尹五就桀赞》、《平淮西雅》而已。

　　由斯以观，记载之文，全以义法为主。所谓义者，有归宿之谓；所谓法者，有起、有结、有呼、有应、有提掇、有过脉、有顿挫、有钩勒之谓。归氏《史记总评》云："晓得文章掇头，千绪万端文字，便可做了。"又云："作文如画，全要界画。"《授鹈堂笔记》云："文章须有'入不言兮出不辞'之意。"惜抱先生云："作文如小儿放纸鸢，愈放愈高，止在手中线牢耳。"（《吴先生点勘史记读本序》）方植之《昭昧詹言》云：凡作文，"于题面题绪及作旨归宿，必交代清楚""譬名家作画，无不交代谿径道路明白者"；然"又忌太分明"。又云："古人文法之妙，一言以蔽之曰：语不接而意接。俗人接则平顺呆蹇，不接则直是不通。韩公曰：'口前截断第二句'太白云：'云台阁道连窈冥。'须于此会之。"兴化刘融斋（熙载）《艺概》云：文章"不难于续，而难于断。先秦文善断，所以高不易攀。然抛针掷线，全靠眼光不走；注坡蓦涧，全仗缰辔在手。明断正取暗续也"此等语宜深味之。

诗 歌

诗歌亦著述门之一类。但古今作者既众，而境之变化又多，大抵文中或论道，或叙事，或状物态，或抒性情，诗皆有之，兹不得不别为一篇，以评历代作者之得失，而备商榷焉。

昔王阮亭《古诗选》于五言云："乐府别是声调体裁，与古诗迥别。然汉人《庐江小吏》、《羽林郎》、《陌上桑》之类，叙事措语之妙，爱不能割。班姬《怨歌行》，卓氏《白头吟》，被之乐府，何非诗耶？至曹氏父子兄弟，往往以乐府题叙汉末事，虽谓之古诗亦可，"又云："齐梁以后，短句已是唐律、唐绝。"又云："《十九首》之妙，如无缝天衣。后之作者，顾求之针缕襞绩之间，非愚则妄。"又云："当涂之世，思王为宗。应、刘以下群附和之，惟阮公别为一派。司马氏之初，茂先、休奕（傅元字）、二陆、三张之属，概乏风骨。太冲挺拔，崛起临菑。越石（刘琨字）清刚，景纯豪俊，不减于左。三公鼎足，此典午之盛也。过江而后，笃生渊明，卓绝后先，不可以时代拘墟矣。"又云："宋代词人，康乐为冠：诸谢（混、瞻、惠连、庄）弈弈，迭相映蔚。明远篇体惊奇，在延年之上。谢之与鲍，可谓分路扬镳。"又云："齐有元晖独步一代，元长（王融字）辅之。自兹以外，未见其人。梁代右文，作者尤众。绳以风雅，略其名位，则江淹、何逊，足为两雄；沈约、范云、吴均、柳恽，差堪羽翼。固知此道真赏，论定不诬。非可以东阳、零陵（南齐时，约官东阳太守，云官零陵内史）身为佐命，遂堪劫持一代文柄也。"又云："陈朝寥寥，孝穆（徐陵字）称首。总持（江总字）流品，视徐未宜并论。然华实兼美，殆欲过之。子坚（阴铿字）芜累，愧其名矣。"又云："北朝魏、齐之间，颜介（之推）最为高唱。高敖曹（昂）短章，不减斛律金。二君可敌南朝沈庆之、曹景宗。（昂与金，北齐名将。昂有《征行》诗，王选已录。《敕勒歌》王题无名氏，据王闿运《八代诗选》即金作。庆之，宋将；景宗，梁将；并能为诗。）至于邢（邵）、魏（收）之流，未强人意；刘昶、萧悫，逾淮不化，亦未易才。北周寥寥，仅得子渊（王褒字）、子山（庾信字），二人之才，一时瑜、亮。而钟仪之悲，开府（庾信入周后，官骠骑大将军开府仪同三司）为至矣。"又云："隋混一南北，炀帝之才，实高群下，《长城》、《白马》二篇，殊不类陈、隋间人。杨处道（素）沉雄华赡，风骨甚遒，已辟唐人陈（子昂）、杜（审言）、沈（佺期）、宋（之问）之轨，馀子莫及。"又云："唐五言古诗凡数变。约而举之：夺魏晋之风骨，变梁陈之俳优，陈伯玉（子昂字）之力最大，曲江公（张九龄）继之，太白又继之。《感遇》、《古风》诸篇，可追嗣宗《咏怀》、景阳（张协字）《杂诗》。贞元、元和间，韦苏州（应物官苏州刺史）古澹，柳柳州（宗元官柳州刺史）峻洁。"又云："明五言诗极为总杂，西涯（李东阳号）之流，原本宋贤；李、何以来，具体汉魏。平心论之，互有得失，未造古人。独高季迪（启）、皇甫子安兄弟（冲字子浚，涍字子安，汸字子循，濂字子约）、薛君采（蕙）、高子业（叔嗣）、徐昌国（祯卿）、华子潜（察）寥寥数公，窥见六代三唐作者之意。"于七言云："谢太傅（安）问王子猷（徽之）曰：'云何七言诗？'对曰：'"昂昂若千里之驹，泛泛若水中之凫"，此命名所自也'"又云："七言始于《击壤歌》。《雅》、《颂》之'维昔之富不如时'、'予其惩而毖后患'，'学有缉熙于光明'，至《临河》歌、《南山》歌以下，其辞匪一，皆七言之权舆也"。又云："《大风》、《垓下》，肇自汉音；至武帝《秋风》、《柏梁》，其体大具。曹子桓《燕歌行》，陈孔璋《饮马长城窟行》，皆唐作者之所本也。六朝惟鲍明远最为遒宕，七言法备矣。梁、陈、隋长篇颇多，而气不足以举其辞。沿及唐初，益崇繁缛。"又云："明何大复（景明）《明月篇序》谓'初唐四子之作，往往可歌，反在少陵之上。'（长安城东有汉文帝霸陵，其南五里即乐游原，宣帝杜陵在焉。其东南又有陵，差小，许后所葬，曰少陵，即杜曲，杜甫《哀江头》诗云："少陵野老吞声哭。"又《曲江》诗云："杜陵幸有桑麻田。"）说者以为有功于风雅，韪矣。然遂以此概七言之正变则非也。二十年来，学诗者束书不观，但取王（勃）、杨（炯）、卢（照邻）、骆（宾王）数篇，转相仿效，肤词剩语，一唱百和，岂何氏之旨哉："又云："开元、大历诸作者，七言始盛，王（维）、李（颀）、高（适）、岑（参）四家，篇什尤多。李太白弛骋笔力自成一家，大抵嘉州（岑参官嘉州刺史）之奇峭，供奉（李白官翰林供奉）之豪放，更为创获。"又云："诗至工部，集古今之大成，百代而下，无异词者。七言大篇，尤为前所未有，后所莫及，盖天地之奥，至杜而始发之。"又云："杜七言千古标准，自钱（起）、刘（长卿）、元（稹）、白（居易）以来，无能步趋者。贞元、元和间学杜者，惟韩文公一人耳。"又云："宋承唐季衰陋之后，至欧阳文忠公，始拔流俗，七言长句，高处直追昌黎，自王介甫辈，皆不及也。《庐山高》一篇，公所自负，然殊非其至者。"又云："兖公之后，学杜、韩者，王文公为巨擘，七言长句，盖欧阳公后劲，苏、黄前茅，特其妙处，微不逮数公耳。"又云："欧阳公见苏文忠公，自谓'老夫当放此人出一头地'，盖非独古文也，唯诗亦然。文忠公七言长句之妙，自子美、退之后，一人而已。文定（子由谥）视文忠，郘、莒矣。"又云："苏文忠公凌跨千古，独心折山谷之诗，数效其体，前人之虚怀如此。后世腐儒乃谓东坡与山谷争名，何其陋耶？山谷虽脱胎于杜，顾其天姿之高，笔力之雄，自辟门户。宋人作《江西诗派图》，极尊之，配食子美，要亦非山谷意也。"又云：'元佑文章之盛，推'苏门六君子'（山谷、张耒、秦观、晁补之、陈师道、李廌）。黄尝自负其诗在晁、张之上。顾无咎七言佳处，颇得文忠之逸。叔用（晁冲之字）《具茨集》，寥寥无多；一鳞片甲，殆高出无咎之上。议者以为惟陆务观能仿佛之，非过论也。"又云："南渡气格，下东都远甚，惟陆务观为大宗。七言逊杜、韩、苏、黄诸大家，正坐'沈郁顿挫'少耳。要非馀人所及。"又云："南渡以后，程学盛于南，苏学盛于北。金元之间，元裕之（好问字）其职志也。七言妙处，或追东坡而轶放翁。"又云："元诗称虞、杨、范、揭。道园（虞集号）自负如汉庭老史。愚数观《学古录》，其诗诚非三家所及，恨篇什稍寡耳。刘静修刻画山水，间有可采。"又云：'元诗靡弱，自虞伯生（虞集字）而外，唯吴立夫长句，瑰玮有奇气。虽疏宕或逊前人，视杨廉夫（维桢）之学飞卿、长吉（李贺字），区以别矣。"又云："有明一代，作者众多、七言长句，在明初则高季迪、张志道（以宁）、刘子高（嵩）为最，后则李宾之（东阳）。至何、李学杜，厌诸家之坦迤，独于沉郁顿挫处用意，虽一变前人，虽称复古，而同源异派，实皆以杜氏为昆仑墟。"

阮亭又尝因洪文敏（景卢谥）《万首唐人绝句》，惟务取盈，颇嫌芜杂，因约选八百九十五首。于五言云："五言初唐王勃独为擅长。盛唐王（维），裴（迪）辋川唱和，工力悉敌，刘须溪（辰翁）有意抑裴，谬论也。李白气体高妙。崔国辅源本齐梁。韦应物本出右丞，加以古澹。后之为五言者，于此数家求之，有馀师矣。"于七言云："七言初唐风调未谐。开元、天宝诸名家，无美不备，李白，王昌龄尤为擅长。昔李沧溟（攀龙）推'秦时明月汉时关'一首压卷，余以为未允。必求压卷，则王维之'渭城'、李白之'白帝'、王昌龄之'奉帚平明'、王之涣之'黄河远上'，其庶几乎。而终唐之世绝句，亦无出四章之右者矣。中唐之李益、刘禹锡，晚唐之杜牧、李商隐，四家亦不减盛唐作者云。"又云："王弇州（世贞）云：'七言绝句，少伯（王昌龄字）与太白争胜，俱是神品。'"又云："七言绝盛唐主气，气完而意不甚工；中晚唐主意，意工而气不甚完。然各有至者，未可以时代优劣也。"此论甚确。

以上所录阮亭论诗之语，亦綦详矣。惟所选五古，不及杜公。惜抱先生《与管异之（同）书》云："阮亭诗法，五古只以谢宣城为宗（朓尝官宣城太守），七古只以东坡为宗。"又《与陈硕士书》云："阮亭于五古不选杜诗，此是自度才力不堪以为大家，而天下士之堪学杜者亦罕见，故不以之教人。"然果如此，则七古又何为选杜公耶？若谓五古止当以汉魏六朝为宗，又何为《渔洋集》中拟杜者复不少耶？窃谓此自是阙处。又未选律体，惜翁补之，而有《五七言今体诗钞》。其于五言云："声病之学，肇于齐梁。以是相沿，遂成律体。南北朝迄隋诸诗人警句，率以俪偶调谐，正可谓之律耳。"又云："唐人陈拾遗（子昂官右拾遗）、杜修文（审言官修文馆直学士）、沈、宋、曲江，为开元以前之杰。"又云："盛唐人诗，固无体不妙，而尤以五言律为最；此体中又当以王、孟为最。以禅家妙悟论诗者，正在此耳。"又云："盛唐人禅也，太白则仙也，于律体中，以飞动票姚之势，运旷远奇逸之思，此独成一境者。"又云："杜公今体四十字中，包涵万象，不可谓少。数十韵、百韵中，运掉变化如龙蛇，穿贯往复如一线，不觉其多。读五言至此，始无馀憾。"又云："中唐大历诸贤，尤刻意于五律，其体实宗王、孟，气则弱矣，而韵犹存。贞元以下，又失其韵，其有警拔，盖亦希矣。"又云："晚唐之才固愈衰，然五律有望见前人妙境者，转贤于长庆诸公，此不可以时代限也。元微之首推子美长律，然与香山皆以多为贵，精警阙焉。惟玉谿生（李商隐号）乃略有杜公遗响耳。"于七言云："夫文以气为主。七言今体句引字赊，尤贵气健。如齐梁人古色古韵，夫岂不贵，然气则颓矣。杨升庵专取为极则，此其所以病也。初唐诸君，正以能变六朝为佳，至'卢家少妇'一章，高振唐音，远包古韵，此是神到之作，当取冠一朝矣。"又云："右丞七律能备三十二相，而意兴超远，有'虽对荣观燕处超然'之意，宜独冠盛唐诸公。于鳞（李攀龙字）以东川（李颀号）配之，此一人私好，非公论也。"又云："杜公七律，合天地之元气，包古今之正变，不可以律缚，亦不可以盛唐限者。"又云："大历十子，以随州（刘长卿官随州刺史）为最。其馀诸贤，亦各有气调。至于长庆，香山以流易之体，极富赡之思，非独俗士夺魄，亦使胜流倾心。然滑俗之病，遂至滥恶，后皆以白傅（居易以太子少傅进冯翊县侯）为藉口矣。非慎取之，何以维雅正哉！"又云："玉谿生虽晚出，而才力实为卓绝，七律佳者，直欲远追拾遗（杜甫于至德中拜右拾遗）；其次者犹足近掩刘（禹锡）、白（居易）。第以矫敝滑易，用思太过，而僻晦之敝又生。要不可不谓之诗中豪杰士矣。温（庭筠）诗于玉谿为陪台，非可与并立也。"又云："唐末诗人，才力既异于前，而习俗所移，又难振拔，故杰出益少；然亦未尝无佳句也。"又云："'西昆'诸公之拟玉谿，但学其隶事耳，殊滞于句下，都成死语。其馀宋初诸贤，亦皆域于许浑、韦庄辈境内。欧公诗学昌黎，故于七律不甚留意。荆公则颇留意矣，然亦未造殊妙。"又云："东坡天才有不可思议处，其七律只用梦得（刘禹锡字）、香山格调，其妙处，岂刘、白所能望哉！山谷刻意少陵，虽不能到，然其兀傲磊落之气，足与古今作俗诗者澡濯胸胃，导启性灵。"又云："放翁激发忠愤，横极才力，上法子美，下揽子瞻，裁制既富，变境亦多，其七律固为南渡后一人。其馀如简斋、茶山、诚斋诸贤，虽有盛名，实无超诣。"

以上所录惜翁论诗语与阮亭参观，各体略备。阮亭未选明诗，惜翁则止于南宋。然《与陈硕士书》则教之从李、何、王、李入手。先姜坞府君《援鹑堂笔记》云："《古诗十九首》，浑然天成，岂可摹仿！然观李、何诸公诗，转复读之，其妙愈出，譬诸学书者只见石刻，后观真迹，盖见神骨之不易几也。"

自来评诗，莫古于钟仲伟《诗品》。及宋而说益繁。兹以王、姚二家为先导。此外如苏子瞻评司空表圣（图）诗"棋声花院闭，幢影石坛高"，以为"虽工而寒俭有僧态"。"杜子美'暗飞萤自照，水宿鸟相呼。四更山吐月，残照水明楼。'则才力富健，去之远矣。"叶少蕴《石林诗话》云："老杜变化开阖，出奇无穷，殆不可以形迹捕诘。如'江山有巴蜀，栋宇自齐梁'，远近数千里，上下数百年，只在'有'与'自'字间。而吐吞山水之气，俯仰古今之怀，皆见于言外。"《援鹑堂笔记》云："魏武帝苍健而朴，子桓藻艳，子健浑迈，得文质之中。公干气较紧而狭。仲宣局面阔大。嗣宗高迈。"又云："杜、陶相对，而李不及。"又云："韦自在处过于柳，然病弱；柳雄健，以能文故也。"又云"老杜自称其诗'沈郁顿挫'（《唐书》载甫《上玄宗疏》）。所谓'顿挫'者，欲出而不遽出，字字句句，持重不流"张文端公（英）《聪训斋语》云："唐诗如缎如锦，质厚而体重，文丽而丝密，温醇尔雅。宋诗如纱如葛，轻疏纤朗，便娟适体。中年作诗，断当宗唐；若老年阑入于宋，势所必至。五律断无胜于唐人者，如王、孟五言，两句便成一幅画。"方植之《昭昧詹言》云：七律起句"忌用宋人轻侧之笔"，须"以唐人'高馆张灯酒复清'、'风急天高猿啸哀'、'玉露凋伤枫树林'为法"。"又有一起四句将题绪叙尽，后半换笔、换意、扬势"者。但五六句转势，"不如仍挺起作扬势"。"结句大约别出一层，补完题蕴，须有不尽远想"，然"不可执著"。又云：七言长篇，不外叙、写、议三法。又云：五古宜先学鲍、谢，七律宜从摩诘（王维字）、东川、义山、山谷入门，七古宜从昌黎入。学者合观之，于诗学思过半矣。

若夫词曲，据《四库全书总目》云："此二体在文章技艺之间，厥品颇卑。然《三百篇》变而古诗，古诗变而近体，近体变而词，词变而曲。层累而降，莫知其然。究厥渊源，实亦乐府之馀音，风人之末派也。"又张皋文《词选序》云："自唐之词人，李白为首。其后韦应物、王建、白居易、刘禹锡之徒，各有述造，而温庭筠最高。五代之际，孟氏、李氏君臣为谑，竞变新声，词之杂流由是作矣。至其工者，往往绝伦。亦如齐梁五言，依托魏晋，近古然也。宋之词家，号为极盛。然张先、苏轼、秦观、周邦彦、辛弃疾、姜夔、王沂孙、张炎，渊渊乎文有其质焉。若柳永、黄庭坚、刘过、吴文英，亦各引一端，以取重于当世。而后进弥以驰逐，破碎奔析，坏乱不可纪。故自宋之亡而正声绝，元之末而规矩隳。"此两条附录于后，以见梗概。

文学研究法卷三

性　情

　　《左传》载鲁叔孙豹之言云：太上立德，其次立功，其次立言。（襄二十四年）韩退之《答刘正夫书》云："若圣人之道，不用文则已；用，则必尚其能者。能者非他，能自树立、不因循者是也。"夫曰"立言"，曰"能自树立"，皆不肯依傍他人之辞也。故《史记·太史公自序》云："成一家之言。"魏文帝《典论》称徐伟长："唯干著论，成一家言。"《与吴质书》云："伟长著《中论》二十馀篇，成一家之言"，"足传于后。"陈思王《与杨德祖书》云：将"成一家之言"。黄山谷《以右军书赠邱十四》诗云："随人作计终后人，自成一家始逼真。"盖自成一家，而后谓之"立言"，谓之"能自树立"，其性情乃可著之天下后世。何谓性情？《白虎通·性情》篇云："性者阳之施，情者阴之化也。人禀阴阳气而生，故内怀五性六情。情者，静也；性者，生也。此人所禀六气以生者也。"又云："五性者，仁、义、礼、智、信也。六情者，喜、怒、哀、乐、爱、恶，所以扶成六性。夫人性内涵，而外著为情。其同焉者，性也；其不同焉者，情也。惟情有不同，斯感物而动。性亦不能不各有所偏。"故刚柔缓急，胥于文章见之。苟不能见其性情，虽有文章，伪焉而已，奚望不朽哉！《文心雕龙·情采》篇云："夫铅黛所以饰容，而盼倩生于淑姿；文采所以饰言，而辨丽本于情性。故情者文之经，辞者理之纬；经正而后纬成，理定而后辞畅；此立文之本源也。昔诗人篇什，为情而造文；辞人赋颂，为文而造情。何以明其源？盖《风》《雅》之兴，志思蓄愤，而吟咏情性，以讽其上，此为情而造文也。诸子之徒，心非郁陶，苟驰夸饰，鬻声钓世，此为文而造情也。故为情者要约而写真，为文者淫丽而烦滥。而后之作者，采滥忽真，远弃《风》、《雅》，近师辞赋，体情之制日疏，逐文之篇愈盛。故有志深轩冕，而泛咏皋壤；心缠几务，而虚述人外。真宰弗存，翩其反矣。夫桃李不言而成蹊，有实存也；男子树兰而不芳，无其情也。夫以草木之微，依情待实；况乎文章，述志为本。言与志反，文岂足征？"斯言也，真搔着痒处矣。近世益都赵秋谷（执信）《谈龙录》云："文中宜有人在。"吾邑方植之《昭昧詹言》云："诗中须有我。"意正相同。

盖既为文学家，必独有资禀，独有遭际，独有时世，著之于辞，彼此必不能相似。《文心雕龙·体性》篇论文有八体，而云："功以学成，才力居中，肇自血气。气以实志，志以定言。吐纳英华，莫非情性。是以贾生俊发，故文洁而体清；长卿傲诞，故理侈而辞溢；子云沉寂，故志隐而味深；子政简易，故趣昭而事博；孟坚雅懿，故裁密而思靡；平子淹通，故虑周而藻密；仲宣躁锐，故颖出而才果；公干气褊，故言壮而情骇；嗣宗俶傥，故响逸而调远；叔夜俊侠，故兴高而采烈；安仁轻敏，故锋发而韵流；士衡矜重，故情繁而辞隐。触类以推，表里必符。岂非自然之恒资，才气之大略哉！"此言各有其资禀也。若夫韩退之《送孟东野序》，谓东野与李翱、张籍之鸣信善，"抑不知天将和其声，而使鸣国家之盛耶？抑将穷饿其身，思愁其心肠，而使自鸣其不幸耶？"此言人生遭际，或穷或达；而文章之体，因之而分。是故达而在上，则有如班孟坚所谓"抒下情而通讽谕，宣上德而尽忠孝，雍容揄扬，著于后嗣者。"（《两都赋序》）穷而在下，则有如欧阳永叔所谓"凡士之蕴其所有，而不得施于世者，多喜自放于山巅水涯，外见虫鱼草木风云鸟兽之状类，往往探奇怪；内有忧思感愤之郁积，其兴于怨刺，以道羁臣寡妇之所叹，而写人情之难言者。"（《梅圣俞诗集序》）尹师鲁《答邓州通判韩宗彦寺丞书》云："阁下方以才名为士林推重，当世名卿巨儒，凡与游者，其作为文章，莫不道圣功，扬德音，如观乐于宗庙，和平啴缓，无不得其宜。若夫废放之人，其心思以深，故其言或窘或迂，或激或哀，异此则非本于情，矫为之也。譬诸急弦促轸，乌足留大雅之听哉！"此言忧乐之不能强同，尤为亲切。至于时世所值，与文章更有莫大之关系。凡切于时世者，其文乃为不可少之文；若不切者，虽工亦可不作。昔惜抱先生《贾生明申商论》云："冬必裘而夏必绤者，时也。齐甘苦酸辛咸而御之者，和也。诸葛武侯当先主之时，宽法孝直，救李邈、张裕，其用意一出于仁慈；乃以申、韩之书教后主，知其所不能也。贾生告文帝以髋髀之所，非斤则斧，意亦犹是；然使述此于景、武之时，则与处烈火而进裘者何以异？盖景帝之天资固薄矣，提杀吴太子于嬉戏，疏张释之而诛周亚夫，其资如此，而晁错又以申、商进之，何怪有吴楚之难！"此言立论之必当乎其时也。又梅伯言《答朱丹木书》云："文章之事，莫大乎因时立言。吾言于此，虽其事之至微，物之其小，而一时朝野之风俗好尚，皆可因吾言而见之。使为文于唐贞元、元和时，读者不知为贞元、元和人，不可也；为文于嘉祐、元祐时，读者不知为嘉祐、元祐人，不可也。韩子曰：'惟陈言之务去。'岂独其词之不可袭哉？夫古今之理势，固有大同者矣；其为运会所移，人事所推演，而变异日新者，不可穷极也。执古今之同，而概其异，虽于词无所假者，其言亦已陈矣。"吴挚甫先生亦告永朴云："凡儒、释之辨，朱、陆、汉、宋之争，在始言之者，因其时说之方炽，故为卓识正论；若今日取而覆衍之，虽欲不谓之腐，得乎？"综观诸条，庶可以知文章必根乎性情之故矣。

是故有志学文者，其始必力求与古人相似，而不能不从事于摹仿。观惜抱先生《跋刘海峰诗》云："海峰先生诗，初犹有摹古之痕。人黟以后所作，如鲲化为鹏，超然九万里矣。夫古今暌绝，以今追昔，非拟学何由得近？才高者取其精华，才卑者获其糟粕；功深者化其痕迹，功浅者滞于形模。此在昔人集中，亦多利病互见耳，不得以长覆短，亦不得以短覆长。世之陋才，力不能追希古哲，苟尔成篇，义猥词鄙，反以脱化自矜，遗哲匠之巨材，訾一端之小失，欺诬后生，荡灭型矩，此文运之所以衰也。"《与管异之书》云："今人诗文，不能追企古人，亦是天资逊之，亦是涂辙误而用功不深也。若涂辙既正，于古人最上一等文字，谅不可到；其中下之作，非不可到也。昌黎不云'其用功深者其收名远'乎？近世人习闻钱受之（谦益）偏论，轻讥明人摹仿。文不经摹仿，亦安能脱化？观古人之学前古，摹仿而浑妙者自可法，摹仿钝滞者自可弃，虽扬子云亦当以此义裁之，岂但明贤哉？"《与伯昂从侄孙（元之）书》云："近人每云作诗不可摹拟，此似高而实欺人之言也。学诗文不摹拟，何由得人？须专摹拟一家，已得似后，再拟一家。如是数番之后，自能熔铸古人，自成一体。若初学不能逼似，先求脱化，必全无成就。譬如学字而不临帖，可乎？"曾文《正公家训》云：作文宜摹仿古人间架。《诗经》造句之法，无一句无所本。《左传》之文，多现成句调。扬子云为汉代文宗，而其《太玄》摹《易》，《法言》摹《论语》，《方言》摹《尔雅》，《十二箴》摹《虞箴》，《长杨赋》摹《难蜀父老》，《解嘲》摹《客难》，《甘泉赋》摹《大人赋》，《剧秦美新》摹《封禅文》，《谏不许单于朝书》摹《国策·信陵君伐韩》，几于无篇不摹。即韩、欧、曾、苏诸巨子之文，亦皆有所摹拟，以成体段。作文作诗赋，均宜心有摹仿，而后间架可立，其收效较速，其取径较便。"此皆言摹拟古人而求与之似，乃初学不可不历之阶级也。其继又必求与古人不相似，而不可但以摹拟为工。观顾亭林《日知录》云："近代文章之病，全在摹仿。即使逼肖古人，已非极诣，况遗其神理，而得其皮毛者乎？且古人之文，时有利钝，若弃其所长而师其所短，为害尤甚。"又云："诗文之所以代变，有不得不然者。一代之文，沿袭已久，不容人人皆道此语。今且千数百年矣，而犹取古人之陈言，一一而摹仿之，以是为诗，可乎？故不似则失其所以为诗，似则失其所以为我。李、杜之诗，所以独高于唐人者，以其未尝不似而亦未尝似也。"惜抱先生《古文辞类纂序》云："文士之效法古人，莫善于退之。尽变古人之形貌，虽有摹拟不可得而寻其迹也。其他虽工于学古，而迹不能忘。扬子云、柳子厚于斯盖尤甚焉。以其形貌之过似古人也，而遽摈之，谓不足与于文章之事，则过矣；然遂谓非学者之一病，则不可也。"又《题怀宁江七峰（尔维）诗卷》云："学古人在得其神理，不可袭其面目。李、杜诗不得其神理，殊成粗率。今亦无他法，但熟读之，必求得其解而已。又须观后贤所以学前贤之法。如学杜莫善于昌黎，昌黎岂遂偷杜一字一句乎？学李者莫善于东坡，东坡岂遂肯用'噫吁嚱'等调乎？学杜但贵得其雄浑处，沉着处，兀傲不测处；学李但贵得其豪纵处，洒脱自在处，飘逸处。又须将我之性情、识解、学问运人，当其下笔，若不知有李、杜然，兹乃妙矣。"此又言摹拟而与古人太相拟，究不可谓非文章之病，故不能不求其脱化也。昔董文敏公（其昌）论书法云："其始必与古人合，其后必与古人离。"诗文书画，盖同一理。是以惜翁《与方植之书》又尝总论之云："大抵学古人必始而迷闷，苦毫无似处；久而能似之；又久而自得，不复似之。若初不知有迷闷难似之境，则其人必终身无望矣。"而管异之《答侯念勤书》云："后人为文不能不师古，上者神合之，次者貌肖之，最下者贩其辞。今足下作文一篇耳，而叠用陈寿《进诸葛集表》、《汉书·王莽传赞》、贾生《过秦论》、《谷梁·隐公元年传》诸调，则似集古人之文，而其中不见己作矣。"梅伯言《书异之文集后》，亦述其平生切磋之语曰："子之文病杂。一篇之中，数体互见，武其冠，儒其衣，非全人也。"

夫摹拟者，所以求古人之法度也；脱化者，所以见一己之性情也。周永年论文章"有法而后能，有变而后大"，盖由化而变，乃成家数。子产有言："人心之不同，如其面焉。吾岂敢谓子面如吾面乎？"（《左传》襄三十一年）文章亦若是矣。故欲见性情，必存面目。《昭昧詹言》云："古人皆于本领上用工夫，故文字有骨气；今人只于枝叶上粉饰，下稍又并枝叶亦没了。文字成，不见作者面目，则其文可有可无。诗亦然。"又云："屈子之词与意，已为昔人用熟，至今日皆成陈言。故选体诗不可再学"。浅者专事盗窃"不见自己面目，人人可用，处处可移，安得不令人憎厌？又云："欲成面目，全在字句音节，尤在性情，使人千载下如相接对。"数条义皆精。试观韩文公自言"欲观圣人之道必自孟子始"（《送王秀才埙序》），其心之宗仰孟子可知。然考其文，于孟子果步亦步、趋亦趋否？欧阳公自言"予之始得于韩也，当其沉没废弃之馀，予固知其不足以追时好而取势利，于是就而学之。则予之所为者，岂所以急名誉而干势利之用哉！亦志乎久而已矣。"（《记旧本韩文后》）其心之宗仰韩子又可知。然考其文，于韩子果步亦步、趋亦趋否？是以曾子固《与王介甫书》云："欧公更欲足下少开廓其文，勿用造语及模拟前人。孟、韩文虽高，不必似之也，取其自然耳。"苏明允《上欧阳内翰书》，亦论孟、韩及欧公文章之所长，既云"皆断然自为一家之文"，又总结之曰："执事之才，又自有过人者；盖执事之文，非孟子、韩子之文，而欧阳子之文也。"

虽然，古人学古之文，虽以化其痕迹为妙，而精神要未始不与古人诉合无间。故班孟坚《两都赋序》云："大汉之文章，炳焉与三代同风。"而归震川《五岳山人前集序》云："夫西子病心而矉其里，其里之丑人亦捧心而矉其里。其里之富人见之，坚闭门而不出；贫人见之，挈妻子去之而走。故曰知美矉而不知矉之所以美。夫知《史记》之所以为《史记》，则能《史记》矣。荆楚自昔多文人，左氏之《传》，荀子之《论》，屈子之《骚》，庄周之篇，试读之，未有不《史记》若也。"方望溪《古文约选序例》云："序事之文，义法备于《左》、《史》。退之变《左》、《史》之格调，而阴用其义法；永叔摹《史记》之格调，而曲得其风神；介甫变退之之壁垒，而阴用其步伐。学者果能探《左》、《史》之精蕴，则于三家志铭，无事规抚，而自与之并矣。"吾辈苟有志于成一家言，而即古人之法度，以写一己之性情，其所当用力者，不大可知哉！

状　态

文章之状态，非可一言尽也，昔人每因之品藻古今鸿篇巨制。苏明允《仲兄文甫字说》尝以风行水上之"无意乎相求、不期而相遭"，喻文之所由生，其语至为微妙。然既生之后，变态百出，亦有可得而详言者。

盖韩退之《答尉迟生书》云："行峻而言厉，心醇而气和，昭晰者无疑，优游者有馀。"古人文境之妙，不出此数语矣。苏子瞻与谢民师推官书，又专论"达"字。其说云："孔子曰：'言之不文，行而不远。'又曰：'辞达而已矣。'夫言止于达意，即疑若不文，是大不然。求物之妙，如系风捕影，能使是物了然于心者，盖千万人而不一遇也，而况能使了然于口与手者乎？是之谓辞达。辞至于能达，则文不可胜用矣。"杨用修《醰苑醍醐》亦云："达非浅陋之谓也。夫意有浅言之而不达，深言之乃达者；正言之而不达，旁言之乃达者；俚言之而不达，雅言之乃达者。故周、汉之文最古，而其能道人意中事最彻。今以浅陋为达，是乌知达哉！"近世张文端公《聪训斋语·论圆字》云："天体至圆，故生其中者无一不肖其体。悬象之大者莫如日月，以至人之耳目手足，物之毛羽，树之花实，土得雨而成丸，水得雨而成泡，凡天地自然而生皆圆。其方者皆人力所为。盖禀天地之性者，无一不具天之体。万事做到极精妙处，无有不圆者。圣人之德，古今之至文，法帖，以至一艺一术，必极圆而后登峰造极。即饮食做到精美处，到口也是圆底。"曾文正《家训》亦云："无论古今何等文人，其下笔造句，总以'珠圆玉润'四字为主。无论何等书家，其落笔结体，亦以'珠圆玉润'四字为主。世人论文家之语圆而藻丽者，莫如徐陵、庾信，而不知江淹、鲍照则更圆，进之沈约、任昉则亦圆，进之潘岳、陆机则亦圆，又进而溯之东汉之班固、张衡、崔骃、蔡邕则亦圆，又进而溯之西汉之贾谊、晁错、匡衡、刘向则亦圆。至于马迁、相如、子云三人，可谓力趋险奥，不求圆适矣；而细读之，亦未始不圆。至于昌黎，其志意直欲陵驾子长、卿、云三人，戛戛独造，力避圆熟矣；而久读之，实无一字不圆，无一句不圆。"先端恪公（讳文然）《答方甥受斯书》论"紧"字云："来文笔致明爽，而失于率易。落笔便成，思不能精深，句不能警炼，此由所看之文太恕之过也。闲中熟读《孙子》十三篇，便见古人远笔如刀，下句如石。无他，要一个'紧'字而已。古人论织曰'紧满'，论地曰'紧要'。紧则满，满则不松，美锦是也；紧则要，要则不涣，关隘是也。"方植之《昭昧詹言》又标"精深华妙"四字，以为文字精深在法与意，华妙在兴象与辞。此数说皆有心得。

然未若刘海峰《论文偶记》之完备。其论"文贵奇"云："有奇在字句者，有奇在意思者，有奇在笔者，有奇在邱壑者，有奇在气者，有奇在神者。字句之奇，不足为奇；气奇则真奇矣。"又云："次第虽如此，然字句亦不可不奇，自是文家能事。扬子云《太玄》、《法言》，昌黎甚好之，故昌黎文奇。"又云："气奇最难识，大约忽起忽落，其来无端，其去无迹。"又云："读古人文，于起灭转接之间，觉有不可测识处，便是奇气。"又云："奇与平正相对。气虽盛大，一片行去，不可谓奇。奇者，于一气行走之中，时时提起。"又云："太史公《伯夷传》，可谓神奇。"其论"文贵高"云："穷理则识高，立志则骨高，好古则调高。"又云："文到高处，只是朴淡意多。譬如不事纷华，翛然世味之外，谓之高人。昔人谓子长文字峻，震川谓此言难晓，要当于极真、极朴、极浅处求之。"其论"文贵大"云："道理博大，气脉洪大，邱壑远大，邱壑中必峰峦高大，波澜阔大，乃可谓之远大。"其论"文贵远"云："远必含蓄，或句上有句，或句下有句，或句中有句，或句外有句，说出者少，不说出者多，乃可谓远。昔人论画曰：'远山无皴，远水无波，远树无枝，远人无目。'此之谓也。远则味永。文至味永，则无以加。昔人谓子长文字微情妙旨，寄之笔墨蹊径之外；又谓如郭忠恕画天外数峰，略有笔墨、而无笔墨之迹。故太史公文，并非孟坚所知。"又云："昔人谓意尽而言止者，天下之至言也。然言止而意不尽者尤佳。意到处言不到，言尽处意不尽，自太史公后，惟韩、欧得其一二。"其论"文贵简"云："凡文，笔老则简，意真则简，辞切则简，理当则简，味淡则简，气蕴则简，品贵则简，神远而含藏不尽则简。故简为文章尽境。"又云："程子云：'立言贵含蓄意思，勿使无德者眩，知德者厌。'此语最有味。"其论"文贵疏"云："宋画密，元画疏；颜、柳字密，钟、王字疏；孟坚文密，子长文疏。凡文，力大则疏，气疏则纵，密则拘；神疏则逸，密则劳；疏则生，密则死。"又云："子长拿捏大意，行文不妨脱略。"其论"文贵变"云："《易》曰：'虎变文炳，豹变文蔚。'又曰：'物相杂故曰文。'故文者，变之谓也。一集之中，篇篇变；一篇之中，段段变；一段之中，句句变。神变，气变，境变，音节变，句字变，惟昌黎能之。"又云："文法有平有奇，须是兼备，乃尽文人之能事。上古文字初开，实字多，虚字少。《典》、《谟》、《训》、《诰》，何等简奥！然文法自是未备。至孔子之时，虚字详备，作者神态毕出。左氏情韵并美，文彩照耀。至先秦战国，更加疏纵。汉人敛之，稍归劲质。惟子长集其大成。唐人宗汉，多峭硬；宋人宗秦，得其疏纵，而失其厚茂，气味亦稍薄矣。文必虚字备而后神态出，何可节损？然枝蔓软弱，少古人厚重之气，自是后人文渐薄处。"又云："马迁句法似赘拙，而实古厚可爱。"其论"文贵瘦"云："须从瘦出，而不宜以瘦名。益文至瘦则笔能屈曲尽意，而言无不达。然以瘦名，则文必狭隘。"又云："《公》、《谷》、韩非、王半山之文（江宁半山亭，王安石故宅，由县东门至蒋山，此为半道，故名），极高峻难识，学之有得，便当舍去。"又论"文贵华"云："华正与朴相表里。以其华美故可贵。所恶于华者，恐其近俗耳；所取于朴者，谓其不著脂粉耳。昔人谓不著脂粉而清真刻峭者，梅圣俞之诗也；不著脂粉而精彩浓丽，自《左传》、《庄子》、《史记》而外，其妙不传。此知文之言。"又云："天下之势日趋于文，而不能自己。上古文字简质。周尚文，而周公、孔子之文最盛。其后传为左氏，为屈原、宋玉，为司马相如，盛极矣。盛极则蘖衰，流弊遂为六朝。六朝之靡弱，屈、宋之盛肇之也。昌黎氏矫之以质，本六经为文，后人因之为清疏爽直，而古人华美，亦略尽矣。平奇华朴，流激使然，末流皆不可处。"又云："唐人之体，较之汉人微露圭角，少浑噩之象。然陆离璀璨，犹似夏商鼎彝。宋人文虽佳，而万怪惶惑处少矣。荆川云：'唐之韩，犹汉之班、马；宋欧、曾、三苏，犹唐之韩。'此自其同者言之耳。然气味有厚薄，力量有大小，时代使然，不可强也。但学者求其同，而后别其异；不宜伐其异，而不知其同耳。"其论"文贵参差"云："天之生物，无一不偶，而无一齐者。故虽排比之文，亦以随势曲注为佳。"又云："好文字与俗下文字相反，如行道者，一东一西，愈远则愈善。一欲巧，一欲拙；一欲利，一欲钝；一欲柔，一欲硬；一欲肥，一欲瘦；一欲浓，一欲淡；一欲艳，一欲朴；一欲松，一欲紧；一欲轻，一欲重；一欲秀令，一欲苍莽；一欲偶偭，一欲参差。夫拙者巧之至，非真拙；钝者利之至，非真钝也。"其论"文贵去陈言"云："昌黎论文以去陈言为第一义。后人见为昌黎好奇，故云耳。不知作古文无不去陈言者。试观欧、苏诸公，曾直用前人一言否？"又云："昌黎既云去陈言，又极言去之之难。盖经史诸子百家之文，虽读之甚熟，却不许用他一句。另作一番言语，岂不甚难！樊宗师墓志云：'必出于己，不蹈前人一言一句，又何其难也！'正与'戛戛乎其难哉'互相发明。"又云："樊志铭云：'惟古于词必己出，降而不能乃剽贼，后皆指前公相袭，自汉迄今用一律。'今人行文反以用古人成语自谓有出处，自矜典雅，不知其为袭也，剽贼也。"又云："昔人谓杜诗、韩文无一字无来历。来历者，凡用一字二字必有所本也，非直用其语也。况诗与古文不同。诗可用成语，古文则必不可用。故杜诗多用古人句，而韩于经史诸子之文，只用一字，或至两字而止。若直用四字，知为后人之文矣。"又云："大约文字是日新之物，若陈陈相因，安得不目为臭腐！原本古人意义，到行文时却须重加铸造一样言语，不可便直用古人，此为去陈言。未尝不换字，却不是换字法。"又云："王元美（世贞）论东坡云：'观其诗有学矣，似无才者；观其文有才矣，似无学者。'此元美不知文，而以陈言为学也。东坡诗，于前人事词无所不用，以诗可用陈言也；东坡文，于前人事词一毫不用，以文不可用陈言也。正可于此悟古人行文之法，与诗迥异，而元美见以为有学无学。夫一人之诗文，何以忽有学忽无学哉？由不知文，故其言如此。"又云："元美所谓学者，正古人之文所唾弃而不屑用、畏避而不敢用者也。东坡之文，如太空浩气，何处可著一前言，以貌为学问哉？"又云："昔人谓经对经、子对子者，皆诗赋偶俪八比之时文耳。若散体古文，则六经皆陈言也。"其论"行文最贵者品藻"云："无品藻便不成文字，如曰浑、曰灏、曰雄、曰奇、曰顿挫、曰跌宕之类，不可胜数。然有神上事，有气上事，有体上事，有色上事，有声上事，有味上事，有识上事，有情上事，有才上事，有格上事，有境上事，须辨之甚明。"又云："文章品藻最高者，曰雄，曰逸。欧阳子逸而未雄；昌黎雄处多，逸处少；太史公雄过昌黎，而逸处更多于雄处，所以为至。"

此外就诸家文境而比较言之者，如扬子云《法言·问神》篇云："《虞》、《夏》之书浑浑尔，《商书》灏灏尔，《周书》噩噩尔。"班孟坚《司马迁传赞》云："自刘向、扬雄博极群书，皆称迁有良史之才，服其善序事理，辨而不华，质而不俚。其文直，其事核，不虚美，不隐恶，故谓之实录。"范蔚宗《班固传论》云:"迁文直而事核,固文赡而事详。若固之叙事不激诡,不抑抗,赡而不秽,详而有体,使读者亹亹而不厌,信哉其能成名也。"韩退之《进学解》云:"沉浸浓郁,含英咀华,作为文章,其书满家。上规姚姒,浑浑元涯;周《诰》殷《盘》,佶屈聱牙,《春秋》严谨,《左氏》浮夸,《易》奇而法,《诗》正而葩;下逮《庄》、《骚》,太史所录,子云、相如,同工异曲。先生之于文,可谓宏其中而肆其外矣。"柳子厚《与杨京兆凭书》云:"博如庄周,哀如屈原,奥如孟轲,壮如李斯,峻如马迁,富如相如,明如贾谊,专如扬雄。"欧阳永叔《唐书·艺文志序》云:"六经之道,简严易直而天人备。其余作者,质之圣人,或离或合;然精深闳博,各尽其术,而怪奇伟丽,往往振发于其间。"苏明允《上欧阳内翰书》云:"孟子之文,语约而意尽,不为镵刻斩绝之言,而其锋不可犯。韩子之文,如长江大河,浑浩流转,鱼鼋蛟龙,万怪惶惑,而抑遏蔽掩,不使自露,而人望见其渊然之光,苍然之色,亦自畏避不敢迫视。执事之文,纡余委备,往复百折,而条达疏畅,无所间断,气尽语极,急言切论,而容与闲易,无艰难劳苦之态。此三者皆断然为一家之文也。"又云:"李翱之文,其味黯然而长,其光油然而幽。陆贽之文,遣言措意,切近的当。"先姜坞府君《援鹑堂笔记》云:"文字笔瘦多奇,然自是小。如太史公不须如此。"又云:"昌黎雄处,每于一起一接,忽来忽止,不可端倪。宋六家及震川,俱犯呆寒之病。"又云:"欧公文字玩其转调处,如美人转眼。"又云:"欧公每于将说未说处,吞吐抑扬作态,令人欲绝。"又云:"震川希心于欧、曾,如《见村楼记》中段烟波生色处最佳。然'予能无感乎'句,音韵轻促,不逮欧公。"永福吕月沧(璜)辑宜兴吴仲伦(德旋)《古文绪论》云:"古人善用疏,莫如《史记》;善学者莫如昌黎。看韩浓郁处皆能疏。柳州则有不能疏者。"又云:"《史记》诸表序笔笔唱叹,笔笔是竖的;欧阳文有唱叹者,多是横阔的。"刘融斋《艺概》云:"太史公文,韩得其雄,欧得其逸。雄者善用直捷,故发端便见出奇;逸者善用纡徐,故引绪乃觇入妙。"又曰:"昌黎之文如水,柳州之文如山。浩乎沛然,旷如奥如,二公殆各有会心。"又云:"介甫之文长于扫，东坡之文长于生。扫故高，生故赡。"又云："昌黎文意思来得硬直，欧、曾来得柔婉。硬直见本领，柔婉正复见涵养也。"曾文正公《日记》云："偶思古文古诗最可学者，占八句云：《诗》之节，《书》之括，《孟》之烈，韩之越，马之咽，《庄》之跌，陶之洁，杜之拙。"凡此所论，又皆精审坚确，非老于文学者不能言也。

神　理

《易·说卦传》云："神也者，妙万物而为言者也。"《孟子·尽心》篇云："夫君子所过者化，所存者神。"又云："大而化之之谓圣，圣而不可知之之谓神。"此神妙、神化之说所由来也。文章亦有此境，必神足，辞乃无不达。此《说文》所以于"神"字云："天神引出万物者也。"杜工部诗云："文章有神交有道。"（《苏端薛复筵简薛华醉歌》）又云："书贵瘦硬方通神。"（《李潮八分小篆歌》）其知之矣。《说文》于"理"字云："治玉也。"盖玉既治，其文理始昭著。故引申之，凡事物之有条不紊者，皆谓之理。其在音乐，则《孟子·万章篇》所谓"始条理"、"终条理"者是也。其在文章，则《荀子·非十二子》篇所谓"持之有故"、"言之成理"者也。夫神必俟功候之足、兴会之到，而后臻焉，非可以著力为之。故《易系辞传》云："神无方而易无体。"又云："阴阳不测之谓神。"若理则可以著力，故《说卦传》云："穷理尽性以至于命。"此二者之分也。

大抵神妙神化之境，非可一蹴几，是有本原焉，有工力焉。考《易·系辞传》云："尺蠖之屈，以求伸也；龙蛇之蛰，以存身也；精义入神，以致用也；利用安身，以崇德也。过此以往，未之或知也。穷神知化，德之盛也。"《礼记·孔子闲居》云："清明在躬，志气如神；嗜欲将至，有开必先。天降时雨，山川出云。"此虽不专就文章言，而文章本原所在，固如是矣。《庄子·养生主》篇云："庖丁为文惠君解牛，手之所触，肩之所倚，足之所履，膝之所踦，𬴊然响然，奏刀𬴊然，莫不中音，合于《桑林》

之舞，乃中《经首》之会。（司马彪曰："桑林，汤乐名；《经首》，咸池乐章也。"）文惠君曰：'嘻，善哉！技盖至此乎？'庖丁释刀对曰：'臣之所好者，道也；进乎技矣。始臣之解牛之时，所见无非全牛者；三年之后，未尝见全牛也。方今之时，臣以神遇而不以目视，官知止而神欲行。依乎天理，批大郤，导大窾（崔撰曰："郤，间也。"司马彪曰："窾，空也。"），因其固然，技经肯綮之未尝（陆德明曰："肯，《说文》作肎，著骨肉也。"案：尝，试也。），而况大軱乎（向秀曰："軱，戾大骨也。"）。良庖岁更刀，割也；族庖月更刀，折也。（崔骃曰："族，众也。"）今臣之刀十九年矣，所解数千牛矣，而刀刃若新发于硎。（郭象曰："硎，砥石也。"）彼节者有间，而刀刃者无厚；以无厚入有间，恢恢乎其于游刃必有余地矣。是以十九年而刀刃若新发于硎。虽然，每至于族，吾见其难为，（郭象曰："交错聚结为族。"）怵然为戒，视为止，行为迟，动刀甚微。謋然已解，如土委地。提刀而立，为之四顾，为之踌躇满志。善刀而藏之。'文惠君曰：'善哉！吾闻庖丁之言，得养生焉。'"《达生》篇云："仲尼适楚，出于林中，见佝偻者承蜩，犹掇之也。仲尼曰：'子巧乎！有道邪？'"曰：'我有道也。五六月，累丸二而不坠，则失者锱铢（郭象曰："累二丸于竿头，是用手之停审也。"）；累三而不坠，则失者十一；累五而不坠，犹掇之也。吾处身也，若厥株拘；（案：《说文》："株，木根也。"《山海经》郭注："枸，根盘错也。"拘通枸。厥者，断木为代也。）吾执臂也，若槁木之枝；虽天地之大，万物之多，而惟蜩翼之知。吾不反不侧，不以万物易蜩之翼，何为而不得？'孔子顾谓弟子曰：'用志不分，乃凝于神。其佝偻老人之谓乎！'"此虽不专就文章言，而文章工力所施，固如是矣。

此外如韩退之《送高闲上人序》云："苟可以寓其巧智，使机应于心，不挫于气，则神完而守固，虽外物至，不胶于心。"惜抱先生《古文辞类纂》评之云："机应于心，故物不胶于心；不挫于气，故神完守固。韩公此言，本自状所得于文事者；然以之论道亦然。"曾文正公《日记》云："机应于心，熟极之候也，《庄子·养生主》之说也；不挫于物，自慊之候也，

《孟子·养气》章之说也。不挫于物者，体也，道也，本也；机应于心者，用也，技也，末也。韩子之于文，技也，进乎道矣。"又云："机者，无心遇之，偶然触之，姚惜抱谓'文王、周公系《易》，《象》辞、《爻》辞，其取象亦偶触于其机。假令易一日而为之，其机之所触少变，则其辞之取象亦少异矣。'余尝叹为知言。神者人功与天机相凑泊，如卜筮之有繇辞，如《左传》诸史之有童谣，如佛书之有偈语，其义在可解不可解之间。古人有所托讽，如阮嗣宗之类，故作神语以乱其辞。唐人如太白之豪，少陵之雄，龙标（王昌龄官龙标尉）之逸，昌谷（李贺家于昌谷，今宜阳县地）之奇，及元、白、张（籍）、王（建）之乐府，亦往往多神到机到之语。即宋世名家之诗，亦皆人巧极而天工错，径路绝而风云通。盖必可与言机，可与言神，而后极诗之能事。"此数条发挥韩氏之意至透。而文正于神之外，更及于机，盖水到而渠乃成，机熟而神乃旺也。又刘海峰《论文偶记》云："行文之道，神为主，气辅之，气随神转。神浑则气灏，神远则气逸，神伟则气高，神变则气奇，神浑则气静。故神为气之主。"又云："文章最要气盛；然无神以主之，则气无附，荡乎不知其所归矣。"又云："神者气之主，气者神之用。"又云："神只是气之精处。"诸条亦可参观。

是以古人精神兴会之到，往往意在笔先。如周公作《无逸》，凡七更端，皆以"呜呼"发之。其后欧阳公作《五代史赞》，每篇亦如此。是皆有无穷之意，在于笔先，有不期然而然者。《史记·管晏列传》"管仲曰吾始困时"以下数行，《屈原贾生列传》"屈平疾王听之不聪也"以下数行，其喷薄而出亦然。又有意在笔外者，如《史记·伯夷列传》末，言"悲夫！闾巷之人，欲砥行立名者，非附青云之士，恶能施于后世哉！"正所以见己著《史记》之为功大也。《平原君虞卿列传赞》，既叙虞卿始智终困，忽作转语云："然虞卿非穷愁，亦不能著书以自见于后世"云，又所以寓己之感愤也。《平准书》末云："烹弘羊天乃雨"，《魏其武安侯列传》末云："上自魏其时不直武安，特为太后故耳。及闻淮南王金事，上曰："使武安侯在者，族矣。"如此截然竟止，而余意无穷。若此者，皆神为之也。是以《文心雕龙·神思》篇云："古人云：'形在江海之上，心存魏阙之下。'

神思之谓也。文之思也，其神远矣。故寂然凝虑，思接千载；悄焉动容，视通万里。吟咏之间，吐纳珠玉之声；眉睫之前，卷舒风云之色，其思理之致乎？故思理为妙，神与物游。神居胸臆，而志气统其关键；物沿耳目，而辞令管其枢机。枢机方通，则物无隐貌；关键将塞，则神有遁心。是以陶钧文思，贵在虚静，疏瀹五藏，澡雪精神。积学以储宝，酌理以富才，研阅以穷照，驯致以怿辞，然后使玄解之宰，寻声律而定墨；独照之匠，窥意象而运斤。"又云："临篇缀虑，必有二患：理郁者苦贫，辞溺者伤乱。然则博见为馈贫之粮，贯一为拯乱之药，博而能一，亦有助乎心力矣。若情数诡杂，体变迁贸，拙辞或孕于巧义，庸事或萌于新意，视布于麻，虽云未费，抒轴献功，焕然乃珍。至于思表纤旨，文外曲致，言所不追，笔固知止。至精而后阐其妙，至变而后通其数，伊挚不能言鼎，轮扁不能语斤，其微矣乎！"

若夫理之在天下，无论见于事，寓于物，皆赖文以明之。昔《宋史·文苑传》载张文潜（耒）尝著论云："自六经以下，至于诸子、百氏、骚人、辨士论述，大抵皆将以为寓理之具也。故学文之端，急于明理。如知文而不务理，求文之工，未尝有也。夫决水于江、河、淮、海也，顺道而行，滔滔汩汩，日夜不止，冲砥柱，绝吕梁，放于江湖而纳之海，其舒为沦涟，鼓为波涛，激之为风飙，怒之为雷霆，蛟龙鱼鳖，喷薄出没，是水之奇变也。水之初岂若是哉？顺道而决之，因其所遇而变生焉。沟渎东决而西竭，下满而上虚，日夜激之，欲见其奇，彼其所至者，蛙蛭之玩耳。江、河、淮、海之水，理达之文也，不求奇而奇至矣。激沟渎而求水之奇，此无见于理，而欲以言语句读为奇，反复咀嚼，牢亦无有，文之陋也。"苏子瞻《与张嘉父书》云："若著成一家之言，当且博观而约取，如富人之筑大第，储其材用，既足而后成之，然后为得也。"魏叔子《宗子发文集序》云："今天下治古文者众矣。好古者株守古人之法，而中一无所有，其弊为优孟之衣冠；天资卓荦者师心自用，其弊为野战无纪之师，动而取败。蹈是二者，而主以自满假之心，辅以流俗谀言，天资学力所至，适足助其背驰，乃欲卓然并立于古人，鸣呼难哉！虽然，师心自用，其失易明；好古而终无所有，其故非一二言尽也。吾则以为养气之功，在于集义；文章之能事，在于积理。今夫文章，六经四书而下，周秦诸子两汉百家之书，于体无所不备。后之作者，不至此则至彼。而唐、宋大家，则又取其书之精者，掺和杂糅，熔铸古人以自成，其势必不可以更加。故自诸大家后，数百年间，未有一人独创格调，出古人之外者。然文章格调有尽，天下事理日出而不穷。识不高于庸众，事理不足关系天下国家之故，则虽有奇文，与《左》、《史》、韩、欧阳并立无二，亦可无作。古人具在，而吾徒似之，不过古人之再见，顾必多其篇牍，以劳苦后世耳目，何为也？且夫理固非取办临文之顷，穷思力索，以求其必得。钟太傅（繇）学书法曰，每见万汇皆画象之。韩退之称张旭书变动犹鬼神，不可端倪，天地事物之变，可喜可愕，一寓于书。人生平耳目所见闻，身所经历，莫不有其所以然之理。虽市侩、优倡、大猾、逆贼之情状，灶婢、丐夫、米盐凌杂鄙亵之故，必皆深思而谨识之，酝酿蓄积，沉浸而不轻发；及其有故临文，则大小深浅，各以类触，沛乎若决陂池之不可御。譬之富人积财，金玉、布帛、竹头、木屑、粪土之属，无不预贮，初不必有所用之；而当其必需，则粪土之用，有时与金玉同功。"曾文正《日记》云："凡作诗文，有情极真挚，不得不一倾吐之时。然亦须平日积理既富，不假思索，左右逢源，其所言之理，足以达胸中至真至正之情。作文时无镌刻字句之苦，文成后无郁塞不吐之情，皆平日读书积理之功也。若平日酝酿不深，则虽有真情欲吐，而理不足以达之，不得不临时寻思义理；义理非一时所可取办，则不得不求工于字句。至于雕饰字句，则巧言取悦，作伪日拙。所谓'修辞立诚'者，荡然失其本旨矣。"所论皆极透切。

虽然积理固文学家要务，但观洪景卢《容斋四笔》载："江阴葛延之，元符间省苏公于儋耳，请作文之法。公诲之曰：'儋州虽数百家之聚，而州人之所须，取之市而足。然不可徒得也，必有一物以摄之，然后为己用。所谓一物者，钱是也。作文亦然。天下之事，散在经子史中，不可徒使，必得一物以摄之，然后为己用。所谓一物者，意是也。不得钱不可以取物，不得意不可以用事。此作文之要也。'葛拜其言而书诸绅。"然则理虽积之于书，而意则摄之于我。既有意矣，又必有术以行之，然后能执简御繁，化腐为奇。是以《论文偶记》云："作文专以理为主，则未尽其妙。盖人不穷理读书，则出辞鄙倍空疏；人无经济，则其言累牍不适于用。故义理、书卷、经济者，行文之实。若行文自是另一事，譬大匠操斤，无土木材料，纵有成风尽垩手段，何处施设？然有土木材料不善施设者甚多，终不可为大匠。故文者，大匠也；神气音节者，匠人之能事也；义理、书卷、经济者，匠人之材料也。"又云："作文本以明义理、适世用，而明义理、适世用，必有待于文人之能事。"又云："唐、虞记载，必待史臣；孔门贤杰甚众，而文学独称子游、子夏。可见自古文事相传，必有个能事在。"惜抱先生《与陈硕士书》云："所作《南池文集序》，论学太涉门面气。凡言理不能改旧，而出语必要翻新。佛氏之教，六朝人所说，皆陈陈耳；达摩一出，翻尽窠臼，然理岂有二哉！但能搬陈语，便了无意味。移此意以作文，便亦是妙文矣。"方植之《昭昧詹言》云："屈子、杜公，时出见道语"，"然惟于旁见侧出"处露之，故佳。"若实用于正面，则似传注语录而腐矣。或即古人指点，或即事指点，或即物指点，愈不伦不类，愈妙远不测"。此则又皆论所以谈理之方法云。

气　味

《说文》云："气，云气也。"盖阴阳二气交感，莫著于云。人身之呼吸，犹云之卷舒。《孟子》曰："气，体之充也。"（《公孙丑》）《管子》曰："气，身之充也。"（《心术》）《淮南子》曰："气，生之充也。《原道》）皆即人身言之。夫人之气，言语其著焉者也。文章又言语之精也，故以气为重。《说文》又云："味，滋味也。"而于"滋"云："益也。"盖有味乃含咀靡尽。文章无气无以行之，无味无以永之。此二者之分也。

自孟子有养气之语，而王充《论衡·自纪》篇亦言之。然以气论文，实始于魏文帝《典论》，其说云："文以气为主。气之清浊有体，不可力强而致，譬诸音乐，曲度虽均，节奏同检，（《文选》注引《苍颉》篇："检，法度也。"）至于引气不齐，巧拙有素，虽在父兄，不能以移子弟。"又云："徐干时有齐气"，孔融"体气高妙"。其《与吴质书》云："公干有逸气，但未遒耳。"自是以后，刘彦和《文心雕龙·风骨篇》云："怊怅述情，必始乎风；沉吟铺辞，莫先于骨。故辞之待骨，如体之树骸；情之含风，犹形之包气。结言端直，则文骨成焉；意气骏爽，则文风清焉。若丰藻克赡，风骨不飞，则振采失鲜，负声无力。是以缀虑裁篇，务盈守气，刚健既实，辉光乃新。其为文用，譬征鸟之使翼也。故炼于骨者，析辞必精；深乎风者，述情必显。捶字坚而难移，结响凝而不滞，此风骨之力也。若瘠义肥辞，繁杂失统，则无骨之征也；思不环周，索莫乏气，则无风之验也。"又云："夫翚翟备色，而翾翥百步，肌丰而力沉也；鹰隼乏采，而翰飞戾天，骨劲而气猛也。文章才力，有似于此。若风骨乏采，则鸷集翰林；采乏风骨，则雉窜文囿。唯藻耀而高翔，固文笔之鸣凤也。"《养气》篇云："夫学业在勤，功庸弗怠，故有锥股自励、和熊以苦之人。志于文也，则申写郁滞，故宜从容率情，优柔适会；若销铄精胆，蹙迫和气，秉牍以驱龄，洒翰以伐性，岂圣贤之素心，会文之直理哉！且夫思有利钝，时有通塞，沐则心覆，且或反常，神之方昏，再三愈黩。是以吐纳文艺，务在节宣，清和其心，调畅其气，烦而即舍，勿使壅滞。意得则舒怀以命笔，理伏则投笔以卷怀。逍遥以针劳，谈笑以药倦，常弄闲于才锋，贾余于文勇，使力发如新，凑理无滞，虽非胎息之迈术，斯亦卫气之方也。"此论气之有关于文与所以无耗损之者，皆得要领。若《颜氏家训·文章》篇云："凡为文章，犹人乘骐骥，虽有逸气，当以衔勒制之，勿使流乱轨躅，放意填坑堑也。"此则欲人敛才就范。盖文有逸气，本不易得，若以衔勒制之，则遒矣。及韩退之论文，复同此旨，其答李翱书云："气，水也；言，浮物也。水大而物之浮者大小毕浮。气之与言犹是也，气盛则言之长短与声之高下皆宜。"苏子瞻因王定国未契退之孟郊墓铭"以昌其诗"之语，答之以诗云："昌身如饱腹，饱尽还当饥；昌诗如膏面，为人作容姿。不如昌其气，郁郁老不衰。虽云老不衰，劫坏安所之？不如昌其志，志一气自随。养之塞天地，孟轲不吾欺。"又作《潮州韩文公庙碑》，亦引孟子养气之言，以为"是气也，寓于寻常之中，而塞乎天地之间。韩文公起布衣，谈笑而麾之，天下靡然从公，复归于正。盖三百年于此矣。岂非参天地，关盛衰，浩然而独存者乎？"苏子由《上枢密韩太尉书》云："辙生好为文，思之至深，以为文者气之所形。然文不可以学而能，气可以养而致。孟子曰：'我善养吾浩然之气。'今观其文章，宽厚宏博，充乎天地之间，称其气之大小。太史公行天下，周览四海名山大川，与燕赵间豪俊交游，故其文疏宕，颇有奇气。此二子者，岂尝执笔学为如此之文哉？其气充乎其中而溢乎其貌，动乎其言而见乎其文，而不自知也。"刘海峰《论文偶记》云："今粗示学者：古人行文至不可阻处，便是他气盛。非独一篇为然，即一句有之。古人下一语，如山崩，如峡流，觉拦挡不住，其妙只是个直的。"又云："气最要重。予向谓文须笔轻气重，善矣，而未至也。要得气重，须是字句下得重。此最上乘，非初学拙笨之谓也。"又云："文法至钝拙处，乃为极高古之能事。非真拙钝也，乃古之至耳。古来能此者，史迁尤为独步。"又云："古人云：'文以气为主，气不可以不贯；鼓气以势壮为美，而气不可以不息。'此语甚好。"又云："论气不论势，不备。"惜抱先生《与陈硕士书》云："欲得笔势痛快，一在力学古人，一在涵养胸趣。夫心静则气自生矣。"曾文正公《日记》云："古文之法，全在气字上用工夫。"又云："夜温《长杨赋》，于古人行文之气，似有所得。"又云："温韩文数篇，若有所得。古人之不可及，全在行气，如列子之御风；不在义理字句间也。"又云："为文全在气盛。欲气盛，全在段落清。每段分束之际，似断不断，似咽非咽，似吞非吞，似吐非吐，古人无限妙境，难于领取。每段张起之际，似承非承，似提非提，似突非突，似纾非纾，古人无限妙用，亦难领取。"又云："奇辞大句，须得瑰玮飞腾之气驱之以行。凡堆重处皆化为空虚，乃能为大篇，所谓气力有余于文之外也。否则，气不能举其体矣。"方植之《昭昧詹言》云：器物中或"有形无气"，"亦供世用，而不可以例诗文"。"诗文者，生气也。若纸满如剪彩雕刻，无生气，乃应试馆阁体耳，于作家无分。"据此可知无论诗文，未有气不盛而能工者也。

虽然，气之最上者曰元气。归震川《项思尧文集序》所谓"文章天地之气，得之者其气直与天地同流"是也。六经尚矣。后世文家据王厚斋《困学纪闻》云："李义山谓昌黎文若元气。王荆公谓少陵诗与元气侔。惟杜、韩足以当之。其他或为敦厚之气，或为严凝之气，虽不能无偏，要皆真气也，生气也。所忌者为客气。盖客气非伪即滑。"先姜坞府君《援鹑堂笔记》谓："柳州《论钟乳书》，从李斯《谏逐客书》来。然如中段设采奇丽处，李则随意挥斥，不露圭角，而葩艳陆离；柳则似有意搜用奇怪，费气力摸拟，而筋骨呈露。"此惧其伪也。惜抱先生《与先石甫府君书》云："大抵文章之妙，在驰骤中有顿挫，顿挫中有驰骤。若但有驰骤，即成剽滑，非真驰骤。"此惧其滑也。

至于文章之有味，其本原有二：一在积理，一在阅事。苟积理富，阅事多，自然醰醰有味。而辅助亦在声色。《昭昧詹言》云：王厚斋谓苏子由评文辄云"不带声色"。"何义门（焯）曰：'不带声色，则有得于经矣。'""此二说有得有失，须善参之"。"如《唐书》论韩休之文，'如太羹元酒，有典则而薄滋味'。窃谓经者道之腴也，其味无穷，何止'但有典则'！矧经亦自有极其声色者在也"。予因是思东坡尝评韩、柳诗云："子厚诗在陶渊明下，韦苏州上。退之豪放奇险则过之，而温丽清深不及也。所贵乎枯淡者，谓其外枯而中膏，似淡而实美，渊明、子厚之流是也。若中边皆枯，淡亦何足道？佛云'如人食蜜，中边皆甜，人食五味，知其甘苦'者皆是。能分别其中边者，百无一二也。"据此，则陶、柳之诗，其平淡处，且非真枯，而况六经哉！

且夫味之为说，亦非一二言所能尽矣。孔子曰："人莫不饮食也，鲜能知味也。"（《中庸》）正以其难领会耳。是故古人有曰"厚味"者，以其腴也。斯之谓有"意味"，亦曰有"义味"，如《孟子》"舜往于田"以下数章之论孝，"富岁子弟多赖"、"牛山之木"、"鱼我所欲"各章之论心，《荀子·劝学》篇之论学，《韩非子》、《孤愤》、《五蠹》各篇之论事，沉挚痛决，此其一也。又有曰"深味"者，以其永也。斯之谓有"风味"，亦曰有"韵味"。此其妙惟《诗》之《风》、《雅》得之为多。昔人论《苤苢》诗："凡三章，章四句，总之为四十八字，内用'采采'凡十三，'苤苢'字凡十二，'薄言'字凡十二，除为语助者，才余五字耳。而叙情委曲，从事始终，与夫经行道途，招徽俦侣，以相容与之意，蔼然可掬。天下之至文也。"（陆氏深说）又论《灵台》篇云："'庶民子来'，民之太和；'麀鹿攸伏'、'于牣鱼跃'，物之太和；'于论鼓钟'、'于乐辟廱'，君臣之太和。所谓太和在成周宇宙间也。'（王氏志长说）其揄扬盛美，可谓至矣。又有抒怀旧之蓄念，发思古之幽情者，如《风》、《雅》中所谓"陈古风今"者皆是。后世如诸家乐府，亦有斯意。而唐末韦端己（庄）《长安清明》诗云："早是伤春梦雨天，可堪芳草正芊芊。内官初赐清明火，上相间分白打钱。（案：《春明退朝录》："唐时清明取榆柳火以赐近臣戚里。"《蹴鞠谱》："曳开大踢名白打。"）紫陌乱嘶红叱拨，绿杨高映画秋千。游人记得承平事，暗喜风光似昔年。"惜抱先生《五七言今体诗钞》评之曰："伤乱而作此，故佳。若正序承平，而为是语，则无味矣。"若此者，亦其一也。又有曰"异味"者，以其奇也。斯之谓有"兴味"，亦曰有"趣味"。如《庄子》之谬悠荒唐，屈子托云龙，说迂怪，丰隆求宓妃，鸩鸟媒娀，皆诡异之辞；康回倾地，夷羿弊日，木夫九首，土伯三目，亦谲怪之谈；士女杂坐，乱而不分，指以为乐，娱酒不废，沉湎日夜，举以为欢，更荒淫之意。凡此皆所以抒其感愤。杨、马之词赋，太史公之纪、传、表、志。世家言，曹、阮之诗，韩、柳之文，亦往往如此。曾文正《家训》论退之五古云："其中有怪奇可骇处，如咏落叶则曰：'谓是夜气灭，望舒贾其圆。'咏作文则曰：'蛟龙弄角牙，造次欲手揽。'有诙谐可笑处，如咏登科则曰：'挤辈妒且热，喘如竹筒吹。'咏苦寒则曰：'羲和送日出，恇怯频窥觇。'必从此等处用心，乃可以长才力，添风趣。"其在近体，如子厚咏黄柑云："若教坐待成林日，滋味还堪养老夫。"子瞻咏荔枝云："日啖荔枝三百颗，不妨长作岭南人。"皆因迁谪而故作诙谐之语，亦其类也。昔《文心雕龙·隐秀》篇云："深文隐蔚，风味曲包。"司空表圣自论其诗，以为"得味外味"。又《与李秀才书》云：梅"止于酸"，盐"止于咸"，而其美常在"酸咸之外。"学者苟知此意，庶几言近指远，而不致遗后人以覆瓿之讥也夫。

格　律

　　《说文》："格，木长皃。"曾文正公《笔记》云："凡木之两枝相交而午错者，谓之格。以其枝条交互，故有相交之义焉；以其两枝禁架，故有相拒之义焉；以其长条直畅疏密成理，故又有规制整齐之义焉。是三者皆从本义引申之者也。凡经史中训'格'为'至'为'来'者，皆相交之义；其曰'格斗'，曰'扞格'，曰'废格'，曰'沮格'之类，皆相拒之女。至于枝格相交，长短合度，疏密停匀，俨然若有规矩，木工为窗格，即取象于此。曰'体格'，曰'风格'，曰'格律'，曰'格式'，皆从此而引申之。故《家语》、《礼记注》并训'格'为'法'。"案此条论格字至详。《说文》又曰："律，均布也。"今由"均布"二字思之，如曰"音律"，曰"纪律"，曰"刑律"，总之皆"均布"也，皆"法"也。故《尔雅释诂》亦训"律"为"法"。但"格""律"二者虽同训，但"格"者导之如此，"律"者戒之不得如彼，此其分也。

　　大抵文章一类有一类之格。魏文帝《典论》云："奏议宜雅，书论宜理，铭诔尚实，诗赋欲丽。"陆士衡《文赋》云："诗缘情而绮靡，赋体物而浏亮，碑披文以相质，诔缠绵而凄怆，铭博约而温润，箴顿挫而清壮，颂优游以彬蔚，论精微而朗畅，奏平彻以闲雅，说炜烨而谲诳。"刘彦和《文心雕龙·定势》篇云："章表奏议，准的乎典雅；赋颂歌诗，则仪乎清丽；符檄书移，楷式乎明断；史论序注，师范乎核要，箴铭碑诔，体制乎宏深；连珠七辞，从事乎巧艳。"《昭明文选序》云，诗有六义，其二曰"赋"。"今之作者，异乎古昔，古诗之体，今则全取赋名。"诗"自炎汉中叶，四言五言，区以别矣。又少则三字，多则九言。颂者，所以游扬德业，褒赞成功。箴兴于补阙，戒出于弼匡，论则析理精微，铭则序事清润，美终则诔发，图像则赞兴。又：诏诰教令之流，表奏笺记之列，书誓符檄之品，吊祭悲哀之作，答客指事之制，三言八字之文，篇辞引序，碑碣志状，众制锋起，源流间出。譬陶匏异器，并为人耳之娱；黼黻不同，俱为悦目之玩。"此皆总论各类者也。若举各类而分论之者，如《文心雕龙·诠赋》篇云："原夫登高之旨，盖睹物兴情。情以物兴，故义必明雅；物以情观，故词必巧丽。丽词雅义，符采相胜，如组织之品朱紫，画绘之著玄黄，文虽新而有质，色虽揉而有本。此立赋之大体也。然逐末之俦，蔑弃其本，虽读千赋，愈惑体要；遂使繁华损枝，膏腴害骨，无贵风轨，莫益劝戒，此扬子所以追悔于雕虫，贻诮于雾縠者也。"《颂赞》篇云："原夫颂惟典雅，辞必清铄，敷写似赋，而不入华侈之区；敬慎如铭，而异乎规戒之域；揄扬以发藻，汪洋以树义。唯纤曲巧致，与情而变。其大体所厎，如斯而已。"又云：本赞之为义，"事生奖叹。所以古来篇体，促而不广，必结言于四字之句，盘桓乎数韵之辞；约举以尽情，昭灼以送文，此其体也。发源虽远，而致用盖寡，大抵所归，其颂家之细条乎。"《铭箴》篇云："夫箴诵于官，铭题于器，名目虽异，而警戒实同。箴全御过，故文资确切；铭兼褒赞，故体贵弘润。其取事也，必核以辨；其摘文也，必简而深。此其大要也。"《诔碑》篇云："详夫诔之为制，盖选言录行，传体而颂文，荣始而哀终。论其人也，暖乎若可觌；道其哀也，凄焉如可伤。此其旨也。'又云：'夫属碑之体，资乎史才。其序则传，其文则铭。标序盛德，必见清风之华；昭纪鸿懿，必见俊伟之烈。此碑之制也。"《哀吊》篇云："原夫哀辞大体，情主乎痛伤，而辞穷乎爱惜。幼未成德，故誉止于察惠；弱不胜务，故悼加乎肤色。隐心而结文则事惬；观文而属心则体奢。奢体为辞，则虽丽不哀；必使情往会悲，文来引泣，乃其贵耳。"又云："夫吊虽古义，而华辞未造；华过韵缓，则化而为赋。固宜正义以绳理，昭德而塞违，剖析褒贬，哀而有正，则无夺伦矣。"《论说》篇云："原夫论之为体，所以辨正然否。穷于有数，追于无形，迹坚求通，钩深取极，乃百虑之筌蹄，万事之权衡也。故其义贵圆通，辞忌枝碎，必使心与理合，弥缝莫见其隙；辞共心密，敌人不知所乘。斯其要也。是以论如析薪，贵能破理。斤利者，越理而横断；辞辨者，反义而取通。览文虽巧，而检迹如妄。唯君子能通天下之志，安可以曲论哉！"又云："凡说之枢要，必使时利而义贞；进有契于成务，退无阻于荣身。自非谲敌，则唯忠与信。披肝胆以献主，飞文敏以济辞，此说之本也。"《诏策》篇云："夫王言崇秘，大观在上，所以百辟其刑，万邦作孚。故授官选贤，则义炳重离之辉；优文封策，则气含风雨之润；刺戒恒诰，则笔吐星汉之华；治戎燮伐，则声有洊雷之威；眚灾肆赦，则文有春露之滋；明罚敕法，则辞有秋霜之烈。此诏策之大略也。"《檄移》篇云："凡檄之大体，或叙此休明，或叙彼苛虐，指天时，审人事，算强弱，角权势，标蓍龟于前验，悬鞶鉴于己然，虽本国信，实参兵诈。谲诡以驰旨，炜烨以腾说。凡此众条，莫或违之者也。故其植义飏辞，务在刚健。插羽以示迅，不可使辞缓；露版以宣众，不可使义隐，必事昭而理辨，气盛而辞断，此其要也。""故檄移为用，事兼文武。其在金革，则逆党用檄，顺命资移，所以洗濯民心，坚同符契，意用小异，而体义大同。"《章表》篇云："原夫表章之为用也，所以对扬王庭，昭明心曲。既其身文，且亦国华。章以造阙，风矩应明；表以致禁，骨采宜耀。循名课实，以章为本者也。是以章式炳贲，志在《典》、《谟》，使要而非略，明而不浅。表体多包，情伪屡迁。必雅义以扇其风，清文以弛其丽。然恳恻者辞为心使，浮侈者情为文移。繁约得正，华实相胜，唇吻不滞，则中律矣。"《奏启》篇云："夫奏之为笔，固以明允笃诚为本，辨析疏通为首，强志足以成务，博见足以穷理，酌古御今，治繁总要，此其体也。若乃按劾之奏，所以明宪清国，术在纠恶，势必深峭。"启者"用兼表奏。陈政言事，既奏之异条；让爵谢恩，亦表之别干。必敛饬入规，促其音节，辨要轻清，文而不侈，亦启之大略也。"《议对》篇云："夫动先拟议，明用稽疑，所以敬慎群务，弛张治术。故其大体所资，必枢纽经典，采故实于先代，观通变于当今；理不谬摇其枝，字不妄舒其藻。又郊祀必洞于礼，戎事必练于兵，田谷先晓于农，断讼务精于律。然后标以显义，约以正辞。文以辞洁为能，不以繁缛为巧；事以明核为美，不以深隐为奇。此纲领之大要也。"又云："夫驳议偏辨，各执异见；对策揄扬，大明治道。使事深于政术，理密于时务。酌三、五以熔世，而非迂缓之高谈；驭权变以拯俗，而非刻薄之伪论；风恢恢而能远，流洋洋而不溢，王庭之美对也。"《书记》篇云："详总书体，本在尽言。言以散郁陶、托风采，故宜条畅以任气，优柔以怿怀。文明从容，亦心声之献酬也。"又云："原笺记之为式，既上窥乎表，亦下睨乎书，使敬而不慑，简而无傲。清美以惠其才，彪蔚以文其响，盖笺记之分也。"此外，如曾文正评昌黎《殿中少监马君墓志铭》云："凡志墓之文，惧千百年后谷迁陵改，见者不知谁氏之墓，故刻石以文告之，语气须是对不知谁何之人说话。此文少乖。"又评《虢州司户韩府君墓志铭》云："凡墓志之文，以告后世不知谁何之人，其先人有可称则称之，无可称则不著一语，可也。此文合法。"学者合观之，可以知门类之宜辨矣。

又一篇有一篇之格。盖欲谋篇，必制局；欲制局，必立格。故刘彦和《文心雕龙·附会》篇云："凡大体文章，类多支派。整派者依源，理枝者循干。是以附辞会义，务总纲领，驱万途于同归，贞百虑于一致。使众理虽繁，而无倒置之乖；群言虽多，而无棼丝之乱。扶阳而出条，顺阴而藏迹，首尾周密，表里一体。此附会之术也。夫画者谨发而易貌，射者仪毫而失墙，锐精细巧，必疏体统。故宜诎寸以信尺，枉尺以直寻，弃偏善之巧，学具美之绩。此命篇之经略也。"曾文正《日记》亦云："古文之道，谋篇布势，是一段最大工夫。《书经》、《左传》每一篇空处较多，实处较少；旁面较多，正面较少。精神注于眉宇、目光；不可周身皆眉、到处皆目也。线索要如珠丝马迹；丝不可过粗，迹不可太密也。"又云："古文之道，布局须有千岩万壑重峦复嶂之观。不可一览而尽，又不可杂乱无纪。"又《笔记》云："友人钱塘戴醇士熙尝谓余言：'李伯时画七十二贤像，全在异端一笔'面目精神，四肢百体，衣褶靴纹，皆与其鼻端相准相肖。或端拱而凝思，或欹斜以取势，或若列仙古佛之殊形，或若麟身蛇躯之诡趣，皆自其鼻端一笔以生变化，而卒不离其宗。'国藩以谓斯言也，可通于古文之道。夫古文亦自有气焉，有体焉。今使有人于此，足反居上，首顾居下，一胫之大几如腰，一指之大几如股，则见者谓之不成人。又或颐隐于齐，肩高于顶，五官在上，两髀为胁，则见者亦必反面却走。为文者或无所专注，无所归宿，漫衍而不知所裁，气不能举其体，则谓之不成文。故虽长篇巨制，其精神意气之所在，必有所谓鼻端之一笔者，譬若水之有干流，山之有主峰，画龙者之有睛。物不能两大，人不能两首，文之主意亦不能两重。专重一处，而四体停匀，乃始成章耳。"学者合观之，亦可以知章法之宜求矣。

若夫古今文学家之戒律，则尤有可胪陈者。《易·系辞传》云："将叛者其辞惭，中心疑者其辞枝，吉人之辞寡，躁人之辞多，诬善之人其辞游，失其守者其辞屈。"此孔子之戒律也。《论语·泰伯》篇云："出辞气，斯远鄙倍矣。"此曾子之戒律也。《孟子·公孙丑》篇云："诐辞知其所蔽，淫辞知其所陷，邪辞知其所离，遁辞知其所穷。"此孟子之戒律也。《史记·五帝本纪赞》云："百家言黄帝，其辞不雅驯，荐绅先生难言之。"此太史公之戒律也。《法言·吾子》篇云："诗人之赋丽以则，辞人之赋丽以淫。"此扬子云之戒律也。《典论》云："常人贵远贱近，向声背实，又患暗于自见，谓己为贤。"此曹子桓之戒律也。《文赋》云："每自属文，尤见其情。恒患意不称物，文不逮意。"又云："虽抒轴于予怀，怵他人之我先。苟伤廉而愆义，亦虽爱而必捐。"此陆士衡之戒律也。他若韩退之《答李翊书》云："无望其速成，无诱于势利。"又云："惟陈言之务去。"柳子厚《报袁君陈秀才避师名书》云："秀才志于道，慎勿怪，勿杂，勿务速显。"欧阳永叔《答吴充秀才书》云："盖文之为言，难工而可喜，易悦而自足。世之学者，往往溺之，一有工焉，则曰：'吾学足矣。'甚者至弃百事不关于心，曰：'吾文士也，职于文而已。'此其所以至之鲜也。"朱子《语类》论文：忌意凡思缓，忌软弱，忌没紧要，忌不仔细，忌辞意一直无余，忌浮浅，忌不稳，忌絮，忌巧，忌昧晦，忌不足，忌轻，忌薄，忌冗。方望溪评沈椒园（廷芳）文云："南宋、元、明以来，古文义法不讲久矣，吴越间遗老尤放恣，或杂小说，或沿翰林旧体，无一雅洁者。古文中不可入语录中语，魏晋六朝人藻丽俳语，汉赋中板重字法，诗歌中隽语，南北史佻巧语。"又《答程夔州书》云：'凡为学佛者传记，用佛氏语则不雅，子厚、子瞻皆以兹自瑕。至明钱受之则直如涕唾之令人彀矣。'吕月沧辑吴仲伦《古文绪论》云："国初如汪尧峰文，诗话、尺牍气尚未去净，方望溪乃尽净矣。诗赋字虽不可有，但如汉赋字句，用亦何妨？惟六朝绮靡，乃不可也。正史字句亦自可用；如《世说新语》太隽者则近乎小说矣。公牍字句。

亦不可阑入，此等处须详辨之。"惜抱先生与先石甫府君书云："凡作古文，须知古人用意冲淡处，忌浓重，譬如举万钧之鼎，如一鸿毛，乃文之佳境；有竭力之状，则入俗矣。"曾文正《复陈右铭太守书》云："仆昔好观古人文章，私立禁约，以为有必不可犯者，而后其法严，而道始尊。太抵剽窃前言，句摹字拟，是为戒律之首。称人之善，依于庸德，不宜褒扬溢量，动称奇行异征，邻于小说诞妄者之所为；贬人之恶，又加慎焉。一篇之内，端绪不宜繁多，譬如万山磅礴，必有主峰；龙衮九章，但挈一领。否则首尾冲决，陈义芜杂，滋足戒也。识度曾不异人，或乃竟为僻字涩句，以骇庸众，斫自然之元气，斯又才士之所同蔽，戒律之所必严。"又《茗柯文编序》云："盖文章之变多矣。高才者好异不已，往往造为瑰玮奇丽之辞，仿效汉人赋颂，繁声僻字，号为复古，曾无才力气势以驱使之，有若附赘悬疣，施胶漆于深衣之上，但觉其不类耳。叙述朋旧，状其事迹，动称卓绝，若合古今名德至行，备于一身，譬之画师写真，众美毕具，伟则伟矣，而于其所图之人，固不屑也。"以上所论，皆谈戒律所不可不知者。

至于文之当作与否，古人亦极不苟。如黄山谷《与人书》云："往年欧阳文忠公作《五代史》，或作序记其前，王荆公见之曰：'佛头上岂可著粪？'窃深叹息以为名言。"顾亭林《日知录》云："唐杜牧《答庄充书》曰：'自古序其文者，皆后世宗师其人而为之。今吾与足下并生今世，欲序足下未已之文，固不可也。'"读此言，今之好为人序者，可以止矣。娄坚《重刻长庆集序》曰："凡刻本传既久，或漫漶不可读，有缮写而重刻之者，则人复序之，是宜叙所以刻之意，可也。而今之述者，非追论昔贤，妄为优劣之辨；即过称好事，多设游扬之辞。皆我所不取。"读此言，今之好为古人文集序者，可以止矣。又《与友人书》云："中孚（李颙）为其先妣求传再三，终已辞之。盖止一人一家之事，而无关于经术政理之大，则不作也。韩文公文起八代之衰，若但作《原道》、《原毁》、《争臣论》、《平淮西碑》、《张中丞传后序》诸篇，而一切铭状，概为谢绝，则诚近代之泰山北斗矣；今犹未敢许也。"汾阳侯仲辂（七乘）论文章不可苟作云："艾东乡（南英）谓陈大士（际泰）许人一文，当如许人一女，不可草率。其识高于世人远甚。昔朱晦庵尝言：'陆放翁能太高，迹太近，恐为有力者牵去，不得全其晚节。'其后放翁再出，果为韩侂胄作南园、阅古泉记，见讥清议。《元史》：姚燧尝以所作就正许衡，衡赏其辞而戒之曰：'文章先有一世之名，何以应人之见役？非其人而与之，与非其人而拒之，皆罪也。'"盖语言文字，人品攸关，斯言之玷，驷马难追。如陶谷悔作禅诏，孔文仲悔作伊川弹文，朱文公悔作紫岩（张浚）墓碑，姚雪坡悔作《秋壑记》，李西涯悔作《炫明宫记》。与其悔之于后，何如慎之于先？韩、柳、欧公于志传皆不轻作。子瞻生平铭墓止五人，皆盛德，若富郑公（弼）、司马温公、赵清献公（抃）、范蜀公（温）、张文定公（方平）也。此外，赵康靖公（概）、滕元发（甫）二铭，亦代文定所为者。在翰林，诏撰赵瞻神道碑，亦辞不作。李冶曰："文章有不当为者五：苟作，一也；徇物，二也；欺心，三也；蛊俗，四也；不可示子孙，五也。噫！是道也，自蔡伯喈以来，已不免有惭德矣。"鄞县全谢山（祖望）《文说》云："扬子云《美新》，贻笑千古。余如退之《上宰相书》、《潮州谢上表》、《祭裴中丞文》、《京兆尹李实墓铭》，放翁阅古泉、南园记、《西山建醮青词》，皆为白圭之玷。放翁二记，虽有微辞，然不如不作之为愈。儒者之为文也，其养之当如婴儿，其卫之当如处女。"太原阎百诗（若璩）《潜邱札记》云："竟陵钟伯敬（惺）有《武夷山记》，考其时乃丁忧去职，枉道而为此。昔二苏居丧，禁断诗文，再期之内，不著一字，陆文安（九渊）称为知礼。夫登山何事？闻讣何时？而竟优游为之耶？"诸家所论，尤文学家座右铭也。

声 色

《诗·大雅·皇矣》篇云："不大声以色。"《中庸》申之曰："声色之于以化民，末也。"夫声色为末，则道为本矣。然道舍声色亦无由昭著，故惜抱先生与先石甫府君书云："夫道德之精微，而观圣人者不出动容周旋中礼之事；文章之精妙，不出字句声色之间。舍此便无可窥寻矣。"考《说文》云："声，音也。"又云："色，颜色也。"然则，所谓声者，就大小、短长、疾徐、刚柔、高下言之；所谓色者，就清奇、浓淡言之。此其分也。

盖声之有关文章，其说远矣。如《书》帝典云："诗言志，歌永言。声依永，律和声。八音克谐，无相夺伦。"左氏襄二十九年《传》载季札观乐而云："美哉渊乎！""泱泱乎！""荡乎！""讽讽！""思深哉！""广哉！熙熙乎！""至矣哉！"《礼记·乐记》载子贡问乐于师乙。而乙之言云："上如抗，下如坠，曲如折，止如槁木，倨中矩，句中钩，累累乎端如贯珠。"使非精于声律，固不能为是言。故《乐记》又云："凡音者，生人心者也。情动于中，故形于声；声成文，谓之音。"《荀子·劝学》篇云："诗者，中声之所止也。"《大略》篇云："其诚可以比金石，其声可内于宗庙。"又云："其言有文焉，其声有哀焉。"韩退之《送孟东野序》云，"周之衰，孔子之徒鸣之，其声大而远。《传》曰："天将以夫子为木铎。"其弗信矣乎！"其《上襄阳于相公书》，既以"正声谐韶濩，劲气沮金石"并言；《答尉迟生书》又以"本深而末茂，形大而声宏"并言。《荆谭唱和诗序》且推及于"和平之音淡薄，而愁思之声要眇；欢愉之辞难工，而穷苦之言易好"。李习之作退之祭文，遂谓"其声殚天地"。欧阳永叔《送杨寘序》云："夫琴之为技小矣。及其至也，大者为宫，细者为羽，操眩骤作，忽然变之，急者凄然以促，缓者舒然以和，如崩崖裂石，高山出泉，而风雨夜至也，如怨夫寡妇之叹息，雌雄雍雍之相鸣也。其忧深思远，则舜与文王、孔子之遗音也；悲愁感愤，"则伯奇、孤子、屈原忠臣之所叹也。喜怒哀乐，动人深心，而纯古淡泊，与夫尧舜三代之言语、孔子之文章、《易》之忧患、《诗》之怨刺无以异。其能听之以耳，应之以手，取其和者，道其堙郁，写其忧思，则感人之际，亦有至者焉。"此虽论琴，而文章准诸此矣。故王介甫作永叔祭文，遂评其文云："其清音幽韵，凄如飘风急雨之骤至；其雄辞伟辩，快如轻车骏马之奔驰。"先姜坞府君《援鹑堂笔记》云："朱子谓"韩昌黎、苏明允作文，敝一生之精力，皆从古人声响处学。"此真知文之深者。"刘海峰《论文偶记》云："文章最要有节奏。譬之管弦繁奏中，必有希声窈渺处。"惜抱先生《与陈硕士书》云："诗古文要从声音证人。不知声音，总为门外汉耳。"梅伯言《闲存诗草跋》云："今世之闻乐者，肃然穆然，其声动人心，非皆能辨其词也。取《清庙》、《生民》之词，而倩屈诵之，未有不听而思卧者。故诗之道，声而已矣。"曾文正《日记》云："乐律不可不通，以其与兵事、文章相表里。"又云："汉魏人作赋，一贵训诂精确，一贵声调铿锵。"又云："读韩文《柳州罗池庙碑》，觉情韵不匮，声调铿锵，乃文章中第一妙境。情以生文，文亦以生情；文以引声，声亦以引文。循环互发，油然不能自已，庶渐渐可入佳境。"又云："温苏诗朗诵颇久，有声出金石之乐。因思古人文章，所以与天地不敝者，实赖气以昌之，声以永之。故读书不能求之声气二者之间，徒糟粕耳。"又云："作文以声调为本。"又《家训》云："凡作诗最宜讲究声调。须熟读古人佳篇，先之以高声朗诵，以昌其气；继之以密咏恬吟，以玩其味。二者并进，使古人之声调，拂拂然若与我喉舌相习，则下笔时必有句调奔赴腕下。诗成自读之，亦自琅琅可诵，引出一种兴会来。"张廉卿《复朱莱香书》云："声调一事，世俗人以为至浅，不知文之精微要眇，悉寓于其中。"凡此皆论声调之有关于文章者也。

但古人之所谓声调者，与齐梁人之说不同。古人本乎天籁，齐梁则出于人为。说莫详于沈休文《宋书·谢灵运传论》，其略云："夫五色相宣，八音协畅，由乎玄黄律吕，各适物宜。欲使宫羽相变，低昂舛节。若前有浮声，则后须切响。一简之内，音韵尽殊；两句之中，轻重悉异。妙达此旨，始可言文。"自灵均"以来，多历年代，虽文体稍精，而此秘未睹。至于高言妙句，音韵天成，皆暗与理合，匪由思至。张、蔡、曹、王，曾无先觉；潘、陆、颜、谢，去之弥远。"《南史·陆厥传》云："王融、谢朓、沈约等文，将平上去入四声制韵，有平头、上尾、蜂腰、鹤膝，世呼为"永明（南齐武帝年号）体。"，厥与约书云："尚书云：'自灵均以来，此秘未睹。'但观历代众贤，似不都阇此处。自魏文属论，深以清浊为言；刘桢奏书，大明体势之致。龃龉妥贴巾之谈，操末续颠'之说，兴玄黄于律吕，比五色之相宣。苟此秘未睹，兹论为何所指耶？故愚谓前英已早识宫徵，但未屈曲指的若今论所申。乃可言未穷之致，不得言"曾无先觉"也。"沈答书又云："宫商之声有五，文字之别累万。以累万之繁，配五声之约，高下低昂，非思力所学。又非止若斯而已。十字之文，颠倒相配；字不过十，巧历已不能尽，何况复过于此者乎？灵均以来，未经用之于怀抱，固无从得其仿佛矣。若斯之妙，而圣人不尚，何耶？此盖曲折声韵之巧，无当于训义，非圣哲玄言之所急也。是以子云譬之"雕虫篆刻"，云"壮夫不为"。自古辞人，岂不知宫羽之殊，商徵之别？虽知五音之异，而其中参差变动，所昧实多。故鄙意所谓"此秘未睹"者也。"其后刘彦和从而申之，于《文心雕龙·声律》篇云："凡声有飞沉，响有双叠。双声隔字而每舛，叠韵杂句而必睽；沉则响发而断，飞则声飏不还；并辘铲交往，逆鳞相比，迂其际会，则往蹇来连，其为疾病，亦文家之吃也。夫吃文为患，生于好诡，逐新趋异，故喉唇纠纷；将欲解结，务在刚断。左碍而寻右，末滞而讨前，则声转于吻，玲玲如振玉；辞靡于耳，累累如贯珠矣。是以声画妍媸，寄在吟咏；吟咏滋味，流于字句；字句气力，穷于和韵。异音相从谓之和，同声相应谓之韵。韵气一定，故余声易遣；和体抑扬，故遗响难契。属笔易巧，选和至难；缀文难精，而作韵甚易。虽纤意曲变，非可缕言；然振其大纲，不出兹论。"由诸言出，而声病之说以起。及唐近体诗盛行，于是文学家又增一体制矣。

自休文创声律之学，当时钟仲伟已深诋之，故《诗品序》云："昔曹、刘殆文章之圣，陆、谢为体贰之才，锐精研思，千百年中，而不闻宫商之辨，四声之论。"自"王元长创其首，谢朓、沈约扬其波，于是士流景慕，务为精密，襞积细微，专相凌架，故使文多拘忌，伤其真美。余谓文制本须讽诵，不可蹇碍，但令清浊流通，口吻调利，斯为足矣。至平上去入，则余病未能；蜂腰鹤膝，闾里已具。"大抵八病曰平头，曰上尾，曰蜂腰，曰鹤膝，曰大韵，曰小韵，曰正纽，曰旁纽。据鄞县仇沧柱（兆鳌）《杜诗详注》云："所谓平头者，前句上二字与后句上二字同声，如古诗"今日良宴会，欢乐难具陈"，"今"、"欢"同声，"日"、"乐"同声，是平头也。又如"朝云晦初景，丹池晚飞雪，飘披聚还散，吹扬凝其威"四句，上二字皆平声，是平头也。又如周王褒诗"高箱照云母，壮马饰当颜。单衣火浣布，利剑水精珠"四句，叠用四物，而每物各用一虚一实字面，亦平头也。又如杜挚诗"伊挚为媵臣，吕望身操竿，夷吾困商贩，宁戚对牛叹，食其处监门，淮阴饥不粲"，叠引古人，皆在句首，是亦平头也。所谓上尾者，上句尾字与下句尾字俱用平声，虽韵异而声则同，是犯上尾。如古诗"西北有高楼，上与浮云齐"，"楼"与"齐"皆平声。又如"庭陬有古榴，绿叶含丹荣"，"榴"与"荣"亦平声也。又如一句尾字与三句尾字连用同声，是亦上尾。如古诗"客从远方来，遗我一书札，上言长相思，下言久别离"，"来"、"思"皆平声。又如"新制齐纨素，皎洁如霜雪，裁为合欢扇，团圆似秋月"，"素"、"扇"皆去声，亦犯上尾矣。其在七律，如杜诗"春酒杯浓琥珀薄"与"误疑茅堂人江麓"，同系入声。王维诗"新丰树里行人度"与"闻道甘泉能献赋"，同声同韵，皆犯上尾也。又如杜《秋兴》诗"西望瑶池降王母，东来紫气满函关，云移雉尾开宫扇，日绕龙鳞识圣颜"，"王母"、"函关"、"宫扇"、"圣颜"，俱在句尾，未免叠足，亦犯上尾。若"林花著雨胭脂落，水荇牵风翠带长，龙虎新军深驻辇，芙蓉别殿漫焚香"，前联拈"落"、"长"二字于字尾，后联移"深"、"漫"二字于上面，便不犯同矣。"蔡宽夫《诗话》云："蜂腰、鹤膝，盖出于双声之变。若五字首尾皆浊音，中一字独清，则两头大而中间小，即为蜂腰。若五字首尾皆清音，中一字独浊，则两头细而中间粗，即为鹤膝矣。今案张衡诗"邂逅承际会"，是以浊夹清，为蜂腰也。如傅元诗"徽音冠青云"，是以清夹浊，为鹤膝也。所谓大韵者，如"微"、"晖"同韵，上句第一字不得与下句第五字相犯。阮籍诗"微风照罗袂，明月耀清辉"是也。所谓小韵者，如"清"、"明"同韵，上句第四字不得与下句第一字相犯。诗云"薄帷鉴明月，清风吹我襟"是也。所谓正纽者，如"溪"、"起"、"憩"三字为一纽，上句有"溪"字，下句再用"憩"字，庾阐诗"朝济清溪岸，夕憩五龙泉"是正纽也。所谓旁纽者，如"长"、"梁"同韵，"长"上声为"丈"，上句首用"丈"字，下句首用"梁"字，是亦相犯。诗云"丈夫且安坐，梁尘将欲起"，此旁纽也。在七律如杜诗"远开山岳散江湖"，"山"、"散"为正纽；如"丈人才力犹强健"、"丈"、"强"为旁纽矣。"此外又有双声、叠韵之法。《南史》王元谟问谢庄曰:"何者为双声?何者为叠韵?答曰:"'互'、'护'为双声,'礉''碻'为叠韵。"《学林新编》曰:"双声者,同音而不同韵;叠韵者,同音而又同韵也。如李群玉诗'方穿诘曲崎岖路,又听钩辀格磔声','诘曲'、'崎岖'乃双声,'钩辀'、'格磔'乃叠韵也。"此条所考至为详明。唐时日本僧空海撰《文笔眼心钞》云:"十字中一、六相犯名水浑,二、七相犯名火灭,是谓平头。十字中上句末与下名末相犯名土崩,是谓上尾。五字中二、五相犯又二、四相犯,是谓蜂腰。二十字中第一句末字与第三句末字相犯,是谓鹤膝。所云相犯,统四声言之。五字中二、五用同韵字,名触绝病,是谓大韵。五字中一、三用同韵字,名伤音病,是谓小韵。五字中用双声而隔字,名爽切病,是谓旁纽,亦曰大纽。五字、十字中用同纽而叠字,亦名爽切病,是谓正纽,亦曰小纽。"此与仇说又小异。沈氏《四声谱》久佚,今可考者,惟《谢灵运传论》及《答陆韩卿(厥字)书》。诸家以意推测,其不同宜耳。何义门《读书记》云。:"浮声、切响,即是轻、重。今曲家犹讲阴阳清浊。"杨用修亦云:"《文心雕龙》论'和','韵'之殊,宋词、元曲皆于仄韵用和音以叶韵。盖以平声为一类,而上、去、入三声附之。如'东''董''冻'是和,'东'、'中'、'风'是韵也。"如所言,可见沈说不特为近体诗所由来,势非流为词曲不止。实则大家何尝沾沾于此!是以唐僧皎然《诗评》云:"沈氏酷裁八病,碎用四声,风雅殆尽。"《援鹑堂笔记》云:"齐梁以四声殊音韵,别轻重,沈、宋之研顺声势,但取平仄调协。于彼说亦不能尽避。旁纽双声,一诗中固时时见之;若叠韵则杜公'卑枝低结子,接叶暗巢莺',且故为之,何尝不调协乎?"然则近体且不尽如其说,何论古诗?更何论古文?善乎韩退之《答李翊书》云:"气盛则言之长短与声之高下皆宜。"吴挚甫先生《答张廉卿书》云"声音之道,尝以意求之,才无论刚柔,苟其气之既昌,则所为抗坠、曲直、断续、敛侈、缓急、长短、伸缩、抑扬、顿挫之节,一皆循乎机势之自然,非必有意于其间,而故无之而不合,其不合者必气之未充者也。"是真破的之论矣!若夫下手之方,则在于讽诵。故惜抱先生《与陈硕士书》云："大抵学古文者，必要放声疾读，又缓读，祇久之自悟。若但能默看，即终身作外行也。"又云："寄来诗文皆有可观；但说到中间，忽有滞钝处，此乃是读古人文不熟。必急读以求其体势，缓读以求其神味，得彼之长，悟吾之短，自有进也。"梅伯言《与孙芝房书》云："夫古文与他体异者，以首尾气不可断耳。有二首尾焉，则断矣。退之谓六朝文杂乱无章，人以为过论。夫上衣下裳，相成而不复也，故成章。若衣上加衣，裳下有裳，此所谓无章矣。其能成章者，一气者也。欲得其气，必求之于古人。周、秦、汉及唐、宋人文，其佳者皆成诵乃可。夫观书者，用目之一官而已；诵之而人于耳，益一官矣；且出于口，成于声，而畅于气。夫气者，吾身之至精者也。以吾身之至精，御古人之至精，是故浑合而无有间也。张廉卿《答吴挚甫书》云："阁下谓苦中气弱，讽诵久则气不足载其辞。往在江宁，闻方存之（宗诚）云：长老所传，刘海峰绝丰伟，日取古人之文，纵声读之。姚惜抱则患气羸，然亦不废哦诵，但抑其声使之下耳。"是或一道乎！

但古文固无一定之平仄；而声调既有高下，则二音要有不容不相济者，况古诗限于五言七言乎？况近体乎？《四库全书总目》于赵秋谷《声调谱》云："执信尝问声调于王士祯，士祯靳不肯言。执信乃发唐人诸集，排比钩稽，竟得其法，因著此书。其例：古体诗五言重第三字，七言重第五字，而以上下二字消息之。大抵以三平为正格，其四平切脚，如李商隐之"咏神圣功书之碑"；两平切脚，如苏轼之"白鱼紫蟹不论钱"者，谓之落调。"柏梁体"及四句转韵之体，则不在此限焉。律诗以本句平仄相救为单拗，出句如杜甫之"清新庾开府"，对句如王维之"暮禽相与还"是也。两句平仄相救为双拗，如许浑之"溪云初起日沉阁，山雨欲来风满楼"是也。其他变阅数条，皆本此而推之。而起句结句不相对偶者，则不在此限焉。"此说亦学诗所不可不知者。

色也者，所以助文之光彩，而与声相辅而行者也。其要有三：一曰炼字，二曰造句，三曰隶事。《文心雕龙·炼字》篇，有避诡异、省联边、权重出、调单复四法，而论重出尤精。其说云："重出者，同字相犯者也。

《诗》、《骚》适会,而近世忌同。若两字俱要,则宁在相犯。故善为文者,富于万篇,贫于一字。一字非少,相避为难也。"方植之《昭昧詹言》云:"好用虚字承递","最易软弱。须横空盘硬,中间摆落剪断多少软弱,词意自然高古。"吴挚甫先生尝为永朴诵欧阳永叔《石曼卿墓表》末段"呜呼曼卿"以下数行,以为字字若有凸凹,因叹文章之难,第一用虚字,盖浅深雅俗,于此焉分。曾文正公《复李眉生书》云:"来函询虚实、譬喻、异诂三门。虚实者,实字而虚用,虚字而实用也。至用字有譬喻之法,后世须数句而喻意始明,古人止一字而喻意已明。异诂云者,无论何书,处处有之,大抵人所共知,则为常语;人所罕闻,则为异诂。古人用字,不主故常,初无定例,要之各有精意运乎其间。阁下现读《通鉴》,即就《通鉴》异诂之字,偶一钞记,他人视为常语,而己心以为异,则且钞之;或明日视为常语,而今日以为异,亦姑钞之。久之多识雅训,不特譬喻、虚实二门可通,即其他各门,亦可触类而贯彻矣。"又《复邓寅阶书》云:"《文选》以多读为妙。盖《京》、《都》、《田猎》、《江》、《海》诸赋,虽难于成诵,而造字、形声,训诂之学,即已不待他求。"又《家训》云:"文章雄奇,以行气为上,造句次之,选字又次之。然未有字不古雅、而句能古雅,句不古雅、而气能古雅者;亦未有字不雄奇、而句能雄奇,句不雄奇、而气能雄奇者。是文章之雄奇,其精处在行气,其粗处全在造句、选字也。余好古人雄奇之文,以昌黎为第一,扬子云次之。二公之行气,本之天授。至于人事之精能,昌黎则造句之工夫居多,子云则选字之工夫居多。"《援鹑堂笔记》云:"字句章法,文之浅者也;然神气体势,皆阶之而见。古今文字高下,莫不由此。"又云:"字句之奇,宋以后大家多不讲此,亦是其病处。"《论文偶记》云:"神气者,文之最精处也;音节者,文之稍粗处也;字句者,文之最粗处也。然予谓论文而至于字句,则文之能事尽矣。盖音节者,神气之迹也;字句者,音节之矩也。神气不可见,于音节见之;音节无可准,以字句准之。"又云:"音节高则神气必高,音节下则神气必下,故音节为神气之迹。一句之中,或多一字,或少一字;一字之中,或用平声,或用仄声;同一平字、仄字,或用阴平阳平,上声、去声、入声，则音节迥异。故字句为音节之矩。"又云："积字成句，积句成章，积章成篇，合而读之，音节见矣；歌而咏之，神气出矣。"又云："近人论文，不知有所谓音节者；至语以字句，则必笑以为末事。此论似高实谬。作文若字句安顿不妙，岂复有文字乎？但所谓字句、音节，须从古人文字中实实讲贯过始得，非如世俗所云也。"吕月沧辑吴仲伦《古文绪论》云："作文岂可废雕琢？但须清气运乎其中。功夫成就之后，信笔写出，无一字一句吃力，却无一字一句率易，清气澄澈中，自然古雅有风神，乃是一家数也。"又云："文字有作一句不甚分明，必三两句而古雅者；亦有炼数句为一句，乃觉古简者。总之，气不可不疏。"至于隶事，《文心雕龙·丽辞》篇，尝戒不均与孤立二病，以为"若两事相配，而优劣不均，是骥在左骖，驽为右服也。若夫事或孤立，莫与相偶，是夔之一足，趻踔而行也。"苏子瞻题柳子厚诗云："用事当以故为新，以俗为雅。好奇务新，乃诗之病。"焦弱侯《笔乘》云，"韦庄诗"西园公子名无忌"，观《选》诗："公子敬爱客，终宴不知疲，清夜游西园，飞盖相追随"，乃子建事，不可加之无忌。"《援鹑堂笔记》云："大凡文字援据，虽有详略，然必具见端末。"又云："何大复《闻武昌边报》诗："请缨谁为系楼兰？"贾谊请系单于颈，终军请以长缨系南越，无系楼兰事。且当时边报，又无与西域。"惜抱先生《复刘明东（开）书》云："见赠五言排律，所用故事，都不精切，止是随手填入。姑摘其一联："志公谓徐陵，天上石麒麟，"岂可易"石"为"玉"？又陵官非学士，学士唐乃有此官耳。公孙宏与陵，于鄙人绝不似，止十字中而病痛已四五矣。"《五七言今体诗钞》评陆放翁《江楼醉中作》："天上但闻星主酒，人间宁有地埋忧？生希李广名飞将，死慕刘伶赠醉侯。"以为"前联用孔北海"天垂酒星之耀"、仲长统"寄愁天上、埋忧地下"，并汉人语，相称。后联用唐人诗"若使刘伶为酒帝，亦须封我醉乡侯"，取材较猥，对上句不过。"又《昭昧詹言》引先生之言云："王阮亭四法，一"典"字中，有古体之典，有近体绝句之典。近体绝句之典，必不可入古诗。其"远"、"谐"、"则"三字亦然。"据此可见运用故实，无论诗文，皆不可苟。或因周秦诸子及词赋家多假设之辞，以为借口，不知寓言与庄语未可同科。观《退庵随笔》载："苏子容（颂）每闻人言故事，必检出处。"又云："苏文忠公每有撰著，虽目前事，率令少章（秦观弟觏）、叔党（公少子过）诸人检视而后出。"古人审慎何如！若夫文忠《刑赏忠厚之至论》，引"皋陶曰杀之三，尧曰宥之三"，特少年应试之作，理想成文，可以将无作有，故曰"想当然尔"。文士狡狯，要当别论。昔黄山谷《与王观复书》云"老杜作诗，退之作文，无一字无来处。盖后人读书少，故谓韩、杜自作此语耳。"《颜氏家训·勉学》·篇亦云："谈说制文，援引古音，必须眼学，勿信耳受。"长洲朱仲武（孔彰）又以临川李小湖先生（联琇）之言告永朴云："作文引事，断宜检查原文，不可但恃记忆之力。盖自以为不误，其误必多。"学者所当服膺，正在此等语也。

虽然，文章色泽，犹不尽于此。广而言之，如《易》之象，《诗》之比、兴，《孟》、《庄》之譬喻，扬、马之铺张，皆是。又诗家于篇中往往插入描写之语，文家亦或凌空布景，如《秦誓》"若有一个臣"一段。《孟子·庄暴》章"今王鼓乐于此"一段，韩退之《原毁》"尝试语于众曰"一段，与李斯《谏逐客书》中间，即色、乐、珠、玉为喻，皆设色处也。至纪事之文，因此人而牵及彼人，因此事而牵及他事，迷离变化，古人譬之"云烟"，亦曰"烟波"。昔张廉卿先生告永朴云："古人论文，要情韵不匮。夫所谓"不匮"者，以旁支多也。如花开，必枝叶掩映，风韵乃可人；若去枝叶惟存花，亦不足观矣。考《说文》于"文"字云："错画也，象交文。"然则文固以交错为义，惟交错斯彩色生焉。夫词藻之于彩色，特一端耳，何足以尽其妙！"归震川《与沈敬甫书》云："近来俗子论文，颇好剪纸染彩之花，遂不知复有树上天生花也。"斯言真有味哉！

文学研究法卷四

刚　柔

自《易》、《贲》卦《象》传言："柔来而文刚"，"分刚上而文柔"。刚、柔交错，"天文也。文明以止，人文也。观乎天文，以察时变；观乎人文，以化成天下。"《说卦传》又言："分阴分阳，迭用柔刚，故易六位而成章。"文章之体之本于阴阳、刚柔，其来远矣，顾后世文学家未有论及此者，惟《宋书·谢灵运传论》言"志动于中，歌咏外发"，尝推本于"民禀天地之灵，含五常之德，刚柔迭用，喜愠分情"。刘彦和《文心雕龙熔裁》篇云："刚柔以立本，变通以趋时。立本有体，意或偏长；趋时无方，辞或繁杂。蹊要所司，职在熔裁。"皆以此为言，而未畅厥旨。及惜抱先生《答鲁絜非书》，言之乃详。其说曰："鼐闻天地之道，阴阳、刚柔而已。文者，天地之精英，而阴阳、刚柔之发也。惟圣人之言，统二气之会而弗偏。然而《易》、《诗》、《书》、《论语》所载，亦间有可以刚、柔分矣，值其时其人，告语之体各有宜也。自诸子而降，其为文无弗有偏者。其得于阳与刚之美者，则其文如霆，如电，如长风之出谷，如崇山峻岩，如决大川，如奔骐骥；其光也如杲日，如火，如金镠铁；其于人也，如凭高视远，如君而朝万众，如鼓万勇士而战之。其得于阴与柔之美者，则其文如升初日，如清风，如云，如霞，如烟，如幽林曲涧，如沦，如漾，如珠玉之辉，如鸿鹄之鸣而入寥廓；其于人也，谬乎其如叹，邈乎其如有思，暖乎其如喜，愀乎其如悲。观其文，讽其音，则为文者之性情、形状，举以殊焉。且夫阳刚、阴柔，其本一端，造物者糅，而气有多寡进绌，则品次亿万，以至于不可穷，万物生焉。故曰一阴一阳之谓道。夫文之多变，亦若是已。糅而偏胜可也；偏胜之极，一有一绝无，与夫刚不足为刚，柔不足为柔者，皆不可以言文。今夫野人孺子闻乐，以为笙歌弦管之会尔；苟善乐者闻之，则五音十二律必有一当，接于耳而分矣。夫论文者岂异于是乎？宋朝欧阳、曾公之文，其才皆偏于阴与柔之美者也。欧公能取异己者之长而时济之；曾公能避所短而不犯。抑人之学文，其功力所能至者，陈义理必明当，布置、取舍、繁简、廉肉不失法度，辞雅驯不芜而已。古今至此者，盖不数数得，然尚非文之至；文之至者，通于神明，人力不及施也。"篇中言"刚不足为刚、柔不足为柔"者，恐世之浅者借口，以犷悍为阳刚，以靡弱不振为阴柔也。其言"一有一绝无"、"不可言文"者，盖阳刚、阴柔之分，亦言其大概而已。必刚柔相错而后为文，故阳刚之文，亦具阴柔之美，特不胜其阳刚之致而已；阴柔亦然。止可偏胜，而不可以绝无。《礼记·乐记》云："刚气不怒，柔气不慑。"正以此。

是后，曾文正公演之，析而为太阳、太阴、少阳、少阴四象。以气势为太阳之类，趣味为少阳之类，识度为太阴之类，情韵为少阴之类。其分古近体诗，亦欲为四属，而别增机神一类。然所钞十八家五言古诗，乃刻四类字朱印本诗下，曰"气势"、"识度"、"情韵"，与文同；曰"工律"，与文异；而无"机神"之说，盖仍用四类也。（见吴挚甫《记古文四象后》）至论各类所宜，谓"阳刚者，气势浩瀚；阴柔者，韵味深美。浩瀚者，喷薄而出之；深美者，吞吐而出之。""论著、词赋、奏议、哀祭、传志、叙记宜喷薄，序跋、诏令、书牍、典志、杂记宜吞吐。其一类微有区别者，如哀祭虽宜喷薄，而祭郊社、祖宗则宜吞吐；诏令虽宜吞吐，而檄文则宜喷薄；书牍虽宜吞吐，而论事则宜喷薄。"论文境之妙，谓"阳刚之美。莫要于'雄'、'直'、'怪'、'丽'四字；阴柔之美，莫要于'茹'、'远'、'洁'、'适'四字。"而各为之赞。于"雄"字曰："划然轩昂，尽弃故常；跌宕顿挫，扪之有芒。"于"直"字曰："黄河千里，其体仍直；山势如龙，转换无迹。"于"怪"字曰："奇趣横生，人骇鬼眩，《易》、《元》、《山经》，张、韩互见。"于"丽"字曰："青春大泽，万卉初葩"《诗》、《骚》之韵，班、扬之华。"于"茹"字曰："众义辐凑，吞多吐少，幽独咀含，不求共晓。"于"远"字曰："九天俯视，下界聚蚊，寤寐周、孔，落落寡群。"于"洁"字曰："冗意陈言，颣字尽芟，慎尔褒贬，神人所监。"于"适"字曰："心境两闲，无营无待，柳记、欧跋，得大自在。"（并《日记》）论古今文家得阳刚之美者，曰庄子，曰扬雄，曰韩愈，曰柳宗元；得阴柔之美者，曰司马迁，曰刘向，曰欧阳修，曰曾巩（尺牍）。又尝言："文章以气象光明俊伟，为最难能而可贵，如久雨初晴，登高山而望旷野；如楼俯大江，坐明窗净几之下，而可以远眺；如英雄侠士裼裘而来，绝无龌龊卑鄙之态。此三者，皆光明俊伟之象。文中有此气象者，大抵得于天授，不关乎学术。自孟子、韩子而外，惟贾生及陆敬舆、苏子瞻得此象为多。"（《鸣原堂论文》）据此，则光明俊伟，乃阳刚之胜境。孟、贾、韩固得阳刚之美，而陆、苏殆其亚也。又言："知道者，时时有忧危之意。其临文亦然。仲尼称'《易》之兴也，其于中古乎；作《易》者，其有忧患乎？'又曰：'于稽其类，其衰世之意耶？'盖深有见于前圣之危心远虑，而揭其不得已而有言之故。即夫子之释《中孚》二、《同人》五等七爻，《咸》四、《困》三、《解》上等十一爻之辞，抑何其惕厉而深至也。盖饱经乎世变之多端，则常有跋前疐后之惧；博识乎义理之无尽，则不敢为臆断专决之辞。自孟子好为直截俊拔之语，已不能如仲尼之谦谨，而况其下焉者乎？后世如诸葛武侯之书牍，纡徐简远，差明此义。而曾子固亦有宛转思深之处。此外则词与义俱尽，尚何谦谨之有哉？或词之所至，而此心初未尝置虑于其间，又乌知所谓忧危者哉？"（《笔记》）据此，则忧危谦谨，乃阴柔之胜境。南丰固全得阴柔之美，而诸葛公盖亦其类也。案文正既以四象申惜抱之意，尝选文以实之，而授其目于吴挚甫先生。其后挚翁刊示后进，并述张廉卿之言，又以二十字分配阴阳，谓神、气、势、骨、机、理、意、识、脉、声，阳也；味、韵、格、态、情、法、词、度、界、色，阴也。则充其类而尽之矣。至于惜抱先生《复陈东浦方伯书》云"当者立碎"，此境似亦当属阳刚。曾文正《与吴南屏书》云："字字若履危石而下，落纸乃迟重绝伦"，此境似亦当属阴柔。

夫阳刚、阴柔二者，各擅所长如此。而世顾重视阳刚，轻视阴柔者。管异之《与友人论文书》云："仆闻文之大原出于天，得其备者，浑然如太和之元气。偏焉而入于阳，与偏焉而人于阴，皆不可以为文章之至境。然而自周以来，虽善文者亦不能无偏。仆谓与其偏于阴也，则无宁偏于阳。何也？贵阳而贱阴、伸刚而绌柔者，天地之道，而人之所以为德者也。孔子曰：'吾未见刚者。'曾子曰：'士不可以不弘毅，任重而道远。'"圣贤论人，重刚而不重柔，取宏毅而不取巽顺。夫为文之道，岂异于此乎？古来文人陈义吐辞徐婉不失态度，历代多有；至若骏桀廉悍称雄才而足号为刚者，千百年而后一遇焉耳。甚矣，阳之足贵也。然仆以为是有天焉，有人焉。得天之刚，世亦无几，其余必进之以学。进之以学者，孟子所云'以直养而无害'是也。日蓄吾浩然之气，绝其卑靡，遏其鄙吝，使夫为体也常宏，而其为用也常毅，则一旦随其所发，而至大至刚之概，可以塞乎天地之间矣。如此则学问成，而其文亦随之以至矣。取道之原，六经其至极也；而论其从人之途，则《公羊》、《国策》、贾谊、太史公，皆深得乎阳刚之美者。诚熟复之，当必更有所进耳。"此篇颇足与姚、曾之说相参。但管氏以太史公为阳刚，与文正异，岂因其气之雄奇、趣之诙诡而云然欤？若曾氏则又以其多顿挫之笔、跌宕之姿、呜咽之声、吞吐之致，皆得阴柔之胜境也。夫文正固尝以太史公为文家之王都矣。然则纵不能如孔子之浑然元气，其于阴阳二类，亦庶几备之。是从吕月沧辑吴仲伦《古文绪论》云："文章之道，刚柔相济。《史记》及韩文，其两三句一顿，似断不断极多。要有灏气潜行，虽陡峻亦寓绵邈。且自然恰好，所以为风神绝世。"文正《日记》又云："造句约有二端：一曰雄奇，一曰惬适。雄奇者，瑰玮俊迈，以扬、马为最；恢诡恣肆，以庄生为最；兼擅瑰玮、恢诡之胜者，则莫盛于韩子。惬适者，汉之匡、刘，宋之欧、曾，均能细意熨贴，朴属微至。雄奇者，得之天事，非人力所可强企；惬适者，诗书酝酿，岁月磨炼，皆可日起而有功。惬适未必能兼雄奇之长，雄奇则未有不惬适者。学者之识，当仰窥于瑰玮俊迈、恢诡恣肆之域，以期日进于高明。若施手之处，则端从平实惬适始。"又云："凡为文，用意宜敛多而侈少，行气宜缩多而伸少。推之孟子不如孔子处，亦不过辞昌语快，用意稍侈耳。后人为文，但求其气之伸；古人为文，但求其气之缩。气恒缩则词句多涩。然深于文者，固当从这里过。"恽子居《与纫之论文书》云："古文从人之途有要焉：曰其气澄而无滓也，积之则无滓而厚也；其质整而无裂也，驯之则无裂而能变也。"观此数说，则阳刚之文，固难能而可贵；而学者从事于此，不能不先求平实惬适及夫"茹"与"洁"者，是阴柔之文必当研究，又可知矣。

且惜抱先生即"欧公取异己者之长而时济之，曾公避所短而不犯"并举以告絜非，可知有此两种办法。所谓"取异己者之长以自济'者，管氏"进之以学"一语，已得其旨。而曾文正《与张廉卿书》云："足下为古文，笔力稍患其弱。昔姚氏论文，有阳刚、阴柔之分，二者画然不相谋；然柔和渊懿之中，必有坚劲之质、雄直之气运乎其中，乃有以自立。足下气体近柔，望熟读扬、韩各文，而参以两汉古赋，以救其短，何如？"亦"取异己者之长以自济"之意也。然而人各有能有不能，若必难进于阳刚，惟有用"避所短而不犯"之法，此亦非"进之以学"不可。是故惜抱先生评刘子政《战国策序》云："此文固不若《过秦论》之雄骏，然冲溶浑厚，无意为文，而自能尽意，若《庄子》所谓'木鸡'者，此境亦贾生所无也。"又《与陈硕士书》云："所寄古文，大抵正有余而奇不足。此不必勉为奇，但益求其醇厚，即自贵耳，古人不云'善用其短'乎？"

奇　正

昔庄周自称"其书虽瑰玮而连抃无伤也，其辞虽参差而俶诡可观。"其后扬子《法言·君子》篇遂有"子长爱奇"之语。韩退之《送穷文》亦自称其文"不专一能，怪怪奇奇，不可时施，只以自嬉。"柳子厚《答韦珩示韩愈相推以文墨事书》，谓"退之所敬者，司马迁、扬雄。迁与退之，固相上下；若雄者，如《太玄》、《法言》及'四赋'，退之独未作耳，决作之，加恢奇，至他文过扬雄远甚。雄之遣言措意，颇短局滞涩，不若退之猖狂恣睢，肆意有所作。若然者，使雄来尚不宜推避，而况仆耶？"又《读韩愈所著毛颖传后题》，谓"退之为《毛颖传》，读之若捕龙蛇，搏虎豹，急与之角而不敢暇，信韩子之怪于文也。"苏子瞻《书子由超然台赋后》，谓"子由之文，词理精确不及吾，而气体高妙，吾所不及。虽各欲以此自勉，而天资所短，终莫能脱。至于此文，则精确高妙，殆两得之。"而子由则曰："子瞻之文奇，吾文但稳而已。"由是观之，古来文家，未有不以奇为尚者，其故何哉？刘彦和尝言之矣。《文心雕龙·神思》篇云："夫神思方运，万途竞萌，规矩虚位，刻镂无形，登山则情满于山，观海则意溢于海，我才之多少，将与风云而并驱矣。方其搦翰，气倍辞前；暨乎成篇，半折心始。何则？意翻空而易奇，言征实而难巧也。"退之亦言之矣，《答刘正夫书》云："夫百物朝夕所见者，人皆不注视也；及观其异者，则共观而言之。夫文岂异于是乎！是故为文章者，说平实之理，载庸常之行，最难制胜。必力去陈言，标新领异，然后为佳。"古今文人好奇，其原因盖在于此。

虽然，此种文字虽极可喜，然非根本深，魄力厚，而以鸷悍之气，喷薄之势，诙诡之趣，崛强之笔，浓郁之辞，铿锵之调行之，必不能窥其奥窔。使初学而骤希乎此，其流弊可胜言乎？故《文心雕龙·定势》篇云："旧炼之才，执正以驭奇；新学之士，逐奇而失正。"苏子瞻《答黄鲁直书》亦云："晁君骚词细看甚奇丽，信其家多异材耶！然有少意，欲鲁直以己意微箴之。凡人文字，当务使平和至足之余，溢为怪奇，盖出于不得已也。晁文奇丽似差早。"东坡言"不得已"三字形容最妙。此先生《南行前集序》所以云："自少闻家君之论文，以为古之圣人，有所不能自已而作者。"而《与谢民师推官书》所以云："文章之境，如行云流水，初无定质。但常行于所当行，止于不可不止，文理自然姿态横生也。"庄子言己之书，"充实不可以已。"（《天下》）孟子曰："予岂好辩哉？予不得已也。"（《滕文公》）《汉书·艺文志》谓"齐、韩《诗传》取《春秋》，采杂说，咸非其本义与不得已。"皆深知此意者也。八家之文，惟韩公最奇。然李习之为之祭文，既曰"开阖怪骇，驱涛涌云"，又必曰"拨去其华，得其本根"。皇甫持正为之墓志铭，既曰"茹古涵今，无有端涯；浑浑灏灏，不可窥校。及其酣放，毫曲快字，凌纸怪发，鲸铿春丽，惊耀天下"；又必曰"粟密窈眇，章妥句适，精能之至，入神出天"。李南纪作《昌黎集序》，既曰"汗澜卓踔，斋泫澄深，诡然而蛟龙翔，蔚然而虎风跃，锵然而韶钧鸣又必曰："日光玉洁，周情孔思，千态万貌，卒泽于道德仁义，炳如也。"呜呼！此公之所以承八代之后，而振其衰，以返之于三代两汉欤？考唐自贞观以后，文士皆沿旧体。经开元、天宝，诗格大变，而文格犹然。迨元结、独孤及出，乃有意涮除，萧颖士、李华左右之。盖复古之功，其来有渐。其后韩公继起，乃臻极盛。然同时之士，惟子厚一人，足以肩随，余子往往不能无弊。是以《新唐书·韩愈传》云："惟愈为之，沛然若有余。其徒李翱、李汉、皇甫湜从而效之，遽不及远甚。"苏子瞻《谢欧阳内翰书》云："唐之古文自韩愈始，其后学韩而不至者为皇甫湜，学皇甫湜而不至者为孙樵。自樵以降，无足观矣。"《四库全书总目》于《李元宾集》云：观为李华从子，以古文与韩愈相砥砺。"其后愈文雄视百世"，而观文"雕琢艰深，或格格不能自达"。于《欧阳行周集》云：詹与李观、韩愈同年举进士，皆出陆贽之门。今观詹之文，与观相上下，去愈甚远。"于《绛守居园池记注》云："长庆三年，樊宗师官绛州刺史，即守居构园池，自为之记，文僻涩不可句读，好奇者多为之注。然其字句多不师古，不可训诂考证，诸家第推测以求通。一篇之文，仅七百七十七字，而众说纠纷，终无定论。别有《越王楼诗序》，僻涩与此文相类。"于《皇甫持正集》云：湜"与李翱同出韩愈，翱得愈之醇，而湜得愈之奇崛"。"郑玉《师山遗文》有《与洪君实书》"，谓其"言语叙次"，"著力铺排，往往反伤工巧，终无自然气象。"于《孙可之集》云："樵《与王霖秀才书》云：'某尝得为文真诀于来无择，来无择得之皇甫持正，皇甫持正得之韩吏部退之。'其《与友人论文书》又复云然。今观三家之文，韩愈包孕群言，自然高古；而皇甫湜稍有意为奇；樵则视湜益有努力为奇之态，其弥有意于奇，是其所以不及欤！"

合而观之，韩门诸子，不可谓非耿介拔俗；然奇堀之境之不易到，亦即诸子而可知。是以洪景卢《容斋随笔》云："《毛颖传》成，世人多笑其怪，虽裴晋公（度）亦不以为可，惟柳子独爱之。韩子以文为戏，本一篇耳，妄人既附以《革华传》。至于近时《罗文》、《江蟠》、《叶嘉》、《陆吉》诸传，纷纭杂沓，皆托以为东坡，大可笑也。"方望溪评韩公《进学解》亦云："退之为此与《毛颖传》同，以示其才无所不可，盖别调也。而茅鹿门以为'正正之旅，堂堂之阵'，是谓不知而强言"。

且夫诸子以有意为奇之故，文章日流险僻，而不能造于自然，势将授人以口实。唐末繁缛之文，因复鸣于时，历五季以至宋初而不可革。但繁缛必词胜于理，甚者或流蝶黩，或人轻靡，弊视险僻为更甚。故宋之君子多非之，柳开、穆修之徒是也。开之学及身而止；修传于尹洙，洙与永叔为友，永叔始亦工骈俪之体，由洙乃为古文。其《记旧本韩文后》云："予少家汉东，得旧本《唐昌黎先生集》于州南李尧辅家，因乞以归，读之，觉其言深厚而雄博。然予少未能悉究其义，徒见其浩然无涯，若可爱。是时天下学者，扬、刘之作，号为时文，能者取科第、擅名声，以夸荣当世，未尝有道韩文者。予亦方举进士，以礼部诗赋为事，年十有七试于州，为有司所黜，因取韩氏之文复阅之，则喟然叹曰：'学者当至于是而止尔！'因怪时人之不道，而顾已亦未暇学，时独念于予心。后七年举进士及第，官于洛阳，而尹师鲁之徒皆在，遂相与作为古文。其后天下学者亦渐趋于古，而韩文遂行于世，至于今盖三十余年，学者非韩不学也。"大抵仲涂、伯长始为于风气初开，明而未融，与元次山、独孤至之（及）同，其先导之功不可没亦同。及庐陵出，而宋之文章又极盛，虽云"再复于古"，然永叔与南丰曾氏、眉山三苏氏皆变退之之奇崛而为平易。惟临川王氏差近退之，要亦不过峭折而已，未能雄浑也。先姜坞府君，《援鹑堂笔记》谓"荆公坚瘦，又昌黎一节之奇，盖得其深处"。但介甫学韩，究不可谓非有得者。即永叔以深婉胜，未尝不绵远；子固以醇厚胜，未尝不宽博；三苏以条达胜，未尝不精悍。若明之归氏，清之方氏、姚氏、梅氏、虽气清体洁，足为一代正宗；而末流不免薄弱。曾文正公思有以挽之，故教人由介甫学韩，由山谷学杜；又使之用力《说文》、《文选》，以求深古雄厚。第此境方、姚固不能到，而论文则已见及之，如方氏《古文约选序例》云："古文气体，所贵澄清无滓。澄清之极，自然而发其光精，则《左传》、《史记》之瑰丽浓郁是也是彼以清洁为始境，并不以为止境，可知。又云："始学而求古求典，必流为明七子之伪体。"则所以防貌袭之病也。文正《日记》云："韩文之妙，实从相如、子云得来。"又云："韩文实从扬、马得来，而参以孔孟之义理，所以雄视千古。"今案《援鹑堂笔记》云："文学自是贵藻丽奇怪。屈、宋以来，再变而为相如、子云，皆如此。昌黎《南海神庙碑》，壮丽从相如来，岂宋人所能及？"惜抱先生《与张翰宣书》亦云："司马相如自是西汉之杰，昌黎《南海神庙碑》中叙景瑰丽处，即效相如赋体。但退之学人，必变其貌而取其神，故不觉耳。韩公效相如处颇多，故称之不容口。"是则文正所悟而得者，姚氏亦先言之矣。

然则吾人今日从事于此，以奇者为宗乎？抑以正者为宗乎？曰：《进学解》云："《易》奇而法，《诗》正而葩。"盖奇而不法，险僻而已，非奇也；正而不葩，肤庸而已，非正也。方密之（以智）《通雅》云："《论语》'鲜矣仁'，《孟子》'豕交之也'，何尝不奇。"又曰："格莫奇于《诗》，如《无羊》篇先叙饮讹之状。忽曰牧人乃梦，变鱼变旐，从而占之，何其幻乎！《采绿》忆远，忽而作计，此后永不相离，'薄言观者'，冷缀便收。至于《正月》、《小弁》、《雨无正》之沉悼，《巷伯》、《彼何人斯》之激怒，章法次第，最称神品，皆非后人能仿佛也。《离骚》之登天人水，作如何会？华胥之钧天，作如何会？古诗之结婚遗鲤，书字不灭，作如何会？渊明之干戚掷杖，乞酒与年，作如何会？其指远矣。"又云："'渔父鼓枻而去'。屈原似为所诃矣，且问是一人耶？二人耶？'东方有一士'，又曰'我欲观其人'，我是谁？东方之士是谁？夫奇必如此，虽迷离变化，而不失自然。"故《通雅》又引吴立夫（莱）之言云："作文如用兵，有正有奇。正者，文之法；奇者不为法缚，千变万化，坐作击刺，一时俱起者也。及正部还伍，则肃然未尝乱。"然则二者途殊，未始不同归。但入门之初，正易奇难。观惜抱先生《与王铁夫书》云："夫古人文章之体非一类，其瑰玮奇丽之振发，亦不可谓其尽出于无意也。然要是才力气势驱使之所必至，非勉力而为之也。后人勉学，觉积累纸上，有如赘疣。故文章之境，莫佳于平淡。措语遣意，有若自然生成者，此熙甫所以为文家之正传也。"又《与陈硕士书》云："文之出奇怪，惟功深以待其自至，却又须常将太史公、韩公境界悬置胸中，则笔端自与寻常境界相远。"又《与伯昂从孙书》云："大抵作诗平易则苦无味，求奇则患不稳。去此两病，乃可言佳。"此皆谓奇怪乃文章胜境，而未可一蹴几也。

雅　俗

孔子曰："恶郑声之乱雅乐也。"（《阳货》）又曰："郑声淫。"（《卫灵》）《诗序》曰："雅者，正也。"《书传》曰："淫，过也。"大抵文之过于生者，为怪僻，为直率，为粗硬；过于熟者，为滑易，为轻靡，为纤弱，皆淫也，即皆俗也。顾俗者众而风行一时，反以雅者为淡泊无味。昔《庄子·天地》篇云："大声不人于里耳，《折杨》、《皇䔍》（一作"华"），则嗑然而笑。是故高言不止于众人之心，至言不出，俗言胜也。"韩退之《与冯宿论文书》云："仆为文久，每自测，意中以为好，则人必以为恶矣。小称意人亦小怪之，大称意即人必大怪之也。时时应事，作俗下文字，下笔令人惭，及示人，则人以为好矣。小惭者亦蒙谓之小好，大惭者即必以为大好矣"。然则雅俗之不相容，虽冰炭异性，薰莸异气，不足以喻。顾不欲文章之工则已；如欲其工，就雅去俗，实为首务。是以归震川《与沈敬甫书》云："仅有一篇好者，却安排几句俗语在前，便触忤人，如好眉目又著些疮痍，可恶！"惜抱先生《与陈硕士书》云："大抵作诗、古文，皆急需先辨雅俗。俗气不除尽，则无由入门，况求妙绝之境乎？"方植之《昭昧詹言》云："古人论文，必曰：一语不落凡近'，小家不能自立，只是不解此义。""以凡近之心胸，凡近之才识，未尝深造笃嗜，不知古人之艰穷怪变险阻难到可畏之处，而又无志自欲独出古今，故不能割舍凡近也"。"但脱凡近，便是古人。"又云："学古而真有得，即有败笔，必不远背于大雅",其本不二也。尝见后世诗文家,亦颇有似古人处,而其他篇或一篇中,忽又入以极凡近卑陋语,则其人心中,于古人必无真知真好,故不能了然于雅俗之辨。譬如王、谢子弟,虽遭造次颠沛,决不作市井乞儿相。又云:"读古人诗,须观其气韵。气者,气味也;韵者,态度风致也。如对名花,其可爱处,必在形色之外。气韵分雅俗,意象分大小高下,笔势分强弱,而古人妙处,十得六七矣。"张廉卿《答刘生书》云:"夫文章之道,莫要于雅健。欲为健而厉之已甚,则或近俗;求免于俗,而务为自然,又或弱而不能振。古之为文者,若左丘明、庄周、荀卿、司马迁、韩愈之徒,沛然出之,言厉而气雄,然无有一言一字之强附而致之者也。措焉而皆得其所安,文惟此为最难。知其难也,而以意默参于二者之交,有机焉以寓其间,此固非朝暮所能企,而亦非口所能道。治之久,而一旦悠然自得于其心,是则其至焉耳。至之之道无他,广获而精导,熟讽而湛思。舍此则未有可以速化而袭取之者也。"

观以上诸家之说,可恍然于雅俗之不能不急辨矣。虽然,欲求其雅而不致于俗,有本原焉,则绩学其要也。故诸葛武侯《戒子书》云:"夫学须静也,才须学也。非学无以广才,非静无以成学。"刘彦和《文心雕龙·事类》篇亦云:"夫姜桂因地,辛在本性;文章由学,能在天资。才自内发,学以外成。有学饱而才馁,有才富而学贫。学贫者迍邅于事义,才馁者劬劳于辞情。此内外之殊方也。是以属意立文,心与笔谋,才为盟主,学为辅佐。主佐合德,文彩必霸;才学褊狭,虽美少功。"虽然,绩学固文章之要事,而尤有本原焉,则洗心之谓也。昔黄山谷《书缯卷后》云:"余尝为少年言:士大夫处世可以百为,惟不可俗,俗便不可医也。或问不俗之状,老夫曰:难言也。视其平居无以异于俗人,临大节而不可夺,此不俗人也;平日终日如含瓦石,临事一筹不画,此俗人也。虽使郭林宗、山巨源复生,不易吾言也。"又《与声叔六侄书》云:"日月易失,官职自有命,但使腹中有数百卷书,略识古人义味,便不为俗士矣。"观此可见雅俗全在人品上分别,人品全在心源上分别。故山谷《与人书》又云:"要须心地收汗马之功,读书乃有味。"苏子瞻尝诵杜子美"王侯与蝼蚁,同尽随邱墟,愿闻第一义，回向心地初"之句，以为此老诗外尚有事在，是以自为之诗亦云："世事浮云改，此心孤月明。"王厚斋《困学纪闻》因引以验其晚年所造之深。其后陆放翁示子诗云："汝果欲学诗，工夫在诗外"，与东坡如一鼻孔出气。归震川《史记总评》云："我喜怒哀乐一样不好，不敢读史。必读，得我与史为一，乃敢下笔。"夫读史且然，作文可知。故《与沈敬甫书》又云："昨文殊未佳，想是为外面慕羶蚁聚之徒动其心，却使清明之气扰乱而不能自发也。"建宁朱梅崖（仕琇）《答李瑶玉书》云："读书在先高其志，洁其心，不以外之闻见动吾耳目，然后有以自置。自置者，世虑屏而心渐同乎古人也。同乎古人，则吾心古人之心也，以观古人之言，犹吾言也；其于文也，将有不期高而自高者。"山阳潘彦辅（德舆）《养一斋诗话》云："夫所谓雅者，非第词之雅驯而已；其作诗之由，必脱弃势利，而后谓之雅也。今种种斗靡骋妍之诗，皆趋势弋利之心所流露也。词纵雅而心不雅矣，心不雅则词不能掩矣。"先考慕庭府君（讳浚昌）《叩瓴琐语》云："人若有一毫名利心未净，则文字间必有一分俗。"其皆此旨欤！

然而修词之功，亦不可少，故退之汲汲于去陈言。李习之《答朱载言书》申之云："列天地，立君臣，亲父子，别夫妇，明长幼，浃朋友，六经之旨也；浩乎若江海，高乎若邱山，赫乎若日火，包乎若天地，掇章称咏，津润怪丽，六经之词也。创意造言，皆不相师。故其读《春秋》也，如未尝有《诗》也；其读《诗》也，如未尝有《易》；其读《易》也，如未尝有《书》也；其读屈原、庄周也，如未尝有六经也。故义深则意远，意远则理辨，理辨则气直，气直则辞盛，辞盛则文工。如山有恒、华、嵩、衡焉、其同者高也，其草木之荣不必均也；如渎有淮、济、河、江焉，其同者出源到海也，其曲直、浅深、色黄白不必均也；如百品之杂焉，其同者饱于肠也，其味咸、酸、苦、辛不必均也。此因学而知者也。此创意之大归。天下之语文章，有六说焉。其尚异者，则曰：文章辞句奇险而已；其好理者，则曰：文章叙意苟通而已；其溺于时者，则曰：文章必当对；其病于时者，则曰：文章不当对；其爱难者，则曰：文章宜深不当易；其爱易者，则曰：文章宜通不当难。此皆情有所偏滞而不流，未识文章之所主也。义不深不至于理，言不信不在于教劝，而词句怪丽者有之矣，《剧秦美新》、王褒《僮约》是也。其理往往有是者，而词章不能工者有之矣，刘氏《人物表》、王氏《中说》、俗传《太公家教》是也。古之人能极于工而已，不知其词之对与否、易与难也。《诗》曰：'忧心悄悄，愠于群小。'此非对也。又曰：'遘闵既多，受侮不少。'此非不对也。《书》曰：'朕圣谗说殄行，震惊朕师。'《诗》曰'莞彼桑柔，其下侯旬，捋采其刘，瘼此下人。'此非易也。《书》曰：'允恭克让，光被四表，格于上下。'《诗》曰：'十亩之间兮，桑者闲闲兮，行与子旋兮。'此非难也。学者不知其方，而称说云云，如前所陈者，非吾之敢闻也。六经之后。百家之言兴，老聃、列御寇、庄周、鹖冠、田穰苴、孙武、屈原、宋玉、孟轲、吴起、商鞅、墨翟、鬼谷子、荀况、韩非、李斯、贾谊、枚乘、司马迁、相如、刘向、扬雄，皆足以自成一家之文，学者之所师归也。故义虽深，理虽当，词不工者不成文，宜不能传也。文、理、义三者兼并，乃能独立于一时，而不泯灭于后代，能必传也。仲尼曰：'言之无文，行之不远。'子贡曰：'文犹质也，质犹文也，虎豹之鞟，犹犬羊之鞟。'此之谓也。陆机曰：'怵他人之我先。'韩退之曰：'唯陈言之务去。'假令述笑哂之状，曰'莞尔'，则《论语》言之矣；曰'哑哑'，则《易》言之矣；曰'粲然'，则谷梁子言之矣；曰'攸尔'，则班固言之矣；曰'辗然'，则左思言之矣。吾复言之，与前文何以异也？此造言之大归。"黄太冲（宗羲）《论文管见》云："所谓陈言者，每一题必有庸人思路共集之处，缠绕笔端，剥去一层，方有至理可言。如玉在璞中，凿开顽璞，方始见玉。不可认璞为玉也。"吾邑徐椒存先生（宗亮）亦告永朴云："文之不洁，非但在字句也。陈义太尽，无含蓄之致，造句虽新，多习见之意，皆不洁也。无意于模仿，而不觉举笔辄见者是矣。夫既洗其心，又能绩学，而加以修辞，其就雅去俗何难？但欲为佳文，又必待有好题目而后可。归震川《与王子敬书》云："平生足迹不及天下，又不得当世奇功伟烈书之，增叹耳！"又《与沈敬甫书》云："可恶俗吏、俗师、俗题，见之令人不乐。"又云："子遇连来求两文去，皆俗者。作俗文亦是命。"惜抱先生《与陈硕士书》云："大抵好文字亦须待好题目然后发。积学用功，以俟一旦兴会精神之至，虽古名家亦不过如此而已。"又云："硕士意不满所作文是也。然文亦要好题发之。今只是寿序等题耳，固亦难得好文字矣。"二家所见略同。

综而观之，然后知昔人于文学家之易流于俗者，必兢兢焉辨之。《明史·文苑传》载：王弇洲（世贞）主盟文坛数十年，归震川独目为妄庸巨子。弇洲大憾，久乃心折，题其遗像曰："风行水上，涣为文章。风定波息，与水相忘。千载有公，继韩、欧阳。余岂异趋，久而自伤。"方望溪于钱受之（谦益）文章，亦诋为"秽恶"。惜抱先生《与何砚农书》云："今日诗家，大为榛塞，虽通人不能具正见。吾断谓樊榭（厉鹗）、简斋（袁枚），皆诗家之恶派。此论出必大为世怨怒，然理不可易。"吴挚甫先生与日本人论诗云："白香山自是一大家，能自开境界，前无此体，不可厚非。但其诗不易学，学则得其病痛。苏公独能学而胜之，所以为大才。苏亦谓'元轻白俗'，其所胜白者，以其不轻不俗也。"又云："近世张船山（问陶）之诗，人于轻俗。吾国论诗学者，皆以袁子才（枚）、蒋心余（士铨）、赵瓯北（翼）、张船山为戒。"如此等语，非故为苛论，正欲为去俗计耳。若夫文学家之近于正者，则崇尚之。如惜翁《与人书》云："夫唐宋以后为文者多矣，何以独推归熙甫？以熙甫能于北宋诸贤外，自开境路故也。"又云："熙甫之才气笔力，不能及唐宋韩、欧诸贤，而以与之配者，得文家之真脉，不袭其貌，而神理上通周秦。故才不必大，而可贵。"曾涤生《答南屏书》云："《与欧阳小岑书》中，论及桐城文派，不右刘、姚；至比姚氏于吕居仁，讥评得无少过？刘氏诚非有过绝辈流之诣，姚氏则深造自得，词旨渊雅，其文为世所称颂者，如《庄子章义序》、《礼笺序》、《复张君书》、《复蒋松如书》、《与孔㧑约论禘祭书》、《赠㧑约假归序》、《赠钱献之序》、《朱竹君传》、《仪郑堂记》、《南园诗存序》、《绵庄文集序》等篇，皆义精而词俊，复绝尘表。其不厌人意者，惜少雄直之气，驱迈之势。姚氏固有偏于阴柔之说，又尝自谢为才弱矣。其论文亦多诣极之语，国史称其'有古人所未尝言，鼐独抉其微，而发其蕴'。惟亟称海峰，不免阿谀私好。要之方氏以后，惜抱固当为百年正宗，未可与海峰同类而并薄之也。"如此等语，亦非为恕辞，正欲为就雅计耳。

不特此也。凡古今文章，若就一篇两篇论，则可录者多；然以全体观之，则有不能不从严者。是以惜抱先生《与陈硕士书》云："闻松江姚春木（椿）选国朝文，此不过如《唐粹》、《宋鉴》之类，备一朝之人才典章，不可以为论文之极致。如铁夫谓'宋、元人文各有可学'，此只是门面话。如云'体例有可采处'，则凡有遇皆可采，不独宋、元也。如直求可当古文家数者，则南宋虽朱子不为是，况元及明初诸贤乎？"方密之《通雅》云："《史》、《汉》、韩、苏、骚、雅、李、杜，此诗文之公谈也。但曰'吾有意在'，则执樵贩而问讯，呼市井而诟谇，亦各有其意在，其如不中节奏、不堪人耳何？"先大父石甫府君《复方彦闻书》云："唐、宋诸贤修辞之工，或不逮六朝以前；特其取义甚正，立体尤严，譬诸乐然，虽非清明广大之奏，已绝烦数淫滥之音。"先正论文所以必主八家者，非谓文章极于八家，谓八家乃斯文之途轨也。

繁　简

古人之为文章，无分于繁简也，惟得其宜而已。观刘彦和《文心雕龙·熔裁》篇，其总论熔裁曰："规范本体谓之熔，剪截浮辞谓之裁。裁则芜秽不生，熔则纲领昭畅，譬绳墨之审分，斧斤之斫削矣。"其论熔曰："凡思绪初发，辞采苦杂，心非权衡，势必轻重。是以草创鸿笔，先标三准：履端丁始，则设情以位体；举正于中，则酌事以取类；归余于终，则撮辞以举要。然后舒华布实，献替节文。绳墨以外，美材既斫，故能首尾圆合，条贯统序。若术不素定，而委心逐辞，异端丛至，骈赘必多。"其论裁曰："三准既定，次讨字句。句有可削，足见其疏；字不得减，乃知其密。精论要语，极略之体；游心窜句，极烦之体。谓繁与略，随分所好。引而伸之，则两句敷为一章；约而贯之，则一章删成两句。思赡者善敷，才核者善删。善删者字去而意留，善敷者辞殊而意显。字删而意阙，则短乏而非核；辞敷而言重，则芜秽而非赡。昔谢艾、王济，西河文士，张骏以为艾繁而不可删，济略而不可益，若二子者，可谓炼熔裁而晓繁略矣。"然则繁与简岂有定鹄乎？

自世之不善于文者，或义失之赘，或辞失之芜，于是尚简之说兴焉。此杜元凯《左传序》所以云："言高则旨远，辞约则义微。"陆士衡《文赋》所以云："要辞达而理举，故无取乎冗长"也。厥后，柳子厚《报袁君陈秀才避师名书》称"谷梁子、太史公甚峻洁"。孙可之《与高锡望书》云："在樵宜千百言，足下能数十字辄尽情状，及意穷事际，反若有千百言在笔下。"欧阳永叔作《尹师鲁墓志铭》，谓其"文章简而有法"。先姜坞府君《援鹑堂笔记》云："王介甫文可谓惜墨如金惜抱先生《与陈硕士书》云："大抵简峻之气，昌黎为最。更当于此著力。"又云："作文须见古人简质、惜墨如金处。"又云："文已阅过，但加删削尔，然似意足而味长矣。陈无已以曾子固删其文，得古文法，不知鼐差可比子固乎？花木之英，杂于芜草秽叶中，则其光不耀。夫文亦犹是耳。"又云："必欲简峻，莫若更议荆公所为，则笔间自有裁制矣。叙事之文，为繁冗所累，则气不能流行自在，不可不知。"吕月沧辑吴仲伦《古文绪论》云："上等之资从韩入，中等资从柳、王二家入，庶几文品可以峻，文笔可以古。"又云："古来博洽而不为积书所累者，莫如王介甫。渠作文不屑用前人一字，此所以高。"刘融斋《艺概》云："南人文字，失之冗弱者，十常八九，非如荆公笔力之简健，殆不足以矫且振之。"凡此皆尚简之说也。

顾亦有过简而文反不畅者。故欧阳公《与徐无党书》云："著撰苟多，他日更自精择，少去其繁，则峻洁矣。然不必勉强。勉强简节之，则不流畅。须待自然之至。"又云："作文之体，先欲奔驰，久当收节，使简重严正，或时自放以自舒。勿为一体，贝尽善矣。"顾亭林《日知录》云："辞主乎达，不论其繁与简也。繁简之论兴而文亡矣。《史记》之繁处，必胜于《汉书》之简处。《新唐书》之简也，不简于事而简于文，其所以病也。当日书成进表云：'其事则增于前，其文则省于旧。'《新唐书》所以不及古人者，正在此两句。"曾文正公《复陈右铭太守书》云："既明于戒律，持守勿失，然后下笔，造次皆有法度。乃可专精以理吾之气，深求韩公所谓'相如、子云同工'者，熟读而强探，长吟而反复，使其气若翔翥于虚无之表，其辞跌宕俊迈而不可方物。"盖论其本则循戒律之说，词愈简而道愈进；论其末则抗吾气以与古人之气相翕，有欲求太简而不得者。兼营乎本末，斟酌乎繁简，此自昔志士之所为毕生矻矻，而吾辈所当勉焉者也。"又《日记》云："李申甫在此畅谈，言渠文笔所以不甚畅者，为在己之禁令太多，难于下笔耳。余劝其破除禁令，一以条畅为主，凡办事者先贵敷陈条畅。"凡此又不全以尚简为然也。

然则，如之何而可？《日知录》云："《诗》云：'巧言如簧，颜之厚矣。'而孔子亦曰：'巧言令色，鲜矣仁。'又曰：'巧言乱德。'夫'巧言'不但言语，凡今人所作诗赋碑状足以悦人之文，皆巧言之类也。不能不足以为通人；夫惟能之而不为，乃天下之至勇也。故夫子以'刚毅木讷'为'近仁'。"又云："天下不仁之途有二：一为好犯上作乱之人，一为巧言令色之人。二者常相因：有王莽之篡弑，则必有扬雄之《美新》；有曹操之禅代，则必有潘勖之《九锡》。是故乱之所由生也，犯上者为之魁，巧言者为之辅。故大禹谓之'巧言令色孔壬'，而与骧兜、有苗同为一类。甚哉，其可畏也！"又云："《诗》言'莠言'，'莠言'者，秽言也。若郑享赵孟，而伯有赋《鹑奔》之诗；卫侯在邾，而臧孙讥粪土之言是也。君子在官言官，在府言府，在库言库，在朝言朝。狎侮之态，不及于小人；谑浪之辞，不加于妃妾。自世尚通方，人安媟慢，宋玉登墙之见，淳于灭烛之欢，遂乃告之君王，传之文字，忘其秽论，叙为美谈。以至执女手之言，发自临丧之际；啮妃唇之咏，宣于侍宴之余。于是摇头而舞八风，联袂而歌万岁，去人伦，无君子，而国命随之矣。吾辈若此等语不见于篇牍，则将有不期简而自简者。"顾氏又云："古人之文，不独一篇中无冗复也，一集之中亦无冗复。且如称人之善，见于祭文则不复见于志，见于志则不复见于他文。后之人读其全集，可互见也。又有互见于他人之文，遂不重出者。古人之重爱其言，而不必出于己，大抵如是。吾辈若知此义，则更将有不期简而自简者。"

大抵文章无论为议论，为叙事，必有归宿之处。既有归宿，则首尾一线，岂容支离之义，冗赘之辞，措于其间？昔欧公为范文正公作神道碑、尹师鲁作墓志铭，两家子孙颇有异言。欧公《与杜䜣论祁公墓志书》云：先相公"志文不若且用韩公行状添改为之，缘修文字简略，止记大节，期于久远，恐难满孝子之意。范公家神刻，为其子擅自增损，不免更作文字发明，欲后世以家集为信，尹氏子卒请韩太尉别为墓表，以此见朋友、门生、故吏与孝子用心常异。修岂负知己者，尹、范二家亦可为鉴。更思之，然能有意于传久，则须纪大而略小。此可与通识之士语，足下必深晓此。"又第二书云："《志》文今已撰了，所纪事皆录实，有稽据，皆大节与人之所难者。其他常人所能者，在他人更为巨美，不可不书；于公为可略者，皆不暇书。"其论《尹师鲁墓志》云："修见韩退之与孟郊联句，便似孟郊诗；与樊宗师作《志》，便似樊文，慕其如此，故师鲁之《志》，用意特深而语简，盖为师鲁文简而意深。又思平生作文，惟师鲁一见，展卷疾读，五行俱下，便晓人深处。因谓死者有知，必受此文。所以慰吾亡友尔，岂恤小子辈哉！"王介甫《答钱公辅学士书》云："比闻以《铭》文见属，似其意非苟然，故辄为之而不辞，不图乃犹未副所欲。鄙文自有意义，不可改也。如'得甲科为通判；通判之署，有池台竹木之胜'，此何足以为太夫人之荣，而必欲书之乎？一甲科通判，苟粗知为辞赋，皆可以得之，何足道哉？至于诸孙亦不足列。孰有五子而无七孙者乎？七孙业之有可道，固不宜略，若皆儿童，贤不肖未可知，列之于义何当也？"苏子瞻为张文定公作《墓志铭》，与其子厚之书云："《志》文计十日半月可毕。然书大事，略小节，已有六千余字；若纤悉尽书，万字不了，古无此例也。"方望溪《答乔介夫书》云："蒙谕为贤尊侍讲公作表志或家传。以鄙意裁之，第可记开海口始末。而以侍讲公奏对车逻河事及'四不可'之议附焉，传志非所宜也。盖诸体之文，各有义法。表志尺幅甚狭，而详载本议，则臃肿而不中绳墨；若约略剪截，俾情事不详，则后之人无所取鉴，而当日忘身家以排廷议之义，亦不得而见矣。"又《与孙以宁书》云："承命为孙征君作家传。古之晰于文律者，所载之事，必与其人之规模相称。太史传陆、贾，其分奴婢装资琐琐者皆载焉；若萧曹世家，而条举其治绩，则文字虽增十倍，不可得而备。

故尝见义于《留侯世家》曰：留侯'所与上从容言天下事甚众，非天下所以存亡，故不著。'此明示后世缀文之士以虚实详略之权度也。征君义侠，舍扬、左之事，皆乡曲自好者所能勉；其门墙广大，乃度时揣己，不敢如孔孟之拒孺悲夷之，非得已也，至论学，则为书甚具。故并弗采著于《传》上。仆此《传》出，必有病其太略者，不知往者群贤所述，惟务征实，故事愈详而义愈狭。今详者略，实者虚，而征君所蕴蓄，转似可得之意言之外。"又《与程若韩书》云："来示欲于《志》有所增，此未达于文之义法也。夫文未有繁而能工者，如煎金锡，粗矿去，然后黑浊之气竭而光润生。《史记》、《汉书》长篇，乃事之体本大，非按节而分寸之不遗也。"以上诸家所论，虽专主叙事言之，然观其所以营度之者，即议论之文，亦可隅反矣。

但文章既因事体之大小，而有详略之分；则篇幅或长或短，自不能不分求之。《援鹑堂笔记》云："凡作文须令邱壑万状，若小文自须高古，故昌黎云'雍容乎大篇，寂寥乎短章'也。"曾文正《家训》答其子"叙事之文，难于行气"之问，以为不然："如昌黎《曹成王碑》、《韩许公碑》，固属千奇万变；即卢夫人之《铭》、女挐之《志》，寥寥短篇，亦复雄奇崛强。试将此四篇熟看，则知二大二小，各极其妙。"文正又喜取古文章两两比较，故《日记》云："韩文志传中，有两篇相配偶者，如曹成王、韩许公两篇为偶，柳子厚、郑群两篇为偶，张署、张彻两篇为偶。推此而全集中可为偶者甚多。"如此玩索，最易得力，附录于此，以为后学之法。

疵　瑕

《易》云："其称名也，杂而不越。"（《系辞传》）《诗》云："出言有章。"（《都人士》）夫欲"不越"而"有章"，则凡文章中之疵瑕，非尽涤而去之不可。虽古来名篇，亦或不免。然未可以古人蹈此，而遂不思矫而正之也。

昔左太冲《三都赋序》云："相如赋上林，引'卢橘夏熟'；扬雄赋甘泉，陈'玉树青葱'；班固赋西都，叹以'出比目'；张衡赋西京，述以

'游海若'。考之草木，则生非其壤；校之神物，则出非其所。于辞则易为藻饰，于义则虚而无征。"刘彦和《文心雕龙·事类》篇云：陈思"《报孔璋书》言：'葛天之歌，千人唱，万人和，听者因此蔑韶夏矣。'此引事实之谬也。案葛天氏之歌，唱和三人而已。相如《上林》云：'奏陶唐之舞，听葛天之歌，千人唱，万人和。'唱和千万人，乃相如推之（原作"接人"，从黄氏叔琳校改），然而滥侈葛天，推'三'成'万'者，信赋妄书，致斯谬也。陆机《园葵》诗云：'庇足同一智，生理合异端。'夫'葵能卫足'，事讯鲍庄；'葛藟庇根'，辞自乐豫。若譬'葛'为'葵'，则引事为谬；若谓'庇'胜'卫'，则改事失真。"又《指瑕》篇云：陈思"《武帝诔》云：'尊灵永蛰。'《明帝颂》云：'圣体浮轻。''浮轻'有似于蝴蝶，'永蛰'颇疑于昆虫，施之尊极，岂其当乎？左思《七讽》，说孝而不从，反道若斯，余不足观矣。潘岳为才，善于哀文，然悲内兄则云'感口泽'，伤弱子则云'心如疑'。《礼》文在尊极，而施之下流，辞虽足哀，义斯替矣。若夫君子拟人，必于其伦，而崔瑗之诔李公，比行于黄虞；向秀之赋嵇生，方罪于李斯。与其失也，虽宁僭无滥；然高厚之诗，不类甚矣。"《颜氏家训·文章》篇云："北面事亲，别舅摛《渭阳》之咏；堂上养老，送兄赋《柏山》之悲，皆大失也。"李习之《答朱载言书》云："古之人相接有等，轻重有仪，列于经传，皆可详引。如师之于门人则名之；于朋友则字而不名；称之于师，则虽朋友亦名之。子曰：'吾与回也。'又曰：'参乎，吾道一以贯之。'又曰：'若由也，不得其死然。'是师之名门人验也。夫子于郑兄事子产，于齐兄事晏平仲，《传》曰：'子谓子产，有君子之道四焉。'又曰：'晏平仲善与人交。'子夏曰：'言游过矣。'子张曰：'子夏云何？'曾子曰：'堂堂乎张也。'是朋友字而不名验也。子贡曰：'赐也何敢望回？'又曰：'师与商也孰贤？'子游曰：'有澹台灭明者，行不由径。'是称于师朋友亦名验也。孟子曰：天下之达尊三，曰：德、爵、年。恶得有其一以慢其二哉！足下之书，曰'韦君词'、'杨君潜'。足下之德，与二君未知先后也；而足下齿幼而位卑，而皆名之。《传》曰：'吾见其与先生并行，非求益也，欲速成。'窃惧足下不思乃陷于此。"柳子厚《答杜温夫书》，亦谓其不当称已为周、孔。黄山谷《与王元直帖》又谓"称人'钧侯'、'钧旨'、'台侯'、'台旨'，必须名位相称，不可妄施。"余若刘子玄《史通·叙事》篇，论以古词代今语之非，又云："姓氏本复，不可简省从单。"孙可之《与高锡望书》云："史家职官，山川、地理、礼乐、衣服，宜直书一时制度，不当用前代名品。"嘉定钱竹汀（大昕）《跋方望溪文》载临川李巨来（绂）讥望溪省桐城之名而但曰"桐"，以为"县以'桐'名者有五：桐乡、桐庐、桐柏、桐梓，不独桐城"。竹汀《与友人书》，又谓"其人自题'太仆少卿'，沿唐宋之称省'寺'字。若题衔以意更易如此，则学士大夫之著述，转不若吏胥文移之可信。"由此推之，古人于历代帝王年号，未有不书两字者；今人或连用两朝年号，遂减省书之，如曰"顺康"，曰"雍乾"，曰"嘉道"，曰"咸同"之类，古人于高祖之父称"五世祖"，以上依此推之；今人乃自始祖顺数而下。古人以"伯叔"称兄弟，《诗》所谓"伯兮叔兮"也；（《萚兮》）今人乃施之于伯父、叔父。古人女子称其兄弟之子曰"侄"，《左传》所谓"侄其从姑"也；（僖十五年）今人虽男子亦称兄弟之子为侄，皆甚不合。至《四库全书总目》论《李文公集》云："《集》中《皇祖实录》一篇，立名颇为僭越。夫'皇祖'、'皇考'文见《礼经》。至明英宗时，始著为禁令。翱在其前，称之犹有说也；若'实录'之名，则六代以来，已定为帝制，《隋志》所载，班班可稽，唐、宋以来，臣庶无敢称者。翱乃以题其祖之行状，殊为不经。"此说亦是，考古于"皇"字本有"君也"、"大也"、"美也"诸训，故《仪礼士虞礼》、《特牲馈食礼》、《少牢馈食礼》，祝辞皆称"皇祖"、"皇祖妣"。《礼记·曲礼》："王父曰'皇祖考'，王母曰'皇祖妣'，父曰'皇考'，母曰'皇妣'。"《离骚》："皇览揆余于初度兮。"注："皇，皇考也。"宋欧阳永叔《泷冈阡表》亦云："皇曾祖府君"，"皇祖府君"、"皇考崇公"、"皇妣"。然韩魏公（琦）已尝易"皇"为"显"，盖宁谨无僭。其禁令虽始于明，而士大夫之不敢同于帝制，固非一日矣。顾亭林《日知录》云："古人非'三公'不称'公'。此外称之者，必其父、祖，司马迁称父'太史公'是也。不然则尊老之辞,如'冯公'、'南公'、'东平嬴公'、'元城建公'是也。又不然则失其名者,如'新城三老董公'、'太仓令淳于公'、'胶西盖公'、'东园公'、'夏黄公'、'河南守吴公'之属是也。"黄太冲《金石要例》云:"名位著者称'公';名位虽著,同辈以下称'君',耆旧则称'府君'。《昌黎集》中有'董府君'、'独孤府君'、'张府君'、'卫府君',、'卢府君'、'韩府君'。有文名者称'先生',如昌黎之称'施先生'、'贞曜先生',皇甫湜之称'昌黎韩先生'。友人则称字,如昌黎之于李元宾、樊绍述。"恽子居《大云山房文稿通例》,于监司以上书"公",以下书"君",余与《金石要例》略同。此皆文章援引故实,及名称之间,所不可不致慎者也。

若夫立言所尚,尤在得体。如欧阳永叔《与尹师鲁书》云:"尝与安道言,每见前世有名人,当论事时,感激不避诛死,真若知义者。及到贬所,则戚戚怨嗟,有不堪之穷愁,形于文字,其心欢戚无异庸人,虽韩文公不免此累。"用此戒安道勿作戚戚之文。苏子由论诗病云:"唐人工于为诗,而陋于闻道。孟郊尝有诗云:'食荠肠亦苦,强歌声无欢。出门如有碍,谁谓天地宽?'郊耿介之士,虽天地之大,无以安其身。起居饮食,有戚戚之忧,亦异乎颜子之在陋巷矣。"平湖陆清献公(陇其)《三鱼堂日记》评唐人诗"一日看除目,十年损道心",以为"何至如此,可见胸无主张"。惜抱先生《五七言今体诗钞》评唐人"要路眼看知己在,不应穷巷久低眉",以为"干乞之辞,唐人多有之,而此等语尤猥陋"。又《古文辞类纂》评苏明允《送石昌言为北使引》,述"昌言官两制,为天子出使万里之外,建大旆,从骑数百,送车千乘,自思为儿时,见昌言先府君旁,安知其至此"。以为"此明允胸襟陋处,昌黎必不然"。方植之《昭昧詹言》云:诗中苦语,"不宜自己正述,恐失之卑俭寒乞;若说则索兴说之,须是悲壮苍凉沉痛,令人感动心脾。"愚谓此种当以东方曼倩(朔)《答客难》、扬子云《解嘲》、韩文公《进学解》、《送穷文》为法。其在诗则当如杜子美醉时歌所云"但觉高歌有鬼神,焉知饿死填沟壑"。退之《八月十五夜赠张功曹》所云"一年明月今宵多,人生由命非由他。有酒不饮奈明何"为法,自然遣词措意，不至衰飒。凡此皆述遭遇所不可不知者也。郑东甫尝言："郑康成注经，于先辈之说异己者，必陈于前，而载己说于后，以待后人采择，从不肯加一诋毁语。至同时人乃施攻击焉，发墨守，箴膏肓，起废疾，是也。"盖敬礼先辈，自当如此。永朴妹夫范肯堂（当世）亦言："文章所尤难者，在乎骂讥王侯将相，而敬慎不渝，与下辈稍解文学、纵情牢骚者，判若天壤。文章虽极诙嘲，而定有一种渊穆气象，望而知为儒人之盛业，与杂家小说不同。"此两说又可为议论先辈与时事之法。前说即《礼记》"儒行博学以知服"之义，后说即《诗序》"主文而谲谏，言之者无罪，闻之者足以戒"之义。至于称述先世，措辞亦宜矜慎。昔孔、孟叙列古仁圣贤人备矣，而罕及先德；惟《中庸》赞孔子，独淋漓尽致。此因孔子为万世所宗，无夸饰之嫌而然。他若太史公、班孟坚叙祖考语皆约。欧阳公《泷冈阡表》述其父事于母训之中。曾子固《先大夫集后序》又即其祖平生不得志处，见其大节。归熙甫《先妣事略》亦真朴。昔人所以皆谓为得休。梁苣林《退庵随笔》云："朱子作《韦斋先生（松）行述》，只平平叙次。伊川为大中（埛）作文，亦无一语褒扬。惟其如此，是以可信。"永朴姊夫马通伯（其昶）尝云"庄周有言：'孝子不谀其亲，忠臣不谄其君。'失所谓谀谄者，岂必无其实而虚称以诬之哉！侍言尊者之侧，语贵质而不敢尽也，而或饰之，君子曰，是相疏外之道也。其于为文，亦若是焉而已。据事直书，使览者自得其情，而于言若有所不敢出者，敬之至也。"两说并得之。

又黄山谷《答洪驹父书》云："东坡文章妙天下，其短处在好骂。慎勿袭其轨也。"吕月沧辑吴仲伦《古文绪论》云："《史记》未尝不骂世，却无一字纤刻。柳文如《宋清》、《赖蚿》等传，未免小说气。故姚惜抱于诸传中，只选《郭橐驼》一篇。所谓小说气，不专在字句；有字句古雅，而用意纤刻，则亦近小说。看昌黎《毛颖传》直是大文章。"洪景卢《容斋三笔》云："东汉碑铭载人先代，多只书官，唐宋人又往往只书其人曰'讳某'、'字某'，不存其名，殊乖孝子慈孙欲显扬先祖之意。"《五笔》云："欧阳公文自称'予'，虽说君上处亦然。而韩公无论施于尊卑皆曰'愈'，谦以下人，此可为法。"会稽章实斋（学诚）《文史通义》论古文十弊,其一云:"有投其母行述,请大兴朱先生(筠)作志,叙其母节孝,谓乃祖衰年病废,卧床溲便无时,家无次丁,乃母不避秽亵,躬亲薰濯。其事美矣。又述乃祖于时不安,乃母对曰:'妇年五十,今事八十老翁,何嫌何疑!'呜呼!母行可嘉,而子不肖甚矣。本无介带,何有嫌疑?节母既明大义,必不为是言也。何必斡旋,反如冰雪肌肤成疮痏,"其二云:"江南旧家修宗谱,有群从先世为子聘某氏女,后以道远家贫,力不能婚,恐失时,伪报子殇,俾女别聘。其女遂不食死,是于守贞、殉烈两无所处,而女实不愧贞烈。据事直书,翁诚不能无歉然,然究不足为大恶。乃匿其辞曰:'书报幼子之殇,女家误以为婿。'夫千万里无故报幼子殇,又不道及男女婚期,明者皆知其无是理,则因求圆而反病矣。"其三云:"尝见有为人撰志者,末叙丧费出于贵人,及内亲竭劳其事,询之皆子虚乌有。且其子长成,非必待人经理者也。诘其何以失实至此,则曰:'仿韩文志柳州墓。终篇有归葬"费出观察使裴君行立。"又舅弟卢遵"既往葬子厚,又将经纪其家。"文情深厚,欲似之耳。'削趾适屦,莫此为甚。"其四云:"有名士为人作传,自云:'吾乡学者鲜知根本,惟余及某甲为功于经术耳。'所谓某甲,固有时名,亦未见必长经术,作者乃援附为名,恶矣!又有江湖游士,以诗著名,实亦未副。然有名实出其下者,为人作诗集序,述请者之言曰:'君与某甲齐名,某甲既已弁言,君乌得无题品?'夫齐名本无其说,则请者必无是言,而藉人炫己,颜颊岂复知忸怩哉!"其五云:"雍正间诏裁陋规,惩治贪墨,彼时居官,大法小廉,殆成风俗,时势然也。今观传志碑状之文,亦盛称其时府州县官,杜绝馈遗,清苦自守。不知逼于功令,万人所同,不足为盛节。此之谓不达时势。"其六云:"朱先生尝为故编修蒋君撰志,中叙国家前后平定准回要略,则以蒋君总修方略,独力勤劳,书成身死,而不得叙功故也。后见某中书舍人死,有为作家传者,全袭蒋志原文。盖其人尝任分纂数月,于例得列衔名者耳,其实于书未寓目也。而文人喜于撼事,几等军吏攘功,何可训也!"其七云:"近来学者每见残碑断石,余文剩字,不关于正义者,往往藉以考古制度,补史缺遗,因之行文贪多务得,明知非要,不惮辞费。夫传人者文如其人,述事者文如其事,足矣。其或有关考证，要必本质所具；即或闲情逸出，正为阿堵传神。不此之务，但知市菜求增，岂非画蛇添足耶？"其八云："贞烈妇女，明诗习礼，固有之矣；其有未尝学问，或出乡里委巷，甚至佣妪鬻婢，特出天性之优，难期儒雅。每见此等传记，述其言辞，原本《论语》、《孝经》，出入《毛诗》、《内则》，刘向之《传》，曹昭之《诫》，不啻自其口出，可谓文矣！抑思善相夫者，何必尽识鹿车、鸿案？善教子者，岂皆熟记画荻、丸熊？自文人胸有成竹，遂致闺修皆如版印。与其文而失实，何如质以传真？由是推之，名将起于卒伍，义侠或奋闾阎，言辞不必经生，记述贵于宛肖。世有作者，于此多不致思，是以文为戏也。"余二条谓不可以时文眼孔作文论文，兹弗备录。

工　夫

魏文帝《典论》云："盖文章，经国之大业，不朽之盛事，年寿有时而尽，荣乐止乎其身，二者必至之常期，未若文章之无穷。是以古之作者，寄身于翰墨，见意于篇籍，不假良史之辞，不托飞驰之势，而声名自传于后。故西伯幽而演《易》，周旦显而制《礼》，不以隐约而弗务，不以康乐而加思。夫然，则古人贱尺璧而重寸阴，惧乎时之过已。而人多不强力，贫贱则慑于饥寒，富贵则流于佚乐，遂营目前之务，而遗千载之功，日月逝于上，体貌衰于下，忽然与万物迁化，斯志士之大痛也。"王仲任《论衡·射短》篇云："知古不知今，谓之陆沉；知今不知古，谓之盲瞽。"《颜氏家训·勉学》篇云："士大夫子弟，数岁以上，莫不被教，多者或至《礼》、《传》，少者不失《诗》、《论》。及至冠婚，体性稍定，因此天机，倍须训诱。有志尚者，遂能磨砺以就素业；无履立者，自兹惰慢，便为凡人。人生在世，会当有业。农民则计量耕稼，商贾则讨论货贿，工巧则致精器用，伎艺则深思法术，武夫则惯习弓马，文字则讲议经书。多见士大夫，耻涉商贾，羞务工伎，射既不能穿札，笔则才记姓名，饱食醉酒，忽忽无事，以此销日，以此终年，或因家世余绪，得一阶半级，便谓为足，安能自苦！及有吉凶大事，议论得失，蒙然张口，如坐云雾；公私宴集，谈古赋诗，塞默低头，欠伸而已。有识旁观，代其人地。何惜数年勤学，长受一生愧辱哉！"韩退之《符读书城南诗》云（退之子名昶，符其小字）："文章岂不贵？经训乃菑畬。潢潦无根源，朝满夕已除。人不通古今，马牛而襟裾。行身陷不义，况望多名誉！"凡此皆勉人用力文学之语也。

大抵人果有志于文学，而后有甘苦可言。如陆士衡《文赋》云："方天机之骏利，夫何纷而不理。思风发于胸臆，言泉流于唇齿。纷葳蕤以馺遝，惟豪素之所拟。文徽徽以溢目，音泠泠而盈耳。及其六情底滞，志往神留。兀若枯木，豁若涸流，揽营魂以探赜，顿清爽于自求。理翳翳而愈伏，思乙乙其若抽。"韩退之《答李翊书》云："愈之所为，不自知其至犹未也。虽然，学之二十余年矣。始者，非三代两汉之书不敢观，非圣人之志不敢存，处若忘，行若遗，俨乎其若思，茫乎其若迷。当其取于心而注于手也，唯陈言之务去，戛戛乎其难哉！其观于人，不知其非笑之为非笑也。如是者亦有年，犹不改，然后识古书之正伪，与虽正而不至焉者，昭昭然黑白分矣。而务去之，乃徐有得也。当其取于心而注于手也，汩汩然来矣。其观于人也。笑之则以为喜，誉之则以为忧，以其犹有人之说者存也。如是者亦有年，然后浩乎其沛然矣。吾又惧其杂也，迎而距之，平心而察之，其皆醇也，然后肆焉。虽然，不可以不养也。行之乎仁义之途，游之乎《诗》、《书》之源，无迷其途，无绝其源，终吾身而已矣。"又《上兵部李侍郎书》云："性本好文学，因困厄悲愁，无所告语，遂得究穷于经、传、史记、百家之说。沉潜乎训义，反复乎句读，砻磨乎事业，而奋发乎文章。"又《进学解》云："先生口不绝吟于六艺之文，手不停披于百家之编，纪事者必提其要，纂言者必钩其元，贪多务得，细大不捐，焚膏油以继晷，恒兀兀以穷年。先生之业，可谓勤矣。"柳子厚《答韦中立论师道书》云："故吾每为文章，未尝敢以轻心掉之，惧其剽而不留也；未尝敢以怠心易之，惧其弛而不严也；未尝敢以昏气出之，惧其昧没而杂也；未尝敢以矜气作之，惧其偃蹇而骄也。抑之欲其奥，扬之欲其明，疏之欲其通，廉之欲其节，激而发之欲其清，固而存之欲其重。此吾所以羽翼夫道也。本之《书》

以求其质，木之《诗》以求其恒，本之《礼》以求其宜，本之《春秋》以求其断，本之《易》以求其动。此吾所以取道之原也。参之谷梁氏以厉其气，参之《荀》、《孟》以畅其支，参之《庄》、《老》以肆其端，参之《国语》以博其趣，参之《离骚》以致其幽，参之太史以著其洁。此吾所以旁推交通而以为文也。"苏明允《上欧阳内翰书》云："洵少年不学，生二十五岁，始知读书，从士君子游。年既已晚，而又不遂，刻意厉行，以古人自期，而视与己同列者，皆不胜已，则遂以为可矣。其后困益甚！然后取古人之文而读之，始觉其出言用意与己大异；时复内顾，自思其才，则又似夫不遂止于是而已者。由是尽烧其曩时所为文数百篇，取《论语》、《孟子》、韩子及其他圣人贤人之文，而兀然端坐终日以读之者七八年矣。方其始也，人其中而惶然，博观于其外，而骇然以惊。及其久也，读之益精，而其胸中豁然以明，若人之言，固当然者，然犹未敢自出其言也。时既久，胸中之言日益多，不能自制，试出而书之，已而再读之，浑浑乎觉其来之易矣。"子瞻自评文云："吾文如万斛泉源，不择地皆可出。在平地滔滔汩汩，虽一日千里无难；及其与山石曲折，随物赋形，而不可知也。所可知者，常行于所当行，常止于不可不止。如是而已矣。其他虽吾亦不能知也。"陆放翁《壬子九月夜读歌诗稿有感》云："我昔学诗未有得，残余未免从人乞，力孱气馁心自知，妄取虚名有惭色。四十从戎驻南郑，酣宴军中夜连日，打球筑场一千步，阅马列厩三百匹。华灯纵博声满楼，宝钗夜舞光照席，琵琶弦急冰雹飞，羯鼓手匀风雨疾。诗家三昧忽见前，屈、宋在眼原历历，天机云锦为我用，剪裁妙处非刀尺。世间才杰固不乏，秋毫未合天地隔。放翁老死何足论，《广陵散》绝还堪惜。"盖诸家自道其平生之所经历者如此。

若夫因甘苦而知各体之难易，如方望溪《答程夔州书》云："散体惟记难撰结。论、辨、书、疏，有所言之事，志、传、表、状，则行谊显然；惟记无质干可立，徒具工筑兴作之程期，殿观楼台之位置，雷同铺叙，使览者厌倦，甚无谓也。故昌黎作记，多缘情事为波澜；永叔、介甫则别求义理以寓襟抱；柳子厚惟记山水，刻雕众形，能移人之情；至《监察四门助教》、《武功县丞厅壁》诸记，则皆世俗人语言意思。"曾文正公《笔记》云：

"古今文字，惟辞赋敷陈之类，大政典礼之类，非博学通识，殆庶之才，不足以涉其藩篱。"而张廉卿先生又告永朴以论说之不易为，其意以为"自诸子后，其足自立者惟《过秦论》、《原道》、《原性》、《原毁》、《本论》、《志林》十余篇耳。其他皆无甚补于世，或且有损。故不可不慎。"吾弟叔节亦言："每见海内才杰，年少气壮，议论之文，多可观者。至于叙述，则凌杂蔓衍，多无法则；或谨于法矣，又索漠少生气。及已得途径，乃觉纪事之文尚易，而议论转难。盖议论必发古人所未得，又其说非关系乎宇宙，能自成一家言，不为工也。以才笔自雄，徒辞费耳。"此皆论古文中诸体者。但先姜坞府君《援鹑堂笔记》引安溪李文贞公（光地）尝语人云："某友看古文，不从议论文字入手，先读碑版文字，亦是一病。故为文亦长于碑版，若议论文字，便不出色。"此条亦不可不与张廉卿之说合观。至于诗中诸体，洪景卢《容斋三笔》云："予编唐人绝句，得七言七千五百首，五言二千五百首，合为万首。而六言不满四十，信乎其难工也。"曾文正公《家训》云："四言诗最难有声响，有光芒，后世为此体而光如皎日、响若春霆者，惟韩公耳。"惜抱先生《五七言今体诗钞》云："五言排律，古今止杜公，有千门万户、开阖阴阳之意。自来学杜者，他体犹能近似，长律则愈邈矣。"方植之《昭昧詹言》云："诗莫难于七古。七古以才气为主，纵横变化，雄奇浑灏，亦由天授，不可强能。杜公、太白，天地元气，直与《史记》相埒，两千年来，止此二人。其次，则须解古文者，而后能为之。观韩、欧、苏三家，章法剪裁，纯以古文之法行之，所以独步千古。南宋以后，古文之传绝，七言古诗，遂无大宗。"又云："世之文士，无人不作诗，无诗不七律。不知诗之诸体，七律最难，尚在七古之上。何也？七古以才气为主，而驰骤、疾徐、短长、高下，任我之意以为起讫；七律束于八句之中，以短篇须纵横奇恣"，而又"章法井然，所以难也"。

然则学者用功宜如何？窃观古人虽博览群籍，而其所得力者，莫不可屈指而数。除韩、柳已见前所引外，他如王厚斋《困学纪闻》云："东坡得文法于《檀弓》，后山得文法于《伯夷传》。"黄山谷《与王观复书》云："往年尝请问东坡先生作文章之法，东坡云：'但熟读《礼记·檀弓》当得之。'既而取读数百过，然后知后世作文章不及古人之病，如观日月也。"又《与苏大通书》云："凡读书法，要以经术为主。经术深邃，则观史易知人之贤不肖，遇事得失易以明矣。又读书先务精而不务博，有余力乃能纵横尔。"又《与斌老书》云："《左传》、《前汉书》读得彻否？书不用求多，但要涓涓不废。江出岷山，源若瓮口；及其至于楚国，横绝千里。非方舟不可济。惟其有源而不息，受下流多，故也。"又《与敦礼秘校帖》云："班固《汉书》最好读。然须卷帙先后，字字读过，久之，使一代事参错在胸中，便为不负班固耳。"又《与朱圣弼书》云："能逐日缀一两时，读《汉书》一卷，积一岁之力，所得多矣。遇事繁暂阙，明日辄续，则意味自相接。"苏子由作《欧阳公神道碑》云："公于六经长于《易》、《诗》、《春秋》。"又《亡兄子瞻墓志铭》云："公少与辙皆师先君，初好贾谊、陆贽书，论古今治乱，不为空言。既而读《庄子》，喟然叹息曰：'吾昔有见于中，口未能言；今见《庄子》，得吾心矣。'"陆放翁《老学庵笔记》云："王荆公有《诗正义》一部，朝夕不离手，字大半不可辨。"又云："东坡在岭海间，最喜诵陶诗、柳文，谓之'南迁二友'。"朱子平生于经史外，最服膺南丰曾氏，而《语类》又云："读韩文熟，便能做得韩公文字；读苏文熟，便能做得苏公文字。"据此可见欲为兹学，未有不专心致志读几部紧要书，而能有成者。

其下手方法，则《困学纪闻》载沈亚之《送韩静略序》云："文之病烦久矣。闻之韩祭酒之言曰：'譬如善艺树者，必壅以美壤，以时沃灌。'"祭酒即韩公也。欧阳公《归田录》云："余生平所作文章，多在三上：乃马上、枕上、厕上也。盖惟此尤可以属思尔。"《东坡集》载孙莘老（觉）尝乘间问欧阳公以文章，答云："无他术，惟勤读书而多为之，自工。世人患作文字少，又懒读书，每一篇出，即求过人，如此少有至者。疵病不必待人指摘，多作自能见之。"黄山谷《与洪驹父书》云："诸文皆好，但少古人绳墨。凡作文须有宗有趣，终始关键，有开有阖，如四渎虽纳百川，或汇而为广泽，汪洋千里，要自发源注海耳。"又《与王立之帖》云："欲追配古人，须观古人用意曲折处，讲学之，然后下笔。譬如巧女，文绣妙一世，若欲作锦，必得锦机，乃能成锦尔。"刘海峰《论文偶记》云："凡行文多寡、短长、抑扬、高下，无一定之律，而有一定之妙，可以意会，而不可以言传。学者求神气而得之于音节，求音节而得之于字句，则思过半矣。其要只在读古人文字时，便以此身代古人说话，一吞一吐，皆由彼而不由我。烂熟后，我之神气，即古人之神气，古人之音节，都在我喉吻间；合我之喉吻者，便是与古人神气、音节相似处。久之自然铿锵发金石。"又云："记得多便可生悟。譬如弈棋，记得谱多，也须有过人之著。"又云："文章到极妙处，便一字不可移易，所谓'无一定之律，而有一定之妙'。"惜抱先生《与鲁宾之书》云："夫学文者，利病、短长，下笔时必自知之。更取以与所读古人文较量得失，使无不明了。充其得而救其失，可人古人之室矣，岂必同时人言其优劣哉！言之者未必当，不若精心自知之明也。"《与陈硕士书》云："学文之法无他，多读多为，以待其一日之成就，非可以人力速之也。士苟非有天启，必不能尽其神妙；然苟人辍其力，则天亦何自而启之哉！"又云："大抵文字须熟乃妙。熟则利病自明，手之所至，随意生态，常语滞义，不遣而自去矣。"又云："亦只是熟读多作，固无他法。"又云："文家有意佳处，可以著力；无意佳处，不可著力。功深听其自至可也。"又云："凡学诗文之事，观览不可不泛博；若其熟读精思效法者，则欲其少，不欲其多。"梁茝林《退庵随笔》云："读书贵熟，作文亦然。昔有问欧阳公作文法者，公曰：'吾于贤岂有吝惜？只是要熟耳。变化姿态，皆从熟出也。'"又引毛稚黄之言云："或疑文有生而佳者，此必熟后之生也。熟后之生必佳；若未熟之生，则生疏而已，焉得佳乎？"曾文正《复邓寅皆书》云："吾意学者于看、读、写、作四者，缺一不可。看者，涉猎，宜多宜速；读者，讽咏，宜熟宜专。看者，'日知其所亡'；读者，'月无忘其所能'。看者，如商贾趋利，闻风即往，但求其多；读者，如富人积钱，日夜摩挲，但求其久。看者，如攻城拓地；读者，如守土防隘。二者截然，不可阙，亦不可混。至写字，不多则不熟，不熟则不速，无论何事，均不能敏以图功。至作文，则所以瀹此心之灵机也。心常用则活，不用则窒。如泉在地，不凿汲则不得甘醴；如玉在璞，不切磋则不成令器。自古名人，虽韩、欧之文章，范、韩之事业，程、朱之道术，断无久不作文之理。故张子云：'心有所开，即便札记，不思则还塞之矣。'"诸家所言，其开示后人，皆极亲切。

大抵读文看文，有用选本与专集两法。选本《四库全书总目》所谓总集类也，专集则别集类也。选本之佳者，既分撷其英华，又合论其同异，故于初学为便。然不阅专集，终不能窥全豹，譬如尝鼎一脔，安得自诩知味？且彼操选政者，亦自阅专集而来。若吾人但知选本，而不求诸专集，究恐难浃洽贯串。《朱子语类》云："作诗先须看李、杜，如士人治本经，本既立，次第方可看苏、黄以次诸家诗。"此教人看诗集法，文集可依此推之。自周、秦、两汉文章外，当以唐、宋八大家为先，而后及其余。先姜坞府君尝论明人流览多，爱浸淫于后代文集，而不自振。吴挚甫先生亦告永朴多读秦、汉人书，少作宋、元人语。此意学者不可不知。此外犹有三法：一曰分段落。盖不先将段落分清，何由寻古人线索，而得其精神？惜抱先生于文之深古者，每注明各段大意，曾文正读书尤详于分段，皆以此。番禺陈兰甫（澧）亦言《小雅》"有伦有脊"之语，即作文之法。作文必先读文。凡读古人之文，每篇必求其主意而标志之，寻其伦次而分画之，明乎古人之4有伦有脊"，而后我之作文能"有伦有脊"也。二曰观古人评点。惜抱先生《答徐季雅书》云："夫文章之事，有可言喻者，有不可言喻者。不可言喻者，要必自可言喻者而入之。韩昌黎、柳子厚、欧、苏所言论之旨，彼固无欺人语，后之论文者，岂能更有以逾之哉！若夫其不可言喻者，则在乎久为之自得而已。震川阅本《史记》，于学文最为有益，圈点启发人意，有愈于解说者矣。可借一部临之，熟读必觉有大胜处。"昔永朴先考慕庭府君尝言：吾乡戴存庄孝廉（钧衡）入都，曾文正询古文法，存庄以《惜抱轩尺牍》告之，文正由是益肆力文章，故作《圣哲画像记》云："国藩之粗解文字，由姚先生启之也。"《欧阳生文集序》亦及存庄，谓"精力过绝人，自以为守其邑先正之法，嬗之后进，义无所让"。观此可见为文必有导师。特古今评点极多，苟非善者，或反害初学而乱人意，亦宜知所择耳。三曰观古人注释。夫注释之为益有三：一在知年月。张文端公《聪训斋语》云：

"予于白、陆诗，皆细注年月，知彼于何年引退，其衰健之迹皆可指。"古文亦然，必如此乃可知才力早晚强弱、深浅之不同。二在知典故。盖古人无一字无本，况其中多有稽古事、述旧章之处，能考其根据，则晓然于运用及援引之法。三在知命意。古人立言，每因时而发，非详辨之，不能知人论世。但不可穿凿为说。《四库全书总目》论《楚辞》云："词赋之体与叙事不同，寄托之言与庄语不同，往往恍惚汗漫，翕张反复，迥出于蹊径之外，而曲终乃归于本意。疏以训诂，核以事实，则刻舟而求剑矣。如《离骚》大旨全在篇末，以前皆文章之波澜。不观其通，而句句字字必求其人以实之，反诋古人之疏舛，是亦苏轼所谓'作诗必此诗'也。"又论杜诗云："自宋人倡'诗史'之说，而笺杜诗者，遂以刘、宋祁二书据为稿本，一字一句，务使与纪传相符。夫忠君爱国，君子之心；感事忧时，风人之旨。杜诗所以高出于诸家者，固在于是，然集中根本不过数十首耳。《咏日》而以为比肃宗，《咏萤》而以为比李辅国，则诗家无景物矣。谓'纨袴'下服比小人，谓'儒冠'上服比君子，则诗家无字句矣。'《援鹑堂笔记》云："何义门于阮嗣宗《咏怀》诗，多援魏、晋易代之事释之。夫阮旨渊放，归趣难求，昔人之所怯言。而必一一举其事以实之，岂悉合哉？"侯官严几道（复）亦告永朴云："此古诗耳。八十余首，不必作于一时。谓身仕乱朝，语忧情郁，则闻命矣；若谓皆缘一事而发，非讥曹爽，即刺典午，殆不其然。"然则此等必有佐证乃可信，否则与其凭臆以断，又不若阙如之为愈矣。若作文之法，以勤于改削为要。观吕居仁《紫微诗话》云："老杜云：'新诗改罢自长吟。'文字频改，功夫自进。欧公作文时加窜定，有终篇不留一字者。山谷晚年多定前作。"《朱子语类》云："尝见欧公《醉翁亭记》原稿，发端凡三四行，后悉涂去，而易以'环滁皆山也'五字。"洪景卢《容斋续笔》云："王荆公绝句'春风又绿江南岸'，原稿'绿'作'到'，圈去。注曰：'不好'，改'过'字，复圈去，改为'入'，旋改'满'。凡如是十许字，始定为'绿'。黄鲁直诗'两蝉正用一枝鸣'，'用'初用'抱'，又改曰'占'，曰'在'，曰'带'，曰'要'至'用'字始定。"可见古人无不如是。是以泾县包慎伯（世臣）《乐山堂文钞序》云：

"自唐以来，世所盛称者八家。是八家者，则既千载如生已；而并世挤辈，亦托以不朽。文字之力。吹枯嘘生，有同造物。然吾闻欧阳子为文，脱稿即糊墙壁间，出入涂乙，至不存原文一字。夫欧阳之初稿，其超越寻常，岂顾问哉！而必涂乙至不存一字乃自惬，则知韩、柳、王、苏、曾之造诣，亦必尔也。"昌黎之颂李、杜曰："流落人间者，泰山一毫芒。"则知古人皆作之多而存之寡也。李、杜集中有两三稿并存者，则知古人虽再三改窜，而犹有未定也。亦有求助于师友者。曹子建《与杨德祖书》云："仆尝好人讥弹其文，有不善者，应时改定。昔丁敬礼（仪）尝作小文，使仆润饰之。仆自以才不过若人，辞不为也。敬礼谓仆：'卿何所疑难？文之佳恶，吾自得之，后世谁相知定吾文者耶？'吾尝叹此达言以为美谈。"《容斋续笔》引任为王俭主簿，俭出自作文，令昉点正，昉因定数字。俭叹曰："后世谁知子定吾文？"以为正用子建此书。《五笔》又载："范文正公《严先生祠堂记》歌词'云山苍苍，江水泱泱，先生之德，山高水长。'以示南丰李泰伯（觏），李读之起而言曰：'公之文必将名世，妄意易一字以成盛美。'公叩之，答曰：'"云山"、"江水"之语，于义甚大，于词甚溥，而"德"字承之，乃似趑趄，拟换作"风"字如何？'公凝坐颔首，殆欲下拜。"《颜氏家训·文章》篇亦云："学为文章，先谋亲友，得其评论者，然后出手。慎勿师心自任，取笑旁人也。"如此数条，求人改削，是或一道，但不可请人代作，如此则永无长进之望矣。至于誊写亦不可草率。《聪训斋语》云："使人代写，最是大家子弟陋习。写文要工致，不可错落涂抹，所关于色泽不小。"斯言亦宜念之。

又《颜氏家训》言："学问有利钝，文章有巧拙。钝学累功，不妨精熟；拙文研思，终归蚩鄙。但成学士，自足为人；必乏天才，勿强操笔。吾见世人，至于无才思，自谓清华，流布丑拙，亦已众矣，江南号为'冷痴符'。"（《文章》）此自即不足与于大雅之林者言之。吾人倘自度才力可以研精此学，亦宜以专精为贵。昔方望溪尝作诗，海宁查他山（慎行）见之曰："子诗不能工，徒夺为文力。"望溪自是不为诗。惜抱先生尝作词，嘉宁王凤喈（鸣盛）语休宁戴东原（震）曰："吾昔畏姬传，今不畏之矣。"

东原曰："何耶？"曰："彼好多能，见人一长，辄思并之。夫专力则精，杂学则粗，故不足畏也。"东原以告，惜抱自是不为词。此二事相类，因足为后生龟鉴，附录于此。

结 论

　　永朴为诸君撰《文学研究法》二十四篇，于文章奥窔，言之亦略具矣。虽然，犹有一说焉。大抵昔人论文，皆本其所阅历者告人，欲人目前依之用力，则将来得力较为直捷耳。若但袭其语以为谈助，遂居之不疑，谓"真诀吾已得之"，是道听途说也。夫天下岂有道听途说而可以收实效者？是故欲工兹学，非有真悟不可。昔惜抱先生《与陈硕士书》云："文家之事，大似禅悟，观人评论圈点，皆是借径。一旦豁然有得，呵佛骂祖，无不可者。此中自有真实境地，必不疑于狂肆妄言，未证为证也。"而与先大父石甫君书又云："凡诗文事与禅家相似，须由悟入，非语言所能传。然悟之后，则反观昔人所论文章之事，极是明了也。欲悟亦无他法，熟读精思而已。"又云："此不可急求，深读久为，自有悟入。"是则真悟必出于真知，真知必出于真学也。曩尝喜程伊川谈虎之喻，以为中惟一人闻之色变，盖曾为虎所伤，故深知之。而明道语王介甫云："公之谈道，正如说十三级塔上相轮，对望之曰：'如此如此'，极是分明。某则不然，必直入寻之，辛苦登攀，逦迤而上，直至十二级时，虽犹未见，然却实在塔中，去之渐近，要之须可以至也。至相轮中坐时，依旧见公对塔说'如此如此'。"此虽说道，而文事亦犹是矣。是故始必有人指示途辙，然后知所以用力；终必自己依所指示者而实行之，然后有得力处。不然，非眼高手生，即转为深细之律所束缚而格格不吐。欲免此二病而获益，要惟有从事于惜翁所谓"熟读"、"精思"及"久为之"者。何也？"熟读"、"精思"，则能即古人之文，印之于心；"久为"又能以所得于古人者，验之于手。工夫果足，何患不与诸大家并驾齐驱！有志之士，尚其勉之！

史学研究法

史　原

刘子元（知几）《史通》论史原有六家："曰《尚书》家，曰《春秋》家，曰《左传》家，曰《国语》家，曰《史记》家，曰《汉书》家。夫《国语》昔人或以之附经，是合计之史出于经者凡四也。及近人章实斋（诚学）《文史通义》，乃创六经皆史之说。吾弟永概曰：《易》主明道，实开子部之先，《诗》主咏歌性情，实开集部之先；若以其中偶及古事，遂以为史所自出，则后人诗文集，亦多详故实，岂可便以为史。窃谓斯言较确。虽《左传》载韩宣子适鲁观《书》太史氏，见《易象》鲁《春秋》，《诗序》言国史明乎得失之迹；然此但因古者史官掌书，故言鲁太史氏有《易象》，而《诗序》为史所题耳。虽孔子云，《易》之兴也，其当殷之末世周之盛德邪？当文王与纣之事邪？孟子云，《诗》亡然后《春秋》作。然此但言《易》之作在文王囚羑里时，《春秋》之作在《诗》亡后耳，非以《易》、《诗》为史也。今溯史体于经，《尚书》、《春秋》外，惟《礼》垂典章，《论语》、《孟子》杂记圣贤言行，《国语》、《国策》分地以纪事，各开一体。若郑渔仲（樵）《通志》序谓志之大原，出于《尔雅》；然其书以释经而作，故《汉书》、《艺文志》附之六艺略，又可牵引为说乎？"试分论于后：

何以言《尚书》为史原也？昔韩昌黎论古今著作，不外纂言纪事二者。《春秋》主于事，《尚书》主于言，言为事之所见端，则言亦事也。故二者皆可统于史。《礼记》、《玉藻》动则左史书之，言则右史书之。《书·酒诰》矧太史友内史友，郑注掌记言记行；《汉书·艺文志》左史记言，右史记事，事为《春秋》，言为《尚书》，并其证矣。又况《春秋》虽记事，而《左传》中所载当时名卿大夫之辞令，何莫非言？《尚书》虽记言，而今文二十八篇所录，大抵皆事之大且变者。如《尧典》，禅也，《皋陶谟》，君臣交儆也，《禹贡》治水也，《甘誓》，世及也，《汤誓》、《牧誓》，征诛也，《盘庚》，迁也，《高宗肜日》，祭也，《西伯戡黎微子》，殷之亡也，《洪范》，遗臣传道也，《金滕》，弟为兄祷也，《大诰》，摄政也，《康诰》、《酒诰》、《梓材》，懿亲出封也，《召诰》、《洛诰》，营陪都也，《多士》、《多方》，谕顽民也，《无逸》、《立政》，训嗣王也，《君奭》留贤也，《顾命》，嗣王即位也，《吕刑》，赎也，《文侯之命》，霸也，《费誓》，鲁之始也，《秦誓》，秦之盛也；合而观之，已见其概。彼东晋晚出之二十五篇，不可类推乎？且史之体莫著于编年、纪事本末二者；《春秋》编年之体所出也，《尚书》纪事本末之体所出也。今就历代正史论之，本纪用编年体，志则纪一事之本末者也。列传则纪一人之本末者也，《尚书》为正史之权舆，五十八篇中，如《尧典》、《舜典》，本纪也，虽未编年，然如云九载绩用弗成，三载汝陟帝位，正月上日受终于文祖，岁二月东巡守，五月南巡守，八月西巡守，十有一月朔巡守，五载一巡守，二十有八载帝乃殂落，三载四海遏密八音，月正元日，舜格于文祖，三载考绩，舜生三十征庸三十在位五十载陟方乃死之类，盖已按年而计之。《禹贡》、《周官》、《顾命》、《吕刑》，志也，《大禹谟》，禹之列传也，《皋陶谟》，皋陶之列传也，《微子》，微子之列传也，《洪范》，箕子之列传也，《金滕》，周公之列传也。《尚书》又为各史之权舆试以《四库全书》总目史部十五类考之，正史编年纪事本末三类无论矣；他如《逸》、《周书》，别史之祖也；《大禹谟》、《皋陶谟》、《益稷》、《甘誓》、《胤征》、《汤誓》、《仲虺之诰》、《汤诰》、《伊训》、《太甲》、《咸有一德》、《盘庚》、《说命》、《高宗肜曰》、《西伯戡黎》、《泰誓》、《牧誓》、《旅獒》、《大诰》、《微子之命》、《康诰》、《酒诰》、《梓材》、《召诰》、《洛诰》、《多士》、《无逸》、《蔡仲之命》、《多方》、《立政》、《君陈》、《康王之诰》、《毕命》、《君牙》、《同命》、《文侯之命》，诏令奏议也；《五子之歌》、《微子》，既非诏令，又非奏议，虽事关军国，究与二典之首尾完具者不同，然则亦杂史耳，传记耳。帝魁以后书凡三千二百四十篇，孔子删取百篇，即史钞之祖也；《费誓》、《秦誓》，以侯国之文，附见于末，则亦载记也；《尧典》命《羲和》一节，时令也；《禹贡》，地理也；《周官》，职官也；《武成》、《洪范》、《立政》、《吕刑》，政书也；《书序》，目录之祖也；伏生《大传》，史评之祖也。

何以言《礼》为史原也？盖《礼》者书志之所出也，观刘子元谓班马著史，别裁书志，考其所记，多效《礼》、《经》可见矣。盖历代国家政治之治乱，社会风俗之厚薄，非考其所立之大经大法，无由而知；《礼》之所纪，大抵皆大经大法也。今即《仪礼·周礼》二经言之：《仪礼》者诸礼之仪节也，其用之也，在于冠昏丧祭乡相见朝聘会盟征伐诸事，今所存者仅十七篇，并《后记》及大小《戴记》，而大略固可知也。《周礼》者诸官之职掌也，其用之也，在于天文地理礼乐兵刑农田水利仓储关市赋役学校职官选举诸事，今所存者仅《五官》并《考工记》，而大略亦可知也。是二者一主法制，一主政治，而皆囊括于礼中。故政也，法也，即礼也。古者史官职掌最重，凡朝章国故，无不使典之；史官之属宗伯，义盖由此。《史记》八书冠以礼乐，其知之矣！《孔子·世家》又云：周室微，礼乐废，诗书缺，孔子追迹三代之礼，序书传，上纪唐虞之际，下至秦缪，编次其事；贾公彦序《周礼》废兴，又引刘歆郑康成之说，以《周礼》为周公致太平之迹，《说文》云，迹，步处也，盖前人之所已行，叙而存之，以资后人之取法，故曰迹也。后世著作如《仪礼经传通解》、《礼书纲目》、《读礼通考》、《五礼通考》之属，皆《仪礼》类也；《唐六典》、《唐会要》、《五代会要》、《东汉会要》、《通典》、《通志》、《文献通考》之属，皆《周礼》类也；若夫《礼记》如《王制》、《月令》、《明堂位》、《文王世子》，其中多言及历代职官，此可与《周礼》互证者；他篇或广陈仪节，或总论大义，又皆可与《仪礼》互证；曲礼中亦及官制，在学者参伍观之耳。

何以言《春秋》为史原也？盖《春秋》者编年之体所出也，史家因有此书，分二大派，一为《左传》派，论本事而为书者也；后世如荀悦《汉纪》司马温公（光）《资治通鉴》，皆依而用之；一为公穀派，用意于书法者也，后世朱子（熹）《纲目》，依而用之，盖各有所主矣。至三传释经之语，在经学其体为传，在史学其体为评。考史评之类有三：一为论史之体例，后世如《史通》是也；一为论史之书法，后世如尹起莘《纲目发明》刘友益《纲目书法》张自勋《纲目续麟》是也；一为论史之人物事迹，后世如范祖禹《唐鉴》胡寅《读史管见》是也；其发源皆起于三传。盖三传之论体例，如左氏之五十凡，二传之言《春秋》编年，四时具而后为年，与内其国而外诸夏内诸夏而外夷狄之类是也。其论书法者，如左氏之书不书故书不言不称书曰之类，二传之言州不若国国不若氏氏不若人人不若名名不如字字不如子之类是也。其论人物事迹者，如左氏所引君子曰云云二传论齐桓公宋襄公之类是也。

何以言《论语》、《孟子》为史原也？夫《论语》、《孟子》亦史部传记类也，其书之所记者，不独嘉言，实并懿行而悉载之，观二十篇与七篇中，于孔子孟子生平学术教术，与所接之人，所游之地，所行之事，莫不详书焉；且旁及当时王侯卿大夫与门弟子之逸事，往往足资考证，故《史记》、《孔子世家》及《仲尼弟子列传》，采之《论语》者几过半，而《十二诸侯年表序》，又谓《孟子》捃摭《春秋》之文以著书。夫史之有传记类，本合言行而并纪之，自《晏子春秋》魏郑公《谏录》以降，如《伊洛渊源录》、《名臣言行录》、《明儒学案》，及近人所为《汉学师承记》、《宋学渊源记》、《宋元学案》、《学案小识》之属，莫不皆然，而《论语》、《孟子》实为之嚆矢。吾故曰二书之于史，亦传记类也。

何以言《国语》、《国策》为史原也？此两书《汉书》、《艺文志》以之附《春秋》后，《四库全书》总目并入之史部杂史类之首。夫《春秋》三传之分事也以年，《国语》、《国策》之分事则以国；《春秋》三传于史自当人之编年类，若此两书之体，既与《春秋》传殊，而以其时言之，一则自穆王以来下迄智伯之诛，一则限于战国，以其地言之，一则第周鲁齐晋郑楚吴越八国，一则第东周西周秦齐楚赵魏韩燕宋卫中山十二国，故又不可谓为别史，此所以入之杂史类也。虽然，此两书固可谓之杂史，而既即事而分之以国，除周事外，其余大抵皆列侯事迹，即谓为载记类之所出，讵曰非宜。盖载记之体有二，一为藩国之书，《史记》所称为世家者也；一为僭乱诸国之书，阮孝绪《七录》所谓伪史，《隋书》、《经籍志》所谓霸史者也。《四库全书》总目统以载记括之。此两书所载各国，大抵受封周室之诸侯，虽或僭号称王，然当战国时，周犹有共主之号，况春秋乎？故太史公统谓之世家。然则此两书中诸篇，固载记中之一体；后世《吴越春秋》、《越绝书》，亦其类也。

史　义

　　昔者孟子之论《春秋》也，曰其事则齐桓晋文，其文则史。孔子曰：其义则邱窃取之矣。太史公亦谓孔子次《春秋》以制义法，义为史家之所尚，其来远矣。顾其说至繁，未易更仆数也约举之盖有六：

　　一曰追远之义。追远者《礼记》、《礼运》所谓君子反本修古不忘其初者也。夫盈天地间者为万物，草木植物也，有生意而无知觉；鸟兽动物也，有知觉而无礼义；惟人得天地之秀气，而于物为最灵，故其性亦最贵。既知追溯其身之所自出，又知追溯其世之所自来，自羲农以至今兹，苟有可稽，罔不笔之简端，以示来叶。《诗序》云：怀其旧俗班孟坚（固）《两都赋》序云："抒怀旧之蓄念，发思古之幽情，即其义也。"史之作其在兹乎！是故由追远之义析之，又生二义：一曰敬天，此《周礼》太史之职，所以正岁年颁告朔也。诸史之重年月，而于天文五行律历诸志，皆敬列之，盖原于此。一曰尊祖，此小史所以奠世系辨昭穆也。诸史之重谱牒，而名各国之记载曰世家，又或为宰相作世系表；其于列传也，每喜载其人之先世及子孙，或合之而为一篇，皆原于此。夫万物本乎天，人本乎祖，史家兢兢于此二义，其旨深矣！大抵知敬天则历数可明，而时令可授，知尊祖则族姓可辨，而文献可存。昔曾子以追远为民德归厚之根；史家所当知者，莫急于此矣。

　　二曰合群之义。孔子曰：《诗》可以群，荀子之论礼亦归之于能使人之群，史家盖深有见于此；故诸类中如正史编年纪事本末等体，及地理中之一统志皆合一国之群者也，其省府州县志，则合一方之群者也，家传则合一族之群者也。且由合群之心推之，又可得三义：一曰爱国，此其义盖本《春秋》传之内其国而外诸夏内诸夏而外夷狄，与讳国恶诸语，而以国为群之所共有者也。观《春秋》之称己国为我，其爱之之情可见矣。后世诸史，于他国之事多附载本国之末，其伐人之国书伐某，人之攻我国也则书入寇，义亦犹是。一曰保民，此其义本于《周礼》六典之言纪万民扰万民谐万民均万民纠万民生万民。与小司徒之稽夫家之数，小司寇司民之登民数。后世诸史之志典章者，或首食货，或首田赋户口，或首礼乐，要无非主于正德利用厚生，而欲以政之养民者合其群也。一曰崇圣，此其义本于《春秋》传之书孔子生卒，后世诸史如《史记》列孔子于世家，合孔子弟子为一传，孟荀为一传，及世家言之缀以孔子之事，皆其最著者；即他史中所资以论断诸事，亦无非本孔子之绪言，固不特道学儒林之列传而已。若此者又欲以教之化民者合其群也。要之有国乃能有民，既养必加以教，三义相维，而实根于合群之一义。史家重之，良非无故。

三曰资治之义。太史公言书记先王之事，故长于政；庄子亦言《春秋》经世，先王之志；史未有无关于世者，亦未有不详于治者，此其为义，宁待烦言而后明耶？顾吾尝考史之所以能资治者，盖有二：一曰考兴衰，一曰审沿革，兴衰之分，由于政治之得与失，在正史则纪传多言之，他史若司马君实之《通鉴》朱子之《纲目》是也；沿革之分，由于制度之善与否，在正史则志多言之，他史若杜君卿（佑）之《通典》郑渔仲之《通志》马贵与（临端）之《文献通考》是也。夫不考兴衰，则汉唐宋明，何以享国绵长，南北朝五代何以历世短促，经术气节道学文章何以于国有益，奸相强藩宦官外戚何以于国有妨，不能悉也；不审沿革，则郡县何以异于封建，阡陌何以异于井田，科举何以异于宾兴，召募何以异于治赋，不能知也。一按迹而得致治之原，一数典而得为治之具，兼而求之，体用备矣。昔太史公报任安书，自言作《史记》百三十篇，欲以究天人之际，通古今之变，宋神宗特锡资治二字冠通鉴之首，胡氏三省序之曰：温公之意，专取关国家盛衰，系生民休戚，善可为法，恶可为戒者！以为是书；而杜氏亦自言所纂《通典》，实采群言，征诸人事，将施有政；有以哉！

四曰征实之义。《说文》释史字之义曰：史，记事者也，从又持中，中，正也。孔子亦曰：董狐古之良史也，书法不隐。夫曰中，曰正，曰不隐，即征实之谓也。夫天下未有不征实而能中与正与不隐者，故孔子又讥史之弊在文胜质，亦恐不实也。班孟坚谓刘向扬雄皆以太史公书为实录；实录二字，盖史家所奉以为宗者欤？惟其所录皆实，故善人可以劝焉，恶人可以惩焉；善者劝则不为恶，恶者惩则化而为善；史之有功于世，孰大于是！郑康成之论《诗》有美刺也，曰论功颂德，所以将顺其美；刺过讥失，所以匡救其恶，各于其党，则为法者彰显，为戒者著明。范武子（宁）之论《春秋》有褒贬也，曰一字之褒，荣于华衮之赠，片言之贬，辱过市朝之挞；彼皆深知史义者矣。今由征实之义绎之，可分二类：一曰信以传信。何谓信以传信？夫为史苟非有确据可凭，何可轻于载笔。昔韩退之（愈）答刘秀才论史书云：传闻不同，善恶随人所见，甚者附党，憎爱不同，巧造语言，凿空构立善恶事迹，于今何所承受取信，而可草草作传记令传万世乎？若无鬼神，可不自心惭愧，若有鬼神，将不福人。李习之（翱）《百官行状奏》云：凡人之事迹非大善大恶，则众人无由知之，故旧例皆访问于人，又取行状谥议以为一据；今之作行状者，非其门生，即其故吏，莫不虚加仁义礼智，妄言忠肃惠和，曾不直叙其事，故善恶混然不可明。孙可之（樵）《西斋录》云：宰相升沈人于十数年间，史官出没人于千百岁后，是史官与宰相分挈死生权也；为史官者，不能怃直骨于枯坟，翕诒魄于下泉，磨毫黦札，丛阁饱帙，岂国家任史官意。土介甫（石安）答韶州张殿丞书云：今之执笔为史者，皆一时之贵人，观其在廷论议之时，人人得讲其然否，尚或以忠为邪，以异为同，诛当前而不栗，讪在后而不羞，苟以餍其忿好之心而止耳；而况阴挟翰墨，以裁前人之善恶，疑可以贷褒，似可以附毁，往者不能讼当否，生者不得论曲直，赏罚镑誉，又不施其间，以彼其私，独安能无愧于冥昧之间耶？此皆言所传者不可不求其信也。太史公博极群书，犹云考信于六艺，夫岂不以此哉？一曰疑以传疑。何谓疑以传疑？《礼记·曲礼》曰：疑事无质，夫事既可疑，必妄为论断，其不滋世之惑也鲜矣。古之良史，于此或听其阙,孔子所谓吾犹及史之阙文是也。《春秋》昭十二年,齐高偃帅师纳北燕伯于阳,《公羊传》云:伯于阳者何?公子阳生也;子曰,我乃知之矣,在侧者曰,子苟知之何以不革,曰,如尔所不知何,《春秋》之信史也,其序则齐桓晋文,其会则主会者为之也。其词则邱有罪焉尔!何注此夫子欲为后世法,不欲令人妄亿措。桓十四年夏五,《穀梁传》云:孔子曰,听远音者闻其疾而不闻其舒,望远者察其貌而不察其形,立乎定哀以指隐桓,隐桓之曰远矣,夏五传疑也,范注承阙文之疑不书月,明皆实录。《史记》、《三代世表》云:孔子因史文次《春秋》,纪元年,正时月曰,盖其详哉!至于序《尚书》则略无年月,或颇有然,多阙不可录,故疑则传疑,盖其慎也。皆发明斯旨。又或多载数说以待后人论定,自《春秋》传已然。如《公羊》桓九年传云:《春秋》有讥父老子代从政者,则未知其在齐与,在曹与?又襄二年传云:齐姜与缪姜,则未知其为宣夫人与,成夫人与?又昭二十年传云:曹伯庐卒于师,则未知公子喜时从与,公子负刍从与?是也,《史记·殷本纪》叙伊尹见汤,《太公世家》叙太公见文王,《老子韩非列传》叙老子,《孟子荀卿列传》叙墨子,亦存数说。他若《周本纪》言盖西伯即位五十年,其囚羑里盖益《易》之八卦为六十四卦,诗人道西伯盖受命之年称王,追尊古公为太王,公季为王季,盖王自太王兴,凡盖字四见,张氏守节云:事必可疑,故数言盖也。洪景卢(迈)《容斋续笔》云:迁固多疑字,盖字外,或曰若,或曰云,或曰焉,皆是。姑以《封禅书》、《郊祀志》考之,如三神山盖尝有至者,诸仙人及不死之药皆在焉,未能至望见之焉,登中岳太室,从官在山下,闻若有言万岁者云之类,凡十余见。此皆可以见古人之措辞不苟,其实事求是之意洵为讲史学者所不可不知者也。

五曰阐幽之义。夫阐幽二字,首见《易·系辞传》,盖欲发明人之所不见也。其类可分为三:一曰表微,此季武子之所以称蟜固也。夫微者人之所最易忽,表而出之,则幽者阐矣;如《诗》之刺不亲迎,不行三年丧,不用周礼;《论语》载孔子之爱饩羊,思射不主皮,与有马借乘史阙文二事;《春秋》之讥失礼重复古,及后世诸史礼乐艺文等志,往往致慨于典章废缺,文献凋零，盖皆此义。一曰推见至隐，此太史公之所以论《春秋》也。夫《春秋》全书，大抵皆然，乱臣贼子之惧以此；其尤著者，则赵盾之亡不越境反不讨贼，许世子止之不尝药，而皆书之曰弑其君，是矣。后世如朱子之斥扬雄，欧阳公（修）之讥冯道，实符此义。又欧阳公《唐书·本纪》论肃宗惟当以太子讨贼，不当乘势攫取大位；亦推见至隐之辞也。夫善善从长，恶恶从短？而史家乃有此义，得无近于讦以为直乎？然不如此不足以防民，史固为万世世道人心计也。韩退之诗云：《春秋》书王法，不诛其人身；其知此旨也哉！一曰发潜德之幽光，此论出于韩文公答崔立之书，然范武子《春秋序》已云，德之所助，虽贱必申，义之所抑，虽贵必屈，故附势匿非者，无所逃其罪，潜德独运者，无所隐其名，则此义之所由来远矣。要之，《易》之乾初九潜龙勿用，孔子谓龙德而隐，即所谓潜德也，史家每喜从而扬之，此文苑独行孝义隐逸等传之所以继儒林循吏而起也欤！昔方望溪（苞）尝叹南人盛文藻，事迹易于流传，北人重质行，而不蕲名，奇节伟行之存于世者，辄不过十之二三，然则罔罗天下放失旧闻，是不能不望于世之蓄道德能文章者矣。

　　六曰尚通之义。间尝读百代之书，见夫学术之纷歧，虽以儒家同师仲尼，同述六经，犹不能不支分派别，而况与儒家异趣者乎？用是门户相争，有同水火，汇而一之者，其惟史氏乎？太史公既列孔子于世家，而继之以《仲尼弟子列传》，《孟荀列传》，又特为儒林作传，以示天下之有所宗；然而管晏老庄申韩商鞅仪秦之属，亦莫不发明其学之宗旨，与其行事，而为之传；他如淳于髡邹衍邹奭公孙龙墨翟，皆附见书中，而不肯遗；彼盖深知其短，而又不欲没其长也。王充称太史公为汉之通人，岂不宜哉？其后刘向父子撰《七略》，自辑略外，曰六艺，曰诸子，曰诗赋，曰兵书，曰术数，曰方伎，而于诸子分为九流十家，且为之说曰，是皆起于王道既微，诸侯力政，好恶殊方，是以众说蠭出，各引一端，崇其所善以求合，其言虽殊，譬犹水火，相灭亦相生也；仁之与义，敬之与和，相反而皆相成也；考其要归，盖亦六经之支与流裔，使其人遭明王圣主，得其所折中，皆股肱之材已！班孟坚本之为《汉书·艺文志》，及唐开元中又分为四类，曰经、史、子、集，自是谈目录者皆仿焉。夫董子之对策也，尝有崇孔氏抑百家之言矣；然彼固经学家也。经学家为万世计，所重在立人极，故不能不别白而定一尊；史学家为一时计，所急在适世用，故不能不节取以存众善；其论虽殊，其有补于世则一，学者心知其意可也。

　　昔刘子元之论史，谓必具三长，一曰才，一曰学，一曰识。盖有学而无才，犹良田万顷，黄金满籯，而使愚者营生，终不能致于货殖者矣；如有才而无学，犹思兼匠石，巧若公输，而家无榱楠斧斤，终不果成其宫室者矣；尤须好是正直，善恶必书，使骄主贼臣，可以知惧，此则为虎传翼，善无可加，所向无敌者矣，脱苟非其才，不可叨居史任。（详见旧唐书知几本传）兹之所陈，不知能尽三长与否？然于史义固十得七八矣，大抵追远合群二义，史因之而发轫者也；资治、征实、阐幽、尚通四义，史循之为正轨者也；学者观孔子作《易传》之上溯伏羲神农黄帝尧舜，则知追远矣；观《诗》之录十五国《风》二《雅》三《颂》，则知合群矣；观《周官》之分六典，《尚书·大传》之标七观，则知资治矣；观《春秋》之书五石六鹢，则知征实矣；观《论语》之论逸民，备四科，则知阐幽与尚通矣；六者相需，源流乃备，世有究心兹学者，尚其念之哉！

史　法

　　史之为法大端有二："一曰体，一曰例，必明乎体，乃能辨类，必审乎例，乃能属辞，二者如鸟有两翼，车有两轮，未可阙一也。"

　　请先言体：昔《史通》之于史也，既以其大者分为二体，复以其余者为十流。所谓二体者，曰纪传，曰编年所谓十流者，曰编纪，曰小录，曰逸事，曰琐言，曰郡书，曰家史，曰别传，曰杂记，曰地理书，曰都邑簿，其于记事诸编，大略尽之矣；然终不若《四库全书》总目所分十五类为备，盖创于先者难密，踵于后者少疏也。今即十五类考之：如正史类者，统乎其全者也；别史类者，或开正史之先而为之蓝本，或续乎其后而补其阙略，第未经圣哲与国家之审定，故不得为正史：曰别史者，犹大宗之有别子也，杂史类者，虽事之关系颇重，或但具一事之始末，非一代之全编，或但述一时之见闻，只一家之私记，故第可谓之杂史也；编年类者，以年分者也；纪事本末类者，以事分者也；载记类者，以国分者也：传记类者，专载一人之事，或汇载众人之事，要之皆可以资考证者也；诏令奏议类者，文之有关于史事者也；时令地理职官目录诸类，皆有关于典章制度者也；政书类则典章制度之总也；史钞类者，史之节本也；史评类者，或论体例之得失，或论事迹之是非，亦史之一体也；凡此诸类，苟一不备，则不能见各体之全，然以一书而统乎各体，则惟正史为然。其故何也？姑即《史记》言之：十二纪十表，因年以提其纲者也；八书按事以考其全者也；十世家分国以著其概者也；

七十列传即人以审其详者也；盖无所不包矣。自《汉书》以下，莫不模抚之，而或无世家焉，或无表志焉。夫世家之有无，因乎其时，时之所无，不能有也；若表志则有关于史者为大，盖志也者，所以纪大政大法者也，大政大法与其散见于纪传之间，孰若自为一编，使人得究其首尾之为愈，盖无论善否，皆所宜存；此苏明允（洵）《修礼书状》所以云，遇事而记之，不择善恶，详其曲折，而使后世得知，而善恶自著者，是史之体也；其重要为何如？表也者，所以删取全书之要领，著而明之者也，抑何可少；《史通》乃云，既有本纪世家列传，凡祖孙昭穆年月职官，各在其中，今重列之，徒为烦费，得之不为益，失之不为损，用使读者緘而不视；呜呼！是岂知奥藏之所在者乎？夫表之所因，盖效周谱，桓谭《新论》尝言之矣；（梁书刘杳传引）其有功于史也，约有数端：一曰提要，纪传主于详，表主于简，简则易于记忆；二曰汇总，纪传主于分，表主于合，合则便于检寻；三曰省繁，凡人与事之非要而又不可阙者，见之于表，即不必列于纪传矣；四曰正误，表或与纪传异，因之可订纪传传写之讹。善乎郑渔仲曰：昔江淹有言，修史之难，无出于志，诚以志者宪章之所系，非老于典故者不能为也，不比纪传，纪则以年包事，传则以事系人，儒学之士，皆能为之，惟有志难，其次莫如表，所以蔚宗（范晔）承祚（陈寿）之徒，能为纪传而不敢作表志。近世万季野（斯同）曰：表所以通纪传之穷，其有人已入纪传而表之者，有未人而牵连表之者，表立然后纪传之文可省，读史不读表，非深于史者也。朱愚庵（鹤龄）曰：表与纪传相为出入，凡大臣无积劳亦无显过，不可胜书，而姓名爵里存没盛衰之迹，又不可遽泯，则于表乎载之，又其功罪事实传中有未悉备者，亦于表乎载之；使作史无表，则立传不得不多，传愈多文愈繁，而事迹或反遗漏而不举，凡此诸说，过于子元远矣！虽然，子元又尝服太史公之创表，以为虽燕越万里，而径寸之内，犬牙可接，虽昭穆九代，而方寸之中，雁行有序，使读者阅文便睹，举目可详，所以为快；是则前之所云，盖亦未定之论耳。若夫正史之外，其足衣被来学者，又必推编年纪事本末二类。编年之体，肇于《春秋》三传，而大畅于司马君实之《通鉴》朱子之《纲目》，其所以异于正史之本纪者，本纪之辞略，第掇取要事而已，其委曲多详于志传，此则合正史志传之所详者，悉以人于一年之中，而又非仅一朝之事而已也。纪事本末之体，肇于《尚书》，而大畅于袁机仲（枢）之《通鉴纪事本末》，章茂深（冲）之《春秋左氏传事类始末》，陈德远（邦瞻）之《宋元两纪事本末》，其所以异于正史之志者，志编主典章制度之一部，此则并及于治乱兴衰，而亦非仅一朝之事而已。学者于此两类，傥能熟复而贯通之，得力必非浅鲜。

请更言例：夫例之在史者，非可以一言尽也；论其大略，首以辨题目为先，如古称《三坟》、《五典》、《八索》、《九邱》、《周志》、《郑书》、《晋乘》、《楚祷杌》、《鲁春秋》之类是也；后世曰纪曰记曰典曰考曰略曰鉴，其称益繁，使秉笔者不循名责实，安得不遗通识之讥耶？次宜审断限，如孔子定虞书，但追溯帝尧，左氏传鲁史，但追溯惠公元妃孟子之类是也；后世若《汉书》诸志，陈三代以前之事，《三国志》叙及董卓臧洪陶谦刘虞公孙瓒吕布袁绍袁术，《史通》皆谓其流宕忘归，以前史所必当录者，又重言于今书，骈指附疣，莫斯为甚！次宜谨编次，如《春秋》王人必书于诸侯之上，战国七雄必居两周之后皆是也；后世若《汉书》之退陈涉项籍于帝纪外，《史通》以为是，包孺子于《莽传》中，则以为非，盖亦斯义。又甄录人物出人分合，诸史各有命意所在，使漫无宗旨，欲逃后人指摘，何可得也。次宜定称谓，如《尚书》称舜为帝，必在放勋殂落以后，《春秋》不书楚越之王丧之类是也；后世若《史记》于汉高祖始称沛公，继称汉王，及决胜垓下，乃称皇帝，《前汉书》则改称帝于即位后，《后汉书》于光武亦然，其书法不苟，犹有古意。魏晋而降，帝王追崇先祖，无不加以隆称，或且有于太子薨后与以帝号者，史臣亦遂从而书之；其为虚伪，不弥甚乎？至于邻国，则曰僭曰伪，与夺从心，已非大公之道；而其甚者，又推五德生胜创正闰之说，按之旧史，多不能通。司马温公有言：苟不能使九州合为一统者，皆有天子之名而无其实，虽华夏仁暴大小强弱，或时不同要皆与古之列国无异，岂得独尊奖一国，谓之正统，而其余皆谓之僭窃哉？若以自上相授受者为正耶？则陈氏何所受，拓拔氏何所受？若以居中夏者为正耶？则刘石慕容苻姚赫连所得之土，皆五帝三王之旧都也。若以有道德者为正耶？则蕞尔之国，必有令主，三代之季，岂无僻王？（通鉴汉中王即皇帝位论）其说可谓允矣。此外又有据事直书之例，褒贬之例，微辞见意之例据事直书者，起于《春秋》传不待褒贬以见罪恶者不褒贬以见罪恶之语，后世若《通鉴》之书命赵籍韩虔魏斯为诸侯是也；又《史记》、《汉书》为吕后作本纪，欧阳公谓得《春秋》之旨；故《唐书》亦仿之而作《武后纪》，盖皆直书其事以见意者也。褒贬者起于《春秋》传褒贬以见罪恶者褒贬以见罪恶之语，后世若《纲目》之书莽大夫扬雄死是也。又诸史列传或用酷吏奸臣叛臣逆臣诸名，亦用褒贬以见意也，微辞者，起于春秋所见异辞所闻异辞所传闻异辞定哀之间多微辞诸语，后世如《史记》论高祖之有天下，与当时诸元勋，多归之于天命，所以见功德之不逮于古也；又其叙淮阴侯淮南衡山王诸狱，惟录当时上变者之语，与大臣谳狱之辞，所以见其中不无冤抑也；《三国志》于曹爽之狱亦然，观其讥爽之辞，第曰沉溺盈满而已，则陈当所陈，岂非诬耶？凡此皆用微辞以见意也。

  至于各体之例，亦必有分而述之乃明者，大抵纪表皆宜简，盖二者既以编年为主，必大事乃书之，其他则见之志传，此例之所必当遵者也。但表与纪不同，纪惟主于年月，表则虽亦以年月为主，而用旁行斜上之体，即年国事三者而经纬之，意在以类辨物，使人一目了然；此郑康成所以云于力则鲜，于思则寡也。志传则宜详，盖志所以详其事之原委者也，传所以详其人之原委者也。然事与人之大且要者，既欲致其详，则小者自当从略。此亦势之所不得不然者，若连篇累牍，不分洪纤，惟多为贵，则事与人之大且要者，或反因之不备，其害史体孰甚焉！是故史有合叙之例焉。盖合叙则凡其人同为一类，而不必单举者，皆有以处之；此不惟循吏、儒林、文苑为然，有以道术合者，如孔子弟子老庄申韩之类是也，有以家世合者，如韦贤韦玄成张汤张安世杜周杜延年之类是也；又有附见之例焉，盖附见则凡其人之不可略而又不必详者，皆有以处之，或叙此人而兼及彼人，包小传于大传中，如《项羽本纪》载陈婴，《管仲传》载鲍叔之类；或彼人于此人为宾为友，而其平生因见于此人传中，如《孟荀传》之载三邹淳于墨翟之类；至于叙世系，如《孔子世家》首载防叔伯夏叔梁纥，末载伯鱼以下十三世之类，更无论矣。凡若此者,皆韩退之《答元侍御书》所云,校之史法,若甄济者固当附书,逢与其父俱当得书,足下与济父子俱宜牵联得书者也。夫如是,尚何致虚占篇目,而浪费文辞哉?

虽然,此犹即例之同者言之也;若诸史例之歧者,非统观之,乌识其意耶?盖有名异实同者,如《史记》有表,《新五代史》则曰谱,《史记》有书,《汉书》以下则曰志,《新五代史》又曰考之类是也;其子目如《史记》、《天官封禅》、《平准》、《河渠》四书,即《汉书》、《天文》、《郊祀》、《食货》、《沟洫》四志,《汉书·艺文志》,即《隋书·经籍志》,《汉书·地理志》,即《后汉郡国志》,《史记》、《汉书》、《循吏传》,即《晋书·良吏》、《辽史·能吏》等传,《后汉书·独行传》,即《新唐书·卓行》、《新五代史·一行》等传之类,亦是。有名同实异者,如《史记》、《汉书》外戚传指后妃,《晋书》以下外戚传则指后妃家之类是也。有分合不同者,如《史记》以礼乐律历为四书,而附兵于律;《汉书》则并乐于礼,并历于律,而附兵于刑,《新唐书》以下,则兵刑各为志;诸史后妃诸王各为传,《新五代史》家人传则兼后妃诸王载之之类是也。有增损不同者,如《史记》本纪之特异者,曰秦曰项羽曰吕后《汉书》则黜项羽而补惠帝,及惠帝崩乃纪吕后,《后汉书》于帝纪外别为皇后纪,《新旧唐书》皆特纪武后,《金史》于帝纪上更冠以世纪;《史记》诸表于秦楚以前外,惟诸王及王子侯功臣侯将相名臣而已,《汉书》则增以外戚恩泽侯表,百官公卿表,古今人表,《新唐书》又有方镇表、宗室宰相两世系表,《辽史》有属国表、部族表、公主表、游幸表,《金史》有交聘表,《元史》有三公表后妃表,《明史》有七卿表;《史记》止八书,《汉书》所增者曰五行、曰地理、曰艺文,《续汉志》无乐与沟洫食货刑法艺文,而增百官舆服;自是以后,或有或无,其特异者,则莫如《宋书》之《符瑞志》,《魏书》之《释老志》,《新唐书》之《仪卫选举》二志。《史记》于诸传外,别立刺客、儒林、循吏、酷吏、游侠、佞幸、滑稽、日者、龟策、货殖等传,《汉书》无刺客滑稽日者龟策,余与《史记》同,惟元后王莽二传为所独有耳;自是以后,《史记》、《汉书》所有者,他史或有或无，其特异者则《后汉书》有文苑、逸民、独行、党锢、方术、皇女、列女、宦者等传，《晋书》有孝友忠义等传，《宋书》有二凶传，《梁书》有止足传，《南史》有贼臣传，《新唐书》有藩镇、叛臣、逆臣、奸臣等传，《新五代史》有杂传、及义儿、伶官等传，《宋史》有道学传，《元史》有释老传，《明史》有阉党、流贼、土司等传是也。大抵《史记》有本纪，而《汉书》改曰帝纪，二者不同。既曰帝矣，非登天位者不可居此名也；若但曰本焉而已，则当项羽政由己出，孝惠吕后之际号令不出房闼，人之于纪，固无不可。《史记》有世家，《晋书》则本《东观汉记》改曰载记，二者亦不同。世家者尝受封天子而秉正朔者也，载记则僭窃之国亦得名焉，表必用旁行斜上之体，此常例也；然如《新唐书》宰相世系表，虽亦横列，而不复用旁行斜上体，此变例也。志传或有或无，其故有二，盖一则以时之所有不能使之无，时之所无不能使之有也；一则以时之所多故不复措意，时之所寡愈不得不表章也。曩尝怪后儒多讥《宋史》之立道学传，无论周程张朱五子，本三代后之大贤，创立此传，又沿《史记·孔子世家、仲尼弟子列传》之遗意；即以事实考之，以道学之盛，尊之者谓得千载不传之统绪，攻之者乃直以伪学目之，其有关于宋室之朝政士风者，垂二百年又何可不别标一名以著其事乎？特元明后不必踵为之耳！

史　文

孔子曰：言之无文，行而不远。况史也者，尤为经国之大业，不朽之盛事，使无文以张之，何以广见闻而新耳目乎？第古之论文者至众，其秘妙岂片语所能穷，今分四类以著其概：

一曰古与今之分：自《后周书》载柳虬时有古今文无古今之说，其后《史通》亦以怯书今语勇效昔言为惑，推其意盖以古今之事实不同，则语言势不能一致，如力师古人，而使方言世语不传于后，其于事实必多乖违，故举裴景仁《秦记》称苻坚方食抚盘而垢，王劭《齐志》述洛干感恩脱帽而谢，后之撰新史者，乃易抚盘以推案，变脱帽为免冠，意在法古，而忘近世通无案食，胡俗不施冠冕，欲令学者何以考时俗之不同，所见未为不是；但古语之乖于今事者，自可不必效之，若与今事未乖者，则与其用俚语，何如从雅言；昔孙氏樵与高锡望书云：史家职官山川地理礼乐衣服，宜直书一时制度，不当用前代名品；陶氏宗仪《缀耕录》云：凡书官衔俱当从实，若廉访使总管之类，若改之曰监司太守，是乱其官制，久远莫可考矣；何氏孟春《余冬序录》云：今人称人姓必易以世望，称官必用前代职名，称府州县必用前代郡邑名，欲以为异，不知文字间著此，何益于工拙，此不惟于理无取，且于事亦有碍；于氏慎行《笔尘》云：《史》、《汉》文字之佳，本自有在，非谓其官名地名之古也，今人慕其文之雅，往往取其官名地名以施于今，此应为古人笑也，史汉之文如欲复古，何不以三代官名施于当日，而但记其实耶？此数家所言最为精当，苟类此者，自不必以师古为高。然宋人以语录为文，究乖文章之体，倪欲免俗，则昌黎所谓非三代两汉之书不敢观者，亦岂非史家所当奉以为圭臬者耶？

二曰奇与偶之分："考古来群史，其辞主于奇者，前有左氏太史公，后有欧阳永叔，主于偶者，则自范蔚宗沈休文（约）以降至于唐初，莫不皆然；而班孟坚则介乎二者之间者也。夫用奇多者则疏宕，疏宕则文易奇；用偶多者则繁缛，繁缛则气难振。"故《史通》云："自马班而后，史道凌夷，作者芜音累句，云蒸泉涌，其为文也，大抵编字不只，捶句皆双，修短取均，奇偶相配，故应以一言蔽之者，辄足为二言，应以三句成文者，必分为四句，弥漫重沓，不知所裁；其论可谓笃矣。"虽然，文体之成，因乎风气，业已独树一帜，要当各有所长，岂必蔚宗休文，遂无一言足取乎？且宋元之后，史家亦主于奇矣，何以气未克昌，而词且徒费也，不特此也，诏令奏议，史之一体也，陆敬与（赞）以偶体为之，而光明洞达，虽偶而不觉其偶矣；政书亦史之一体也，杜君卿以偶体为之，而典实详赡，虽偶而不嫌其偶矣；然则为工为拙。惟视作者之才为何如，岂问文之体为何如乎？昔刘彦和（勰）《文心雕龙》云：夫心生文辞，运裁百虑，高下相须，自然成对。唐虞之世，辞未极文，而皋陶赞云：罪疑惟轻，功疑惟重，益陈谟云：满招损，谦受益，岂营丽辞，率然对尔。《易》之文系，圣人之妙思也。序乾四德，则句句相衔，龙虎类感，则字字相俪，乾坤易简，则宛转相承，日月往来，则隔行悬合，虽句字或殊，而偶意一也。李习之答王载言书亦云：天下之语文章，其溺于时者，则曰文章必当对，其病于时者，则曰文章不当对，《诗》曰：忧心悄悄，愠于群小，此非对也，又曰：遭闵既多，受侮不少，此非不对也；而欧阳公论《尹师鲁墓志》，复有偶俪之文，苟合于理，未必为非，故不是此而非彼之语，观诸家之论，足知奇偶之不能偏废，实本于天籁之自然。即左氏言之，如桓二年传载臧哀伯谏纳郜鼎，而以清庙茅屋大路越席太羹不致粢食不凿昭其俭也，衮冕黻挺带裳幅舄衡紞纮綖昭其度也，以下诸语，襄二十九年传载吴公子札观乐，为之歌颂曰，至矣哉直而不倨曲而不屈，以下诸语，皆偶句也，即《史记》言之，如《伯夷列传》云：伯夷叔齐虽贤，得夫子而名益彰，颜渊虽笃学，附骥尾而行益显，《屈原贾生列传》云：其文约，其辞微，其志洁，其行廉，其称文小而其指极大，举类迩而见义远，其志洁故其称物芳，其行廉故死而不容自疏，亦偶句也；然则两书撰辞之异于六朝，其所争特在奇偶分数多寡之间耳。是以《史记》于词赋甄录颇多，若宋子京（祁）因不喜偶体，作《唐书》遂无一为诏令，虽德宗兴元之诏，亦不录，而傅奕《辟佛疏》，柳玭《家训》，皆加窜改，不如原文，其见解之偏，岂可为训？

三曰繁与简之分：《史通》云："国史之美者，以叙事为工，叙事之工者，以简要为主，诚哉此言，岂尚有可议！"顾其所以论简要者，乃以减省字句为难，至谓公羊称郤克眇，季孙行父秃，孙良夫跛，齐使跛者逆跛者，秃者逆秃者，眇者逆眇者，宜除后三句，但云各以其类逆；《汉书·张苍传》云："年老口中无齿，应去年及口中，但云老无齿"，此则不然，何也？字句复沓诚为文章之病，然减省已甚，则于事必将郁而不明，即或能明，亦必不能曲传其神致；不观顾氏炎武《日知录》之论《孟子》乎？其说曰："七篇中云，时子因陈子而以告孟子，陈子以时子之言告孟子，此不须重见而意已明"；齐人有一妻一妾而处室者，其良人出则必餍酒肉而后反，其妻问所与饮食者，则尽富贵也，其妻告其妾曰，良人出则必餍酒肉而后反，问其与饮食者，尽富贵也，而未尝有显者来，吾将瞷良人之所之也；有馈生鱼于郑子产，子产使校人畜之池，校人烹之，反命曰：始舍之，圉圉焉，少则洋洋焉，攸然而逝；子产曰，得其所哉！得其所哉！校人出曰，孰谓子产智？予既烹而食之，曰得其所哉，得其所哉。此必须重叠而情事乃尽，正《孟子》文章之妙处。使于齐人但曰其妻疑而目间之，于子产但曰校人出而笑之，岂复可诵耶？据此，则《公羊传》、《汉书·张苍传》字句稍繁，正所谓必须重叠而情事乃尽者，亦不得以为繁也。而况文辞之芜累，固在字句少锻炼之功，尤在不讲义法，遂致浮辞盈牍，无所取裁；使明乎史之有义，则知其所重者，惟欲考兴衰，审沿革劝善惩恶，以昭法戒，若夫庸常之人，猥琐之事，何肯犯其笔端，此《史记·留侯世家》所以言与上从容言天下事甚众，非天下所以存亡故不著也。使明乎史之有法，则凡他书已详者，自不必更详于此书，此《史记·管晏列传》所以云其书世多有之，兹故不论，论其轶事也。他篇已见者，亦不必更见于此篇，此《史记·秦本纪》所以于并天下以后事云，其语见《始皇本纪》中也。他若一篇而前有总序，提其纲也；凡已载总序之人，篇中遂不更举，如《汉书·王贡两龚鲍传》首之叙四皓郑子真严君平，《循吏传》首之叙河南吴公之类皆是。后有论赞，终其意也，凡已载篇中之事，论赞多不复及，如《史记》于《项羽本纪赞》第补重瞳，《留侯世家赞》第补状如妇人女子之类皆是。诚如斯也，不将有不期简而自简者乎？今不于大处着眼，而惟沾沾于单辞只字之间，窃恐自以为简，而自有识者观之，固犹嫌其繁耳。虽然，《史通》此言，见于《叙事篇》；若《烦省篇》则云，论史之烦省者，但当要其事有妄裁，苦于榛芜，言有阙书，伤于简略，斯则可矣；必量世之厚薄，限篇第之多少，理则不然。斯乃持论名通，迥异前说，学者宜汇观全豹，未可泥于一斑也。

四曰直与曲之分：昔孔子曰："吾之于人也，谁毁谁誉；如有所誉者，其有所试矣，斯民也，三代之所以直道而行也。"直道二字，最为史家之所重，故其文直，其事核，不虚美，不隐恶者，谓之良史；如其不然，则为秽史；彼得米而有佳传之作，受金而为谀墓之文者，岂足法乎？虽然，史之为义主乎直，而其为文则有二种，有直以致之者，凡其中之诛乱臣贼子言之凛然者皆是；有曲以将之者，此其别又有二：如《春秋》传讳国恶，为亲者讳，为尊者讳，为贤者讳，与《论语》父为子隐子为父隐之类，此则义关名教，不得不然，虽有曲笔，而直道存乎其中矣，此其一也，又有因直叙其事，转难了如，乃款曲言之，如《史通》所举《左传》中以犀革裹之比及宋手足皆见，三军之士皆如挟纩；《史记》、《汉书》中高祖亡萧何如失左右手，汉兵败绩，睢水为之不流；董生乘马三年不知牝牡，翟公之门可张雀罗诸条，大抵发语已殚，含意未尽，使读者望表而知里，扪毛而辨骨，睹一事于句中，反三隅于字外此《左传》所云微而显，志而晦，婉而成章，尽而不汙者也；此《学记》所云约而达，微而臧，罕譬而喻者也。今更推言之，《汉书·元帝赞》称其鼓琴瑟，吹洞箫，自度曲被歌声，分刌节度，穷极幼眇；《成帝赞》称其善修容仪，临朝渊默尊严若神，可谓穆穆天子之容；焦弱侯（竑）笔乘谓言所长而短自见；《史记·六国表序》以学者不道秦事为耳食；先姜坞府君（讳范）谓乃深感世变，诡辞以寄痛；此外如《史记·李将军传》，载其尝兴望气王朔燕语，岂吾之相不当封侯耶，且固命也？朔曰：将军自念，岂尝有所恨乎？及广言尝杀降者八百人，朔曰：祸莫大于杀已降，此将军所以不侯者也；《汉书·霍光传》载宣帝始立，谒见高庙，光从骖乘，帝若有芒刺在背，及身死，宗族竟诛，故俗传之曰，威震主者不畜，霍氏之祸，萌于骖乘，此等处反复悼叹，不惜辞费者，非专写李与霍也，正以见武宣之赏不酬劳刻薄少恩耳！凡史文之有弦外音者多如是，后世知此者鲜矣；惟《五代史·冯道传》于道之丑行秽言无一及，而转载其直言美行，及所自述，与当时士无贤愚，皆喜为称誉，至拟之于孔子，方望溪尝谓为妙远不测；如此类者，又其。

史　料

　　古之人为史，未有无所资而能成者也。观《史记》、《太史公自序》，载其父谈临卒执迁手而泣曰：我死，汝必为太史；为太史，无忘吾所欲论著矣。又曰：余尝掌其官，废明圣盛德不载，灭功臣世家贤士大夫之业不述，堕先人所言，罪莫大焉。据此则谈固有所论著，特未及成耳。《汉书》、《司马迁传赞》，又言迁据《左氏》、《国语》，采《世本》、《战国策》，述《楚汉春秋》，接其后事，迄于天汉；然则此数书固子长之所资也。若夫《汉书》所采，自《史记》外，如《律历》、《艺文》两志，既自以为采诸刘向刘歆，《地理志》末言地分风俗亦自以为采诸刘向朱赣，《扬雄传赞》又云，雄之自序云尔，是《雄传》即采之雄也，《艺文志》、《春秋》后载冯商《续太史公七篇》，《赵尹韩张两王传赞》云：冯商传王尊，是尊传采之商，而余所续六篇亦必采人书中，特今不可考耳。吾家惜抱先生尝疑商为冯奉世之子姓，故《奉世传》叙其先世，如《太史公自序》之体。又《隋书》、《刘炫传》，载炫自为赞云，通儒司马相如杨子云马季长郑康成等，皆自叙风徽，传芳来叶，《史通·杂记篇》辨诸汉史亦云，马卿自为序传，具见其集中，子长因录斯篇，即为列传，是则《相如传》、《史记》、《汉书》皆采之相如也。《后汉书·班彪传》云：司马迁著《史记》，自太初以后，阙而不录，后好事者颇或缀集时事，然多鄙俗不足以踵继其书，彪乃继采前史遗事，旁贯异闻，作后传数十篇。注好事者谓扬雄刘歆阳城衡褚少孙史孝山之徒也。《史通·正史篇》：又叙有冯商卫衡梁审肆仁晋冯段肃金丹冯衍韦融萧奋刘恂等，据此则孟坚以前缀集时事者甚多，书中必皆有所甄录，《后汉书》之先，有班固陈宗尹敏孟异所作《世祖本纪》及《功臣列传》新市平林公孙述载记，刘珍李尤伏无忌黄景边韶崔实朱穆曹寿延笃先后所作表传志，马日䃅蔡邕杨彪庐植所续成纪传，邕所独撰朝会车服二志，而晋司马彪又总萃群作，起自光武，终于孝献，名曰《续汉书》，华峤别著《后汉书》，袁宏又著《后汉纪》，此皆范蔚宗之所取裁也。《三国志》之先，有韦诞应璩王沈阮籍孙该传元等之《魏书》，韦曜周昭薛莹梁广华核等之《吴书》，鱼豢之《魏略》，此皆陈承祚之所取裁也；其后又有孙盛《魏氏春秋》，王隐《蜀记》，张勃《吴录》，裴松之作《三国志注》，又资以补其阙略焉。唐太宗命房乔撰《晋书》，其先有陆机徐广干宝邓粲王韶之曹嘉之刘谦之之纪，束晳之志，王隐虞预朱凤何法盛谢灵运臧荣绪沈约之书，孙盛之《晋阳秋》，习凿齿之《汉晋春秋》，檀道鸾之《续晋阳秋》，凡十八家，皆其所取裁也。李延寿之撰《南北二史》，据《新唐书本传》云，其父太师多识前世旧事，常拟春秋编年，刊究南北事，未成而殁；延寿既数与论撰，乃追终先志，是则此两书亦本之家庭，犹司马迁之于谈、班固之于彪、姚思廉之于察、李百药之于德林耳。然如沈约之《宋书》，裴子野之《宋略》，江淹沈约之《齐史》，吴均之《齐春秋》，萧子显之《南齐书》，何之元刘璠之《梁典》，姚思廉之《梁书》、《陈书》，魏收之《后魏书》，王劭李德林之《北齐志》，李百药之《北齐书》，牛宏之《后周纪》，令狐德棻岑文本之《后周书》，颜师古孔颖达之隋书，亦未尝非其所取裁也。《旧唐书》之作，据《崇文总目》，其初吴兢尝撰《唐史》，自创业讫于开元，凡一百一十卷，韦述因兢旧本，更加笔削，刊去酷吏传，为纪志列传一百二十卷，至德乾元以后，史官于休烈又增《肃宗纪》二卷，令狐峘等复于纪志传随篇增辑，而不加卷帙，为《唐书》一百三十卷，至晋时命宰相赵莹监修，莹罢更以宰相刘昫代之，而成今书；大抵长庆以前，皆以兢等书为蓝本，以后则自采杂说传记排纂成之，及宋嘉祐后，以昫书前后繁略不均，更诏欧阳修宋祁重撰，观监修会公亮进此书表云："其事则增于前，其文则省于旧，可知其所搜采者必更不少矣。"薛居正当开实中修《五代史》，据晁公武《郡斋读书志》多据《累朝实录》，及范质《五代通录》，其后欧阳公乃别为新五代史记。《宋史》据《四库全书》总目，大抵以宋人国史为稿本，《辽史》所资，惟耶律俨陈大任二家之书，独《金史》既有《大金吊伐录》，具载故府案牍，足为之据，及国亡后，元好问复得《金实录》于顺天张万户家，因筑野史亭，广加搜讨，著《壬辰杂编》凡百余万言，而刘祁又撰《归潜志》，于金末之事载之亦悉，元人取以成此书。《元史》所据，惟明洪武二年所得之《十三朝实录》及虞集所撰之《经世大典》，至顺帝一朝，则命儒士欧阳祐等至北平采遗事为之。《明史》据乾隆四年进呈表，乃以旧臣王鸿绪之《明史稿》为初稿，盖此稿尝经万季野之手定，惟帝纪未成，余皆排比粗就，因之增损成帙，所谓事逸功倍者也。

大抵史之为料约有四：一曰实录，古人君之生也，有起居注，《礼记》、《玉藻》所谓动则左史书之，言则右史书之，即此也；及其没乃为之实录，当唐时俗犹近古，是二者皆善恶并书，故太宗尝谓褚遂良曰："卿知起居注，可得观乎？"对曰："史官书人君言动，备纪善恶，庶几人君不敢为非未闻自取而观之也。"上曰："朕有不善，卿亦记之耶？"对曰："臣当载笔，不敢不记。"今观温大雅《大唐创业起居注》，所载多与《唐书》不合，《四库全书》总目谓其或犹近实，盖以此。夫韩退之作《顺宗实录》，于当时政事得失，人才贤否，亦皆直书之；洎乎近世，则惟取历代诏敕与臣下奏议连缀录之而已。然事之见于诏令奏议者，必其事之已行者也，连缀录之，虽无所贬，亦无所褒，苟以为据，要非道听途说者所可比；故万季野尝语方望溪以史之难为，因述少馆某氏，见其家有列朝实录，乃默识暗诵，后复从故家求遗书，旁及都志邑乘杂家志传之文，而要以实录为主，盖实录者直载其事与言而无所增饰者也，因其世以考其事核其言，而平心察之，则其人之本末，十得八九矣。然言之发或有所由，事之端或有所起，而其流或有所激，则非他书不能具也；凡实录之难详者，吾以他书证之，他书之诬且滥者，吾以所得于实录者裁之。呜呼，万氏斯言，洵可谓深于史学矣！一曰郡志邑乘，夫志乘所书不外风土二者，《周礼》秋官小行人以万民之利害为一书，礼俗政事教治刑禁之逆顺为一书，其悖逆暴乱作慝犹犯令者为一书，札丧凶荒厄贫为一书，康乐和亲安平为一书，此所谓风也。夏官职方氏载九州并及山镇泽薮川浸利民畜穀，此所谓土也，后世郡志邑乘，载人物艺文，似近于风，而例书名宦乡贤，无由征民俗之厚薄，载疆域道路城郭山川，虽近于土，而广搜形胜古迹，无由察地形之险夷，盖逐末忘本久矣；然犹幸有此，尚可见寰宇之大概，而为国史地理河渠食货艺文诸志之权舆，岂得而略乎？一曰杂家传记，夫所谓杂家传记者，凡士大夫所撰之笔记年谱，与文集之传状皆是，此中或不无以恩怨之私，而为爱憎之语，然官书所不敢言者，往往因之乃悉其本末；昔太史公言罔罗天下放失旧闻，如斯类者，正所谓旧闻也。一曰金石，所谓金者，如《礼记》、《祭统》所载卫孔悝之鼎铭，左氏昭七年传所载宋正考父之鼎铭，肯其类也。大抵古人或扬其先祖之美，而明著之后世，或自致其儆戒之意，皆铭之于彝鼎，后世观之，并可以得其为人，与其行事；所谓石者，如秦始皇泰山之罘东观碣石会稽诸刻石文，班孟坚《封燕然山铭》，元次山《大唐中兴颂》，韩退之《平淮西碑》，与诸家所作庙碑墓碑，及城郭衙署学校仓廒等碑记，皆其类也。如此者无论有关于全国，或有关于一方一家，要之皆大有裨于史。且史之为义有三，一曰理，所资以为论断者，此犹丽于虚也，一曰事，则较实矣。一曰物，则尤实矣。物之属于金者，如禹鼎汤盘周景王无射魏献子歌钟，与累朝钱币皆是；其属于石者，如泗滨浮磬周宣王石鼓之类皆是；凡古之制度，征于此乃益可信，且览其字，又能辨古文籀篆分隶变迁之形与其序，斯固博物君子所当拳拳注意者也。

史　评

　　曾子固（巩）《南齐书目录序》云："古之所谓良史者，其明必足以周万事之理，其道必足以适天下之用，其智必足以通难知之意，其文必足以发难显之情，惟唐虞二典能当之"。今考后世诸史，大抵出于私撰者多可观，出于官修者辄难餍人意，观《史记》、《两汉书》、《三国志》、《南北史》、《新五代史记》之胜于他史可见也。昔刘子元奏记中书侍郎萧至忠，论唐修国史之弊，以为不出一家，著述无主，视听不该，加以畏忌权势，但取禀监修，务相推倭，凡有五不可。（祥见旧唐书刘知几传）万季野亦言官修之史，仓促成于众人之手，不暇择其材之宜与事之习，是犹招市人而与谋室中之事也；欲求一代治乱贤奸之迹，明白而不昧晦，岂不难哉？斯皆可谓得修史之要领矣。

　　试先观《史记》：考古之褒《史记》者，如刘子政（向）扬子云（雄）谓其有良史之才，善序事理，辨而不华，质而不俚，其文直，其事核，不虚美，不隐恶，故谓之实录，盖已足尽其美矣。顾讥之者亦不少，其以为好奇多爱者，扬子《法言》也。夫能文章者，其嗜奇之病，诚所难免，然子长（司马迁字）涉猎广博，其所采摭，虽或近于不经，而疑以传疑，要非果于自信者可比，观《五帝本纪赞》云，百家言黄帝其文不雅驯，荐绅先生难言之；《封禅书》云，盖黄帝时尝用事，虽晚周亦郊焉，其语不经见，缙绅者不道；《刺客列传赞》云，世言荆轲其称太子丹之命，天雨粟马生角也，太过；《大宛列传赞》又云，《禹本纪》、《山海经》所有怪物余不敢言之，则彼所割爱者，固已多矣，其以为是非多谬于圣人，论大道则先黄老而后六经，序游侠则退处士而进奸雄，述货殖则崇势利而羞贫贱者，《汉书》、《司马迁列传赞》也。夫子长述其父谈论六家要指，虽以老氏为归，然晁子止（公武）《郡斋读书志》尝论之，其言曰：当武帝时，表章儒术，罢黜百家，宜乎大治，而穷奢极侈，海内雕敝，反不若文景尚黄老时，人主恭俭，天下饶给，此其所以先黄老而后六经也。近时邵位西（懿辰）书此篇后云，迁录此文。而首著之曰，太史公仕于建元元封之间，夫建元元封，相距三十年，武帝始颇向儒术，既而弊中国以事四夷，巡游祷祠，事兴若猬毛，谈故引道家清静之言讽之，而举墨氏节俭之说亦详，盖切时之药石，论治非论学也。然则全书于黄老意皆若此，岂谓五千言真过于六经乎？若夫作《游侠》、《货殖传》特以考当时间阎风俗之纯驳，生计之盈虚，尤有用意；故沈存中（括）《梦溪笔谈》云，此等皆有所指，不徒为之。其以为谤书者，《后汉书·蔡邕传》载王允语也。夫子长于高祖之得天下，与百年来之勋旧，类不无微辞，此皆由其为人有若孔子之所谓狂狷者；惟狂故眼孔极高，惟狷故胸度稍狭，若汉之君若臣，殆无一足当其意者，而又效忠无路，因发愤著书；观《屈原传》云，夫天者人之始也，父母者人之本也，人穷则反本，故劳苦倦极，未尝不呼天也，疾痛惨怛，未尝不呼父母也；屈平正道直行，以事其君，谗人间之，可谓穷矣；信而见疑，忠而获谤，能无怨乎？子长之为此言，以之写屈平，正以之自写也。孟坚云：迹其所以伤悼，《小雅》、《巷伯》之伦，盖得其实，竟以为谤书，岂非宽耶？他若小司马（贞）刘子元辈，于其序次人物，进退分合之际，亦多所纠正；然须知此书成一家言，又出于孤愤，其所编次类多别裁，未可以常例拘之；呜呼，此《五帝本纪赞》所以欲好学深思者心知其意也。

次观《汉书》：夫《汉书》之体裁，视《史记》为整密，盖其书始亦出于私撰，然受明帝诏后，遂成国书，故属辞势不得不加谨饬，自范蔚宗以下，凡断代为书者，大率奉为模楷宜矣；但蔚宗虽以孟坚与子长并称为良史，谓迁文直而事核，固文赡而事详，而又惜其排死节否正直，而不叙杀身成仁之为美，此其说盖本于晋之传休奕；（元）《史通》载休奕之言，以此书为命世奇作，而谓其失在论国体则饰主阙而折忠臣，叙世教则贵取容而贱直节，述时务则谨词章而略事实，吾尝观《汉书》佳传，多在昭宣以后，其于京房云，区区不量浅深，危言刺讥，构怨强臣，罪辜不旋踵，亦不密以失身；于王章云，刚直守节，不量轻重，以陷刑戮，妻子流迁，于翟义云，义不量力，怀忠愤发，以陨其宗；于何武王嘉云，区区以一篑障江河，用没其身；似传范所论，良非无因。顾诸赞中为此感喟之辞，以见时世之衰，如《左氏》宣九年传载孔子之引《诗》民之多辟，无自立辟，以伤泄治耳。若传中叙诸人之事，则极力形容忠愤之状，至今读之，犹凛凛有生气。他如苏武萧望之朱云龚胜等传，虽论赞亦颂之不已，而于匡衡张禹孔光辈，皆讥其持禄保位，被阿谀之讥，又何尝以取容为贵耶？传氏又谓谨词章略事实；吾观班氏于词章诚谨矣，若事实则范氏所云赡且详者近之，未见其略也。如谓不当载杨马之词赋，则此等高文，岂容湮没？况高文景武宣之诏，淮南王及贾晁徐严吾邱主父路萧赵匡刘鲍之疏，董公孙之策，刘歆之议，司马杨恽王生之书，凡崇论闳议，有关政化者，搜采殆遍，固不徒好文藻而已。至郑渔仲之诋孟坚，直谓其全无学术，专事剽窃，所能为者，仅一古今人表，此则尤不可解。夫古今人表之列于《汉书》，诚为无取，然《史通》明云，固卒后书颇散乱，其妹曹大家奉诏校叙，然八表天文志犹未克成，多是待诏东观马续所作，兹乃谓孟坚所能为者仅此，其何以服古人之心乎？夫《汉书》所取资者固众，然即成于孟坚之手，则必有所增损润色可知；故《后汉书》本传称自受诏研精积思，二十余年乃成，且其所本者未尝不明著之，如韦贤翟方进元后三传赞，载其父之名，及律历地理艺文诸志之言向歆朱赣，并其证；今乃谓其专事剽窃，若全无所知也者，吾不知《两都赋》、《典引》、《答宾戏》、《燕然山铭》，词皆雅赡，又剽窃于何人也？

次观《后汉书》：考《宋书》、《南史》并载《范蔚宗》狱中与诸甥侄书，自称所著《后汉书》杂传论，皆有精意。至于循吏以下，及六夷诸序论，笔势从放，实天下之奇作；又云，赞自是吾文之杰思，殆无一字空设，奇变不穷，同含异体；又云，自古体大而思精未有此，其盛自称许如此。

《史通》亦谓其广集学徒，穷览旧籍，能删烦补略；又云，其书简而且周，疏而不漏，独惜每卷立论，其烦已多，而嗣论以赞。为黩弥甚。夫蔚宗生当六朝，文风绮靡，词之伤繁，势所必至，然综其大体，气格视马班为卑，而于一朝之政治风俗，犹见其大，以绍前书，庶几不愧，区区小失，何足深讥；若夫郑渔仲惜其才不能为志表，然彼尝撰十志矣，今虽不传，观其服孟坚诸志之博赡，则于修史之要，研之已精，使非谢瞻蜡以覆车，必有可与司马彪之《续志》互证者，今不知其书之佚，遽臆断其才不能为，宋人之轻于立论往往如此。

次观《三国志》：《晋书》、《陈寿传》言《三国志》既成，时人服其善叙事，有良史之才；又云范頵表称其书辞多劝诫，明乎得失，有益风化，虽文艳不若相如，而质直过之；又《王沉传》云："与荀颢阮籍共撰魏书，多为时讳，未若陈寿之实录，其为世所重如此。"顾讥之者亦有数端，其云不当以魏为正统者，习凿齿《汉晋春秋》以后诸人之论也；姑无论正闰之说，起于秦汉以后，本不足信，且承祚身仕晋朝，势自不能不尊晋，既尊晋，自不得不尊魏，夫岂得已；然彼于吴主书名书卒，于蜀则称主称殂，其心之尊蜀，即此可知；朱子作《纲目》，虽亦主习氏之说，而《斋居感兴诗》云："晋史自帝魏，后贤盍更张"，是则承祚苦衷固已为紫阳所曲谅矣。至于托始魏武，后人亦以为非，斯又未察承祚之用意；盖魏之创业，实始于操，承祚为作纪，首书追尊之号，继仍称公称王，而于死也，不曰王薨，又不曰帝崩，而曰王崩，即此二字，则操之不王不帝，情形毕露，《春秋》推见至隐，承祚阴取法焉；自其表言之，固沿用史记《秦本纪》之例，以其实言之，则又沿《吕后本纪》之例，所以著篡汉之实也。其云不当谓诸葛武侯将略非所长者，《晋书》本传也；夫武侯用兵，所敌者即晋之先祖，承祚此语亦逊辞耳；若因其父被髡，借此泄忿，何为盛称其治蜀开诚心布公道，尽忠益时者虽雠必赏，犯法怠慢者虽亲必罚，服罪输情者虽重必释，游辞巧说者虽轻必戮，善无微而不赏，恶无纤而不贬，循名责实，庶事精练，政刑虽峻而无怨者乎？其云载事伤于简略者，《史通》载宋文帝之语也；今观文帝命裴松之作《补注》，虽纲罗宏富，足为考证家之所取资，然嗜博爱奇，终嫌芜杂，使其秉笔，必不能如承祚之简明；夫文章之成，自有体要，如第谓多多益善，亦浅之乎言史学矣。

次观《南北史》：《新唐书·李延寿传》，称此书颇有条理，刊落酿辞，过本书远甚，是二史之胜八书，前人已论定之矣；《四库全书》总目则云延寿与修《隋书·十志》，又世居北土，见闻较近，参核同异，于《北史》用力独深，故叙事详密，首尾典赡，视《南史》之多仍旧本者，迥如两手；由今观之，《南史》于本纪删本书连缀诸臣之事迹，于列传删词赋，意存简要，深得史裁，然如宋以来九锡之文，符命之说，告天之词，皆备书之，固是一病；盖《汉书·王莽传》所以载群臣颂莽之词，与莽自撰之文者，特欲著其篡夺之实也；《三国志》于曹丕但录禅位一册而已，于孙权尤略，惟蜀先主则凡劝进表告天文，皆悉书之其予夺之际，具有深心；晋宋以后，陈陈相因，尚何足纪耶？但《延寿传》又言其父太师尝以宋齐梁陈齐周隋天下参隔，南方谓北为索虏，北方指南为岛夷，其史于本国详，他国略，往往訾美失传，思所以改正，延寿成此书，实追先志，则宗旨自在持平，本传所谓酿辞，盖即指南北互相诬谤之语而言，然则其所廓清者实不少矣，可轻议哉！

次观《新五代史记》：夫世之称此书者，多谓其法本《春秋》，文追司马；其讥之者则谓其纪事疏略，不如薛书之详。永朴先大父石甫府君（讳莹）有与徐六襄论《五代史》书云：欧公未作此书，先为《十国志》，原亦多取繁载，及与尹师鲁论之，乃大芟削改并为正史，初与师鲁分撰，后独成之，公在夷陵，与尹师鲁书云，开正以来，始以无事治旧史，前岁作《十国志》，务要卷多，今若变为正史，尽宜芟削，存其大要，至于细小之事，虽有可纪，非干本体，自可存之小说，不足以累正史，数日检旧本，因尽芟去矣；此可见公载笔之精，然则此书以著五代之得失为主，其事实无关法戒者，固非正史之所宜载，若夫典章制度，在纪传中不必淆入，而五代纷纷，为国日浅，亦无可言，故并不立志，世人浅见，喜广异闻，以为详备，乃谓公务为高简，不顾事实阙略，岂非不辨正史载记之各有体裁乎？此说最足明欧公之用心，而息世之浮议，特录之以饷今之读此书者。

要而言之：此数书皆出于私撰，夫私撰必有宗旨，纵有妄议之者，犹可本宗旨以正之；若官修之史，成于众手，岂能置喙。如《史通》议晋书不当采《语林世说》、《幽明录》、《搜神记》以为书，谓虽取悦于小人，终见嗤于君子；《四库全书提要》尝取《世说》与刘孝标所注，一一互勘，几于全部收入，则子元之说信矣。南北朝八书各有短长，而受谤以《魏书》为最，虽李延寿《北史》为魏收传论，称其勒成魏籍，婉而有则，繁而不芜，但志存实录，于亲故之家，一无所说，不平之议，盖见于斯，其说与当时人迥异，然终无如收尝自言何物小子，敢共魏收作色，举之则使升天，按之可使入地何也？且非怨毒中于人者深，又何致身后犹有斲棺弃骨之惨耶？至《新唐书》，议者尤众，或谓叙事郁而不明，刘元城（安世）《语录》顾亭林《日知录》是也。或谓当纂修时责任不专，所主各异，纪有失而传不知，传有误而纪不见，取彼例以较此例则不同，取前传以此后传则不合，去取未明，书法无准，王横云（鸿绪）《明史稿例议》是也。以欧宋名手秉笔，且不免此失，而况《宋史》之繁冗，《辽史》、《元史》之疏漏，焉能曲护？惟《金史》、《明史》较典赡，此由所据以为资者，乃私撰中之佳稿，不然又何以能远胜三史也。

虽然，官修以国家力搜辑群书，征聘名流，皆较私撰为易，故太史公细石室金匮之书，既因世掌天官，《汉书》又受明帝诏而成，两私撰书皆以借助朝廷，乃卓绝千古；后世史博大精深，莫如《通鉴》，亦以神宗委任涑水颇笃，官罢犹听以书局自随，虽官修犹私撰也。然则欲求美善，又必合二者之长而后可哉！

史　翼

　　孔子之撰《周易》彖象文言系辞说卦序卦杂卦诸传也，后人谓之十翼。翼也者，譬若鸟之有羽翼，言可以为经之辅也；史学中类此者，约可析为四类，试更陈之。

　　一曰释义：夫史义之难明，亦犹经师之释经，故为兹学者，其流颇繁，如《史记》有宋裴骃《集解》，唐司马贞《索隐》，张守节《正义》；《汉书》有唐颜师古《注》；《后汉书》有唐章怀太子贤《注》；《三国志》有宋裴松之《注》；《新五代史》有徐无党《注》；《资治通鉴》有元胡三省《音注》，《国语》有吴韦昭《注》；《战国策》有汉高诱宋鲍彪两《注》。此其尤著者也。《史通》云，《春秋》之传，配经而行，降及中古，始名曰注；者转也，转授于无穷，注者流也，流通而靡绝，进此二名，其归一揆。注之为义，即此可知矣。其曰集解者，合众说而成之之辞也。曰索隐正义者，通其疑滞之谓也。曰音注者，于义外更及于音也。大抵释史之方，分之有五：一曰文字，盖史之佳者，其用字必奇奥，非通乎训诂，则于其起原与所以为转注假借者，胥不能明，而第凭臆以断，何由免穿凿附会之讥耶？《尔雅》、《说文》诸书，其有裨后学，至为深广，固不独施于经也；虽然，知研究字书矣，而不知文法，则读一书而昧于全书之宗旨读一篇而昧于全篇文势语脉，虽所释字义未尝无征，而终归于颜师古所谓徒为繁宂，只秽篇籍而已。昔胡身之（三省字）有言：音训之学，因文见义，各有攸当，不可滞于一隅，斯真得解书之要义哉！一曰语言，语言之与文字，如辅车之相依，不可少一，考《左传》言楚人谓乳穀，谓虎于菟；《穀梁传》言吴谓善伊谓道缓，而《公羊传》载齐人语亦有昉于此乎登来之也之类；《史通》又载江芊骂商臣曰，呼役夫宜君王废女而立职；汉王怒郦生曰，竖儒几败乃公事，单固谓杨康曰，老奴汝死自其分；乐广欢卫轨曰，谁家生得宁馨儿；以为并当时伤嫚之词，俚俗之说，然则扬子《方言》之作，岂得已乎？予因思《史记》、《陈涉世家》客曰，伙颐涉之为王沈沈者，楚人谓多伙，故天下传之，伙涉为王，由陈涉始，此固载当时之语；他若《魏公子传》云，晋鄙嚄唶宿将；《外戚世家》褚先生所补云，嗟大姊何藏之深也！《陈丞相世家》云，平谢曰主臣；又韩昌黎集《试大理评事王君墓志铭》，载王适求婚侯氏云，翁曰诚官人耶，取文书来，及妪曰无苦，翁大人不疑人欺我；《李文公集》、《韩退之行状》载退之论王庭凑军士云，愈将谓儿郎已不记先太史之功与忠矣。若犹记得乃大好。凡曰嚄唶，曰嚘，曰主臣，曰官人，曰大人，曰儿郎，曰大好，皆俚言也；至呼太师为太史，则本篇已明言燕赵人语矣。由是观之。同为《禹贡》所有之域而以古今之远，南北之异，尚不能一致，而况唐以后交通之国日广乎？辽金元三史，并有《国语解》，天岂不宜？但其时译学未昌，颠舛支离，不可殚数，故乾隆四十六年特诏馆臣厘定，自兹以往，交涉愈繁，语言之学之有稗将来之史，为功之巨，必不让于文字，固可前知矣。一曰地理，昔郑渔仲言州县有时而更，山川千古不易，故《禹贡》分州，以山川定疆界，案所谓不易者，惟山形耳；若水道或湮或徙已属靡常，况州县名由人定，又当三国后迄于五代，诸割据之世，复多侨置，名与古同，而地相距则甚远，使非审其沿革，史何由读乎？不特此也，欲知古之沿革，必先考今之舆图，知其所在，然后以今证古，一目可以了然，故地理之学，又释史义者之所不可略者也。一曰典制，夫典制之范围至广矣，自宫室兴服职官以至礼乐兵刑农商赋役，罔不括于其中，使非一一参稽，则释史之义必多窒塞，又况自五胡以逮辽金元，华夷混淆，为时已久，为法更歧；苟欲综其异同，原原本本，皆洞然于心目之间，则讲明切究之功，乌可缺乎？一曰事实，事实者史资之以为文者也，顾史主于简，其已详他篇者，虽此篇势不能不更及，要当以少为贵，无取于多，若注则必载已详者为何篇，以便人之检寻，或本书所载，必得他书以为证者，注又必胪陈之。以便人之参照，此其一也；若夫古今典籍所采，传闻异辞，在作史者宜有裁制，故往往得所折中，仅存一说，而注则不妨详为搜讨，以广异闻，若此者又其一也。

二曰纠谬，夫作史者网罗数百年之事，以成一书，其难免纰漏，亦势所必至也，读其书者，因所已成，以求所未至，从容探讨，故往往能攻瑕蹈隙，为功臣不为佞臣，此所以宋吴缜有《新唐书纠谬》、《五代史记纂误》之作，而近世邵泰衢有《史记疑问》也。至诸家或总论群史，或总论四部，其中所记各条，订讹砭漏，足资考证者尤不少；要在绩学之士有以汇观而慎取之耳。又有专著一书以正前注之失者，亦此类之支与流裔也。

三曰补阙，夫前史之缺，后人必为补之者，非不惮烦也，亦欲尽美尽善耳；若所补者之工拙，则视乎其人焉。盖其类有三：一则以原书未成而补之，《史记》百三十篇《汉书》本传称其十篇阙有录无书，注引张晏谓迁殁之后，亡《景帝纪》、《武帝纪》、《礼书》、《乐书》、《兵书》、《汉兴以来将相年表》，《三王世家》，《日者列传》、《龟策列传》、《傅靳列传》，《史通》则云十篇未成，有录而已；元成之间褚先生更补其缺，作《武帝本纪》、《龟策》、《日者》等传，二说小异；《四库全书》总目谓《史通》说为是，且谓今《日者》、《龟策》二传，并有太史公曰，又有褚先生曰，是补缀残稾之明证。又《史通》云，班固撰《汉书》，坐窦氏事卒于狱，书颇散乱，莫能条理，其妹曹大家奉诏校勘，而八表又文志犹未克成，多是待诏东观马续所作；又云，范蔚宗撰《后汉书》百篇，内有十志，会以罪被收，十志未成而死；《四库全书》总目谓蔚宗以志属谢瞻，败后赡悉蜡以覆车，遂无传本，今本八志据陈振孙《书录解题》，盖宋乾兴初判国子监孙奭建议，校勘梁刘昭所注司马彪《续汉志》，与《汉书》合为一编，是皆以未成而补之者也。一则原书本无阙，后人以其体未备而补之，如宋熊方撰补《后汉书年表》及近世万斯同撰《历朝年表》是也。一则原书本无阙，后人以前后之事未备而补之，如宋金履详撰《通鉴前编》明陈桱王宗沐薛应旗及近世毕沅并撰有《续通鉴》皆是，而历鹗之《辽史拾遗》，则又为一体，等于裴松之之注《三国志》也。

四曰辨异，夫史之相类者，合而校其异同，往往可以得作史者之用心；其法起于宋倪思之《班马异同》，《四库全书》总目论此书大旨云，是编以班固《汉书》多因《史记》之旧，而增损其文，乃考其字句异同，彼此互勘，长短较然，于史学颇为有功；窃谓他史自《后汉书》以下，撰者本非一家，惜多散佚，不得参观，惟《南北史》可与八书互勘，《新唐书》、《新五代史》可与两旧书互勘，且不特字句而已，其事实亦可以此法推而用之，大抵考异同于字句，可以知文法，考事实则可以知义法，二者相需，未宜偏废。

此外如正脱误乃校雠家专长，玩文辞亦评点家妙契，二者不第用之史学，而研究诸史，固不可少；至于近世泰东西史籍输入我国者颇多，其义例盖有可以互证者，亦不得而略也。

结 论

　　大抵史之为史，不越以上七篇所陈，若夫入手，先宜知普通学。吾家惜抱先生，鼒言初学最急莫如《史记》、《两汉书》、《三国志》，以后便当读《通鉴》，若《晋书》以下可从缓。（尺牍）此就尽人必致力者言之也。既知此矣，则进以专门学，即二十四史言之，精力有余者，或研究三四史，不足则一二史，其或用力于正续《通鉴》，或《九通》，或近世掌故，可任所好为之。至于读法有四：一曰点读，考《学记》云，一年视离经辨志，郑注离经断句绝也，此即点读之法所自起；盖读书第一在首尾不遗一字，昔司马温公言修《通鉴》成，惟王胜之借一读，他人读未竟一纸，已欠伸思睡；胡注通鉴序此虽通病，然必引以为戒，故限日点读最佳，不宜过多，恐草率，且有进锐退速之虞，亦不宜过少，恐首尾难于贯穿，惟酌其中为宜。二曰撮钞，既点读矣，复撮钞之，此韩退之所谓提要钩元也；且《左氏》、《春秋传》据刘向《别录》云，左丘明授曾申，申授吴起，起授其子期，期授楚人铎椒，铎椒作钞撮八卷授虞卿，虞卿作钞撮九卷授荀聊，荀卿授张苍，（左传疏）然则撮钞之法，亦自古而然。三曰分求，昔孔子诏小子学《诗》，自兴、观、群、怨以至多识草木鸟兽之名，即分求之法也；苏子瞻（轼）与王庠书云："少年读书，可作数过尽之，书富如人海，百货皆有之，人之精力，不能兼收尽取，故愿每次作一意求之，如欲求古人兴亡治乱圣贤作用，但作此意求之，勿生余念，又别作一次求事迹故实典章文物之类，亦如之，他皆仿此，此虽迂钝，而他日学成，八面受敌，与涉猎者不可同日而语，甚非速化之术"。此言尤有味。四曰参较，昔孔子论春秋之教，在于属辞比事，即参较之法也；后世如倪思《班马异同》，第用之于文辞而已，若能取古今政治法度，比而观之，论其得失，为益更大，《九通》固如此，真西山《大学衍义》采诸史，于君心蒙蔽之由，宫闱浊乱之本，权幸邪罔之情，皆逐类备录，以资启沃，近人顾宛溪（祖禹）《读史方舆纪要》，注意山川之形势，胡文忠（林翼）《读史兵略》，注意征伐之机谋，亦分而列之，合而研之，曾文正国藩笔记于史有成败无定越寨进攻两条，详考其事之相类者，或成或败，两两比较，更为亲切，凡此四法，傥依而为之，学成必有左右逢源之趣；大抵用功深则收名远，昔杜元凯（预）谓左氏作《春秋传》，将令学者原始要终，寻其枝叶，究其所穷，优而柔之，使自求之，餍而饫之，使自趋之，若江海之浸，膏泽之润，涣然冰释，怡然理顺，然后为得也。（春秋左传序）程子（颐）看史，逐行看过，不蹉一字，（上蔡语录）又每读到一半，便掩卷思量，料其成败，然后却看，有不合处，又更精思，其间多有幸而成不幸而败者（近思录引）朱子曰，看史亦草率不得，须当看人物是如何，治体是如何，国势是如何，皆当仔细。（语类）吕伯恭（祖谦）曰，读史先看统体，合一代纪纲风俗消长治乱观之，如秦之暴虐，汉之宽大，皆其统体也；复须识一君之统体，如文帝之宽，宣帝之严之类，统体盖为大纲，如一代统体在宽，虽有一两君稍严，不害其为宽；一君统体在严，虽有一两事觉宽，不害其为严，读史自以意会之可也。至于战国三分之时，既有天下之统体，复有一国之统体，观之亦如前例。大要先识一代统体，然后就其中看一国之统体，二者常相关也；既识统体，须看机括，国之所以盛衰，事之所以成败，人之所以邪正，于几微萌芽，察其所以然，是为机括。又曰，昔陈了翁（瓘）尝谓《通鉴》如药山，随取随得；然虽有是药山，又须会采，若不能采，则不过博闻强记而已；大抵看史见治则以为治，见乱则以为乱，见一事则止知一事，何取观史？须如身在其中，见事之利害，时之祸患，必掩卷自思：使我遇此等事，当作何处之？如此观史，于学问智识，方为有益。广近思录引此数条皆有裨史学。昔黄鲁直（庭坚）谓读古人书，必弃书册而游息时书味犹在胸中，久之乃见古人用心处，如此则尽心一两书，其余如破竹数节，皆迎刃而解也。（山谷尺牍）归熙甫（有光）亦谓古人所谓学问成者，只是几部要紧书读得了就是。（史记总评）读史者苟知此意，而依诸法默识精求之，则于所谓研究者，庶不致有名无实矣。